帝王菀

제왕연 21

ⓒ지에모 2021

초판1쇄 인쇄   2021년 6월 28일
초판1쇄 발행   2021년 7월 13일

지은이   지에모芥沫
옮긴이   이소정

펴낸이   박대일
편집   이문영 · 박지해 · 임유리 · 신지연 · 이지영
마케팅   임유미 · 손태석
일러스트   흑요석
디자인   박현주
교정   김미영

펴낸곳   파란미디어
출판등록   2004년 9월 14일 제313-2004-00214호

주소   03992 서울시 마포구 동교로23길 14 국제빌딩 6층
전화   02.3141.5589 영업부 070.4616.2012 편집부
팩스   02.6499.5589
전자우편   paranbook@gmail.com
카페   http://cafe.naver.com/paranmedia
인스타그램   @paranmedia

ISBN   978-89-6371-909-2(04820)
        978-89-6371-821-7(전21권)

제왕연

21

帝王燕

지에모 芥沫 지음─이소정 옮김

파란

차례

옥아 외전 은혜 | 7

순수 | 15

분노 | 23

태도 | 30

몰아내다 | 38

필요 없다 | 46

평안하기를 | 54

독을 만나다 | 61

웃었다 | 68

소주 | 75

성공 | 82

왔다 | 89

입을 벌려라 | 96

깨달음 | 104

특수 | 112

투정 | 120

마침 | 128

안 된다 | 136

해당 | 144

감히? | 151

불공평 | 159

노력 | 166

옛 땅 | 174

그의 이름으로 | 182

당정 외전 아이를 재촉하다 | 190

모두 급하다 | 197

희망 | 205

묵계 | 212

서신을 받다 | 220

잠시 | 228

구별 | 236

아쉬움 | 244

인사치레 | 252

전투 개시 | 260

함정 | 269

반성 | 277

천금 | 284

자매 | 292

아미타불, 미안해요 | 300

아미타불, 실패했어요 | 308

아미타불, 취했어요 | 316

아미타불, 안녕 | 324

설랑 외전 혼례식 | 331

흑삼림 외전 자매 | 339

이마를 짚고 | 346

마음 쓰다 | 354

남자아이 | 362

계산 착오 | 370

완결편 칠석 | 378

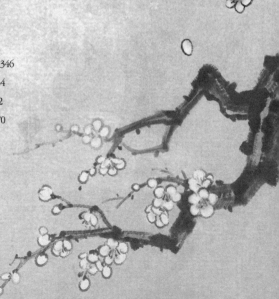

옥아 외전 **은혜**

한진이 문을 두드리자 방 안에서 소소옥의 목소리가 들려왔다.

"사부님, 아파요! 너무 아파······."

아프다고?

한진은 급한 나머지, 바로 문을 차서 열고 재빨리 안으로 들어갔다.

소소옥은 배 아래 베개를 받친 채 침상에 엎드려 있었다. 한눈에 보기에도 그녀의 얼굴은 고통으로 가득했다. 한진은 그녀 앞에 무릎을 꿇고 다급하게 물었다.

"무슨 일이냐? 어디가 아프지?"

소소옥이 힘없이 고개를 들었다. 그리고 한진의 초조한 얼굴을 본 순간, 그녀는 갑자기 당황스러운 표정을 지었다.

그리도 오래 함께 지냈건만, 그녀는 사부가 이리도 초조해하는 모습을 본 적이 없었다. 또 지금까지 그 어떤 남자도 자신의 안위를 이렇게 걱정해 준 적은 없었다. 그녀와 비슷한 연배의 남자건 아니면 한참 어른뻘인 남자건······. 단 한 사람도!

한진이 다급하게 물었다.

"왜 그러느냐? 연공 때문에 아픈 것이냐?"

소소옥은 그제야 정신을 차렸다.

그녀의 원래 계획은 사부에게 월경이 와서 배가 아프다고 말하는 것이었다. 그러나 초조해하는 사부의 모습을 보니 그녀의 장난기도 전부 사라져 버리고 말았다. 대신 철벽을 두른 듯 단단하던 심장이 갑자기 따뜻해졌다. 더 이상 그를 속이거나 놀리고 싶지 않았다.

소소옥이 아무 말도 하지 않자 한진은 더욱 다급해졌다. 그는 일단 소소옥의 맥을 짚어 보았다. 맥은 아무 이상 없었다. 한진이 다시 물었다.

"대체 어찌 된 일이냐?"

소소옥은 여전히 미동도 없이 그를 바라보며 아무 말도 하지 않았다. 그저 그녀의 눈빛만이 평소보다 훨씬, 아주 많이 다정하게 반짝이고 있을 뿐이었다.

그러나 한진은 그런 소소옥에게 신경 쓸 마음의 여유가 없다. 그는 소소옥을 안아 올린 다음 이마를 쓰다듬으며 진지하게 물었다.

"옥아, 말해 봐라. 대체 무슨 일이냐? 어디가 아프지? 어디가 불편해?"

소소옥은 그제야 완전히 정신이 들었다. 한진의 초조한 눈을 바라보는 그녀의 눈이 순식간에 젖어 들었다. 그녀는 다급하게 한진의 품에서 떨어져 나와 바닥에 무릎을 꿇었다.

"사부님, 잘못했습니다. 제가 사부님을 속였어요."

지금까지 누군가에게 안겨 본 적이 없기 때문일까? 아주 약간의 호의를 받은 것만으로도 그녀는 몸 둘 바를 몰랐다. 그저 이 호의가 너무나 소중하고 고마웠다.

사부를 따라 진기를 수련한 오랜 세월 동안, 그녀는 진정으로 사부에게 감사했던 적이 없었다. 그녀가 원해서 사부를 따른 것이 아니었으니까. 그러나 이 순간 그녀는 단지 그의 눈빛 하나에, 그리고 관심 어린 말 한마디에 심장이 뛰고 있었다.

그녀는 지금 자신의 심장이 뛰는 것이 감사한 마음 때문인지, 아니면 다른 감정 때문인지조차 구분할 수 없었다. 한 가지 확실한 것은 진심으로 감동하고 있다는 사실이었다. 그녀는 처음으로 그를 속이거나 저버리지 않고 어떻게든 보답하겠노라 생각하고 있었다.

한진은 놀란 듯 갑자기 눈썹을 치켜세웠다.

"뭐라고?"

소소옥이 솔직하게 대답했다.

"장난을 치고 싶은 마음이었습니다. 사부님을 놀라게 해, 사부님께서 평소 저에게 냉담하게 구신 것에 대해 복수도 하고 싶었고요."

한진도 얼마간은 소소옥이 이상하다는 것은 눈치챈 듯했고, 또 얼마간은 화가 난 것 같기도 했다. 그가 불쾌한 목소리로 물었다.

"그럼 어째서 계속 장난을 치지 않았느냐?"

소소옥은 여전히 솔직했다.

"사부님께서 초조해하시는 것을 보고, 사부님의 마음속에 제가 있다는 것을 알았습니다. 사부님께서 진심으로 저에게 관심을 보여 주신다는 걸 알았어요. 저를 무학을 전수하기 위한 도구로 보시는 것이 아니라는 것을…… 깨닫는 순간, 갑자기 더는 장난을 칠 수가 없었습니다."

'무학을 전수하기 위한 도구'라는 말을 듣는 순간, 한진의 눈에 일말의 복잡한 빛이 스쳐 갔다. 그는 아무 말도 하지 않고 소소옥을 피해 성큼성큼 밖으로 나갔다.

소소옥이 다급하게 쫓아 나와 그 앞을 가로막고 다시 무릎을 꿇었다.

"사부님, 제가 잘못했습니다! 저에게 벌을 주세요!"

한진은 앞쪽의 어둠을 바라보고 있었다. 그는 방금 전까지 초조해하던 모습을 완벽하게 지우고 평소처럼 냉정함을 되찾았다.

"그대로 무릎을 꿇은 채 사흘간 반성하도록 해라. 물 한 방울 마시는 것도 허락하지 않겠다!"

소소옥이 안도의 한숨을 내쉬며 대답했다.

"예, 명을 따르겠습니다."

한진은 다시 한번 그녀를 스쳐 앞을 향해 걸어갔다. 이번에는 아주 천천히 걸었다. 그러나 그는 시종일관 고개를 돌리지 않았다.

그는 소소옥이 '무학을 전수하기 위한 도구'라고 말하기 전까지는 자신이 초조해하고 있었다는 사실을, 실태를 보였다는 사실을 의식하지 못하고 있었다.

'무학을 전수하기 위한 도구'라는 말은 듣기에 썩 좋지 않았지만, 사실 한진은 그런 계획으로 그녀를 받아들였다.

그는 아무런 정도 욕망도 없이, 모든 것을 내려놓은 채 아무 구속도 없이 무학에만 전념해 왔고, 소소옥 역시 그러기를 바랐다. 그러나 그녀가 그의 곁에 나타난 후로 모든 것은 조용히 궤도를 벗어나고 있는 것 같았다.

방금 그는 초조한 나머지 제정신이 아니었다. 그는 뜻밖에도 그녀의 맥을 짚은 후에도 자신이 속고 있다는 사실을 깨닫지 못했다.

한진의 걸음걸이가 점차 느려지더니 결국 어둠 속에서 발걸음을 멈추었다. 그는 벽에 기댄 채 깊은 생각에 빠졌다.

소소옥은 무릎을 꿇은 채, 머릿속으로는 방금 있었던 일을 몇 번이고 떠올리고 있었다. 그러나 방금 그녀의 심장이 그리 뛰었던 게 감사함 때문이었는지, 아니면 정 때문이었는지에 대해서는 생각하지 않았다. 그녀는 그저 그 모든 것이 은혜라 결론을 내렸다. 반드시 보답해야 하는 은혜라고.

그녀는 마치 고집부리는 아이처럼 지난 수년 동안 사부를 존경하지 않았던 것을 후회하고 반성하기 시작했다. 그동안 자신의 노력도 충분하지 않았다는 생각이 들었다.

사부가 진심으로 그녀를 아끼고 사랑해 주는 한, 그리고 그녀에게 관심을 보여 주는 한…… 그녀는 어떤 대가를 치르더라도 사부를 실망시켜서는 안 될 일이었다. 내일부터, 아니 사흘 후부터 그녀는 더욱 노력할 생각이었다.

그렇게 사부와 제자는 각각 어두운 곳과 밝은 곳에 나뉘어 스스로를 반성하고 있었다.

한참 후, 늙은 하인이 한진을 찾다 이곳까지 왔다. 한진은 자신이 아직도 떠나지 않고 있었다는 사실을 소소옥에게 알리고 싶지 않아, 하인에게 조용히 하라고 손짓한 후 소리 없이 걸었다.

하인은 침실 안까지 따라 들어온 후에야 입을 열었다.

"종주님, 도대체…… 옥아 소저와 무슨 일이라도 있으셨습니까?"

한진이 차가운 목소리로 말했다.

"본존은 곧 서궁 금지로 갈 것이다. 저 아이가 물으면 아무 대답도 할 필요 없다."

하인이 답답한 표정으로 다시 물었다.

"그렇다면…… 종주님께서는 언제 돌아오시는지요?"

한진이 짐을 챙기며 대답했다.

"대진국에서 부르는 경우가 아니라면, 나를 찾을 필요 없다."

하인이 다급하게 물었다.

"종주님, 설마 옥아 소저가 비술을 수련 중이라 위험한 상황이라는 걸 잊으신 것은 아니겠지요? 옥아 소저에게 무슨 사고라도 나면 제가 보고를 드릴까요? 아니면 여전히 보고를 드리지 말아야 할까요?"

한진은 방금 소소옥에게 무슨 사고라도 난 것이 아닌가 걱정하여 그리도 초조했던 것이니, 당연히 그 사실을 잊고 있지 않았다. 그러나 망설임 없이 냉랭한 목소리로 말했다.

"별다른 사고가 일어날 리 없다. 그 비술을 익히다 겪게 되는 최악의 상황이라 해 봤자, 그동안 연마한 공력을 모두 잃고 새로 시작하는 것뿐이다. 그 애가 비술을 익히겠다고 고집을 부릴 때 본존이 이미 그 이야기를 해 주었다. 그 애가 비술을 익힐 수 있다면, 그 결과도 스스로 감당할 수 있을 터이다. 걱정할 필요 없다."

그러나 하인은 여전히 초조해하며 말했다.

"종주님, 옥아 소저는 곧 열일곱 살입니다. 만약 새로 시작하는 일이 생긴다면, 옥아 소저의 재능으로는 아마 종주님의 무학을 계승할 수 없을 것입니다."

그러자 한진이 무표정한 얼굴로 차갑게 말했다.

"그 애에게 있어서도 일종의 시험이 되겠지. 그 애가 이 시험을 통과하지 못한다면 본존은 다른 적합한 사람을 찾으면 그만이다."

하인이 다시 물으려 했지만, 한진이 몸을 돌리며 차갑게 말했다.

"너는 말이 점점 많아지는군. 계속 본존을 귀찮게 할 거라면 랑종으로 돌아가는 편이 낫겠다."

하인은 순식간에 그의 뜻을 알아차리고, 읍한 뒤 천천히 물러났다.

그날 한진은 홀로 지하 궁전 서쪽의 금지로 향했다. 물론 소소옥에게는 단 한마디의 설명도 하지 않았다.

소소옥은 아무것도 모른 채, 그 자리에서 물 한 방울도 마시지 않은 채 사흘 밤낮을 무릎 꿇고 있었다. 물론 아주 달가운 마음으로.

사흘 후에도 그녀는 한진을 찾지 않았다. 그녀는 배를 채운 후 옷을 갈아입고 연공을 계속했다.

무릎을 꿇고 있던 사흘 동안 그녀는 아무 생각도 하지 않고 전심전력으로 비술에 대해 고민했다. 그 결과 며칠 전까지는 이해하지 못했던 몇 가지 문제를 이해하게 되었다.

소소옥은 이렇게 집중하며 장장 석 달 동안 고생스럽게 연무했다. 그녀는 마침내 몇 번의 위기를 극복하고 비술의 마지막 단계에 이르렀다. 이 최후의 한 걸음을 순조롭게 완성해 낸다면, 그녀는 단계를 뛰어넘어 승급할 수 있었다!

석 달 동안 굳어 있던 소소옥의 작은 얼굴에 마침내 웃음기가 어렸다. 그녀는 특별히 목욕하고, 보기 좋은 옷으로 갈아입은 다음 한진을 찾으러 나섰다. 소소옥은 이제야 자신이 사부를 뵐 낯이 있다고 생각하고 있었다.

옥아 외전 **순수**

소소옥이 기쁜 마음으로 수련한 결과를 자랑하기 위해 한진을 찾아갔지만 허사였다. 소소옥은 늙은 하인이 다가오는 것을 보고 재빨리 다가가 물었다.

"사부님께서 또 출타하셨어?"

하인은 말을 많이 하면 소소옥을 속일 수 없을 것 같아 고개만 끄덕였다. 그러자 소소옥이 다시 물었다.

"어디로 가셨지?"

하인이 코를 문지르더니 웃으며 말했다.

"옥아 소저, 종주님의 행적이 정해져 있지 않다는 건 소저도 아시잖습니까. 저에게 이야기해 주시는 경우는 거의 없지요."

소소옥의 눈에 실망의 빛이 스쳤다. 그러나 소소옥은 더는 묻지 않았다.

하인이 말했다.

"소저, 최근 아주 고생하셨습니다. 뭐든 드시고 싶은 게 있으면 사양 마시고 이야기해 주십시오."

소소옥은 식욕이 전혀 없었다. 그녀는 고맙다고 말한 후 한진의 방으로 걸어갔다. 하인은 잠시 망설이다가 그녀를 쫓아왔다.

한진의 방을 살펴본 소소옥은 이 방이 꽤 오래 비어 있었다는 걸 확신했다. 그녀는 소매를 걷어붙이고는 하인에게 걸레와

빗자루를 가져다 달라고 부탁했다.

하인이 고민스러운 표정을 지었다. 소소옥은 비록 비천한 출신이었지만 한진의 제자가 된 후로는 마치 주인이 된 것처럼 스스로 이런 일을 한 적이 없었다. 물론 그녀에게 이런 일을 시키는 사람도 없었다. 그런데 오늘은 대체 왜 이러는 걸까?

하인이 서둘러 말했다.

"옥아 소저, 종주님께서 계시지 않아도 제가 이 방은 매일 청소해서 아주 깨끗하답니다. 게다가 설령 청소가 필요하다 해도 소저께서 하실 일이 아닙니다. 대체 왜 이러시는 건지요?"

소소옥이 대답했다.

"내가 뭘 하는지는 신경 쓸 필요 없고, 그 물건들만 가져오면 된다!"

하인은 움직이지 않고 의심스러운 표정으로 소소옥을 바라보았다.

"옥아 소저, 대체……."

소소옥이 귀찮다는 듯 그의 말을 잘랐다.

"쓸데없는 소리를 왜 그리 하는 거야. 내가 말한 물건을 가져와. 다른 건 신경 쓸 필요 없으니까."

하인은 어쨌든 하인일 뿐이니 감히 반박하지 못하고 그대로 따를 수밖에 없었다.

소소옥은 장장 두 시진에 걸쳐 한진의 방을 깨끗하게 청소했다. 심지어 벽돌 사이의 틈새에도 먼지 한 톨 보이지 않을 정도였다.

하인은 당황한 표정으로 문가에 서서 그런 소소옥을 지켜보고 있었다. 방 안의 공기마저 깨끗해진 듯한 착각이 들 정도로 변해 가고 있었다.

소소옥이 걸레를 하인에게 건네며 차갑게 말했다.

"네가 청소한 것과 비교하면 어때 보이지?"

하인은 솔직하게 대답했다.

"옥아 소저께서는 과연 황후마마의 시중을 드시던 분이군요!"

소소옥이 냉랭하게 말했다.

"그렇게 말하는 건, 스스로가 나보다 못하다는 걸 인정하는 거겠지?"

하인은 고개를 끄덕이면서도 말했다.

"하지만 옥아 소저는 지금 기를 수련하시는 것이 중요하니, 이 일은 제게 맡겨 주십⋯⋯."

소소옥이 다시 그의 말을 끊었다.

"지금부터 사부님 시중을 드는 임무에 나도 한몫해야겠어. 내가 할 수 있는 일은 전부 나에게 넘기면 돼. 내가 하기 불편한 일은 지금까지처럼 네가 하면 되고."

하인은 의아한 표정이었다.

"예?"

소소옥이 다시 한번 말했다.

"오늘부터 내가 너와 함께 사부님 시중을 들겠다는 거야. 내가 할 수 있는 일은 네가 하지 말도록 해. 내가 하기 불편한 일은 너에게 남겨 줄 테니."

하인이 눈을 크게 뜨고 다시 중얼거렸다.

"네?"

소소옥은 매우 진지했다. 아니, 심지어 엄숙하기까지 했다. 그녀가 세 번째로 이야기하려 했을 때, 하인이 재빨리 그녀의 이마에 손을 가져다 대더니 소소옥과 마찬가지로 진지하게 물었다.

"옥아 소저, 괜찮으십니까?"

소소옥은 그의 손을 밀어내고 서탁 앞으로 다가가 붓을 들었다. 그리고 글씨를 쓰기 시작하며 말했다.

"이보다 더 좋을 수 없을 정도야."

그녀는 아주 긴 목록을 적어 하인에게 건네고, 어서 나가 물건을 사 오라고 재촉했다. 하인이 목록을 보니 바늘, 실, 흰 천 같은 재봉용의 물품들이었다. 대체 무엇에 쓰려는 것인지, 하인으로서는 감도 잡히지 않았다.

하인은 답답한 나머지, 혹시 자신이 꿈을 꾸고 있는 것은 아닌지 의심하기 시작했다.

"옥아 소저, 대체 무엇을 하시려는 겁니까?"

소소옥이 무시하듯 그를 흘깃 보더니 말했다.

"반평생 하인으로 지내 왔으면서 신발 깔창도 알아보지 못하는 거야? 사부님의 신발 깔창이 거의 다 닳은 걸 보지 못한 모양이지?"

하인이 당황하여 물었다.

"마, 만드실 줄 아십니까?"

소소옥이 하인을 흘긋 보고 몸을 돌렸다. 대답하기도 귀찮다는 태도였다. 그녀는 전지전능한 조 할멈 곁에서 오랜 세월을 보냈다. 그런 그녀가 할 줄 모르는 일이 무엇이 있겠는가?

하인이 쫓아오더니 다급하게 말했다.

"옥아 소저, 대, 대체…… 대체 왜 이러십니까? 설마 무슨 일이라도 있어서…… 오해하거나 하신 것은 아니지요?"

"아무 일도 아니다. 난 그저 사부님 시중을 들고 싶을 뿐이야."

소소옥의 대답에 하인이 진지하게 입을 열었다.

"옥아 소저. 종주님께서 소저를 제자로 받아들이신 것은 소저께서 무학에 전념하기를 바라셔서일 뿐, 하인으로 삼기 위함이 아니십니다. 종주님은 소저의 시중이 필요하지 않으십니다."

그러자 소소옥이 반문했다.

"네가 사부님도 아니면서, 사부님께서 필요하신지 아닌지 어떻게 안다고 그러는 거지?"

하인은 순간적으로 할 말을 잃었다. 그사이 소소옥이 다시 말했다.

"내가 사부님 시중을 든다 해서 무학에 전념할 수 없다고 누가 그래? 내가 너인 줄 알아?"

하인은 다시 한번 말문이 막혀 얼굴마저 어두워졌다. 소소옥이 그를 피해 계속 앞으로 걸어갔다.

하인은 얼굴을 찌푸리고 있었다. 아무리 생각해도 이해할 수 없었고, 그저 뭔가 이상하다는 생각만 들었다. 그가 다시 한번 종주 역시 이상했던 것을 떠올리니, 갑자기 뭔가 짚이는 것이 있었다.

설마, 소소옥이 들겠다는 시중이 그가 이해한 시중과…… 다른 것일까? 그렇다면 이거 큰일이 아닌가!

경악한 하인이 다급하게 소소옥을 막아서고는 진지하게 말했다.

"옥아 소저, 비록 제가 소저의 일에 참견할 자격은 없지만, 그래도 꼭 소저께 드려야 할 말씀이 있습니다. 종주님께서는 지금까지 어떤 여인의 시중도 필요로 하지 않으셨습니다. 그러니 소저께서도 제자로서의 본분을 지키시고, 결코 있어서는 안 될 생각을 하지는 않으셨으면 합니다. 만약 종주님의 수련을 방해하는 일이 생긴다면, 종주님은 언제라도 소저를 랑종에서 쫓아내실 것입니다."

영리한 소소옥은 바로 하인의 뜻을 이해했다. 그녀는 잠시 멍한 표정을 지었으나 곧 큰 소리로 웃기 시작했다. 어찌나 웃음이 터져 나오는지 허리도 제대로 펴지 못할 정도였다.

그 모습을 본 하인이 화가 나서 외쳤다.

"옥아 소저! 저는 농담을 하는 것이 아닙니다!"

웃음을 멈춘 소소옥이 눈썹을 치켜세우고 하인을 위아래로 훑어본 다음 차가운 목소리로 말했다.

"내가 너를 알게 된 지 몇 년인데, 네가 무슨 생각을 하는지 모를 것 같으냐? 내가 사부님의 시중을 들고자 하는 것에는 어떤 의도도 없다. 그러니 그 가소로운 추측은 집어치우고, 안심하도록 해라!"

하인은 소소옥의 말을 믿지 못하겠다는 듯 다시 물었다.

"아무 의도도 없으시다고요? 그런데 왜 이런 일을 하시려는 겁니까?"

"사부님께서 진심으로 나를 아끼시니, 나도 그분께 잘 대해 드리고 싶을 뿐이다."

소소옥은 정말로 다른 의도가 없었다. 그녀는 순수하게 사부가 자신에게 잘 대해 주었으니 자신도 사부에게 잘 대해 주고 싶을 뿐이었다.

그러나 하인은 이것이 그저 핑계에 지나지 않는다 생각하고 조소하듯 말했다.

"그리도 오랜 세월 동안 은혜에 감사드리는 모습을 본 적이 없거늘, 오늘 어찌 그리도 갑자기 깨달음을 얻으셨는지요?"

"예전에는 알지 못했지만 이제 알게 되었다!"

그러나 하인은 여전히 의심스러운 표정으로 외쳤다.

"핑계로군요!"

소소옥이 그를 노려보았다.

"네가 신경 쓸 일이 아니다!"

하인이 계속 이야기하려 하자 소소옥이 차가운 목소리로 경고했다.

"내 일에 신경 쓰지 않는 게 좋을 거다. 아니면 독으로 네 입을 막아 버리는 수도 있으니까."

하인이 화를 내는 사이 소소옥은 성큼성큼 걸어 그 자리를 떠났다. 하인은 당연히 소소옥 대신 물건을 사러 가지 않았고,

소소옥도 더는 하인에게 부탁하지 않았다.

　다음 날 소소옥은 지하 궁전을 떠나, 풍명산에서 가장 가까운 작은 성에 들러 물건을 샀다. 그녀는 여전히 매일 힘들게 수련을 하고, 사흘에 한 번 한진의 방을 청소했다. 그리고 자기 전에 시간을 내어 신발 깔창을 만들었다.

　하인은 이제 대놓고 그녀를 막지는 못했지만, 몰래 그녀를 노려보곤 했다. 그러나 하인은 계속 걱정하면서도 한진에게 연락을 취할 엄두를 내지는 못했다.

　한 달 후, 소소옥은 신발 깔창을 두 쌍 만들었고, 비술 최후의 수련에 들어갔다. 그러나 최후의 난관에서 그녀에게 문제가 생기고 말았다…….

옥아 외전 **분노**

석실 안, 소소옥이 돌로 만든 침상 위에 가부좌를 틀고 앉아 있었다.

석실 안은 분명 음산할 정도로 추웠지만 그녀의 얼굴은 붉게 달아올라 땀을 잔뜩 흘리고 있었다. 두 눈을 감은 채 이마에 내 천川 자를 그리고 있는 것이, 얼핏 보기에도 무척 고통스러운 듯했다.

조금 전만 해도 그녀는 1년도 채 되지 않아 비술을 익혔다고 몰래 기뻐하고 있었다. 그러나 바로 그 순간, 계속 안정적이던 진기가 갑자기 크게 늘더니 체내에서 어지러이 돌아다니기 시작했다. 금방이라도 진기를 제어할 수 없을 것만 같았다!

대체 어찌 된 일일까? 비술을 익힌 이후만이 아니라, 소소옥이 진기를 수련하기 시작한 후 지금까지 이런 상황이 벌어진 적은 한 번도 없었다!

그녀가 충분히 신중하지 못해 주화입마에 빠진 걸까? 아니면 실패한 걸까? 소소옥으로서도 연유는 알 수 없었다.

그러나 어떻게 해서든 진기를 제어해야 했다. 그녀는 실패할 수 없었다! 사부가 말하지 않았던가. 이 비술에 실패하면 진기를 모두 잃게 되고, 모든 것을 새로 시작해야 한다고!

그녀는 4년 동안 수련하며 온갖 고생을 한 끝에 지금의 경지에 이르렀다. 다시 4년 동안 고생하는 것 정도야 아무렇지 않았다. 그러나 늦어 버리는 것이 무서웠다.

열세 살에 수련을 시작한 것도 이미 아주 많이 늦은 셈이었다. 그런데 열일곱 살이야 말해 무엇할까?

더더욱 두려운 것은, 자신의 약속을 지키지 못하고 사부의 기대를 저버리게 된다는 것이었다. 그녀가 사부에게서 비술을 배우게 된 것은 바로 그녀가 고집을 부렸기 때문이니까!

그녀는 결코 실패할 수 없었다!

만약 실패한다면 사부는 그녀를 어떻게 대할까?

소소옥은 있는 힘을 다해 여러 방법을 써 보았지만, 점점 더 진기를 제압할 수 없었다. 심지어 그녀가 제압하려 할수록 진기는 점점 더 커졌다. 금방이라도 그녀의 몸을 부숴 버릴 것처럼!

어떻게 해야 하지?

소소옥이 맹렬한 기세로 눈을 떴다. 마침내 그녀는 최후의 냉정함마저 잃고 말았다.

그녀는 다급하게 침상 아래로 내려와 검을 뽑은 다음, 연무실을 향해 달리기 시작했다. 진기를 제압할 수 없다면, 전부 다 쏟아 내는 수밖에 없다!

그러나 소소옥은 연무실에 도착할 때까지 버틸 수 없었다. 그녀는 회랑에서 검을 휘두르기 시작했다. 사납게 휘몰아치고 베어 가니, 얼마 지나지 않아 바위로 이루어진 회랑이 무너져 내렸다.

밖에서 돌아온 하인이 이 소리를 듣고 쫓아왔다가 소소옥이 어지러이 무너져 내린 바위 틈에서 날뛰고 있는 것을 발견했다. 하인은 무학을 익힌 사람은 아니었지만 한진 곁에 오래 있었던 만큼, 소소옥이 주화입마에 빠진 것이 아니면 비술을 익히는 데 실패했음을 눈치챘다.

그가 소리쳤다.

"옥아 소저, 어찌 된 일입니까? 옥아 소저, 어서 깨어나십시오! 옥아 소저, 이러지 마십시오! 너무 위험합니다!"

주화입마나 비술 실패의 결과가 어떠한지는 말할 필요도 없었다. 소소옥이 이대로 계속 날뛰다가는 아마 무너져 내리는 바위에 맞아 죽을지도 모른다!

소소옥은 하인을 쳐다보지도 않고 여전히 미친 것처럼 검을 휘두르고 있었다. 찰나의 순간, 그녀의 검에서 진기가 뻗어 나오더니 앞쪽 돌벽의 중앙 부분을 그대로 꿰뚫었다. 그리고 얼마 지나지 않아 그 돌벽이 굉음과 함께 무너지기 시작했다!

하인이 깜짝 놀라 소리쳤다.

"옥아 소저, 종주님께서 폐관 수련 중이십니다. 소저께서 이 지하 궁전을 무너뜨리신다면 종주님을 해치게 되십니다! 어서 멈추십시오, 어서⋯⋯!"

자신의 말실수를 깨달은 하인이 말을 멈추었다. 소소옥 역시 바로 움직임을 멈추었다. 그녀는 하인을 바라보다가 몸을 맹렬하게 떨더니 울컥, 선혈을 토해 냈다.

하인이 경악하는 가운데 소소옥은 몸을 돌려 회랑 깊은 곳을 향해 달리기 시작했다!

"옥아 소저, 어디로 가십니까?"

하인은 망설였으나 결국은 한진을 찾으러 가지 않고 대신 소소옥을 쫓아갔다. 소소옥을 구할 수 있는 사람은 한진뿐이지만, 폐관 수련 중인 그를 억지로 나오게 한다면 그에게 문제가 생길 것이다. 한진과 같은 고수라 해도 일단 문제가 생기면 참혹한 대가를 치러야 했다!

하인은 소소옥이 연무방으로 가리라 생각했다. 그곳의 강철처럼 단단한 돌벽은 소소옥의 진기를 버텨 낼 수 있을 테니까.

소소옥은 경공을 사용해 나는 듯이 달렸다. 이를 악문 입술에서는 선혈이 계속 배어 나오고 있었다. 그녀는 진기가 오장육부 안에서 서로 충돌하는 것을 억지로 억눌렀다. 그러나 검을 휘둘러 진기를 발산하지는 않았다.

마침내 그녀는 연무방에 도착했지만, 안으로 들어가지 않고 계속 지하 궁전 대문까지 달려갔다.

하인의 말이 그녀를 일깨운 것이다.

그녀는 어째서 하인이 사부가 폐관 수련을 한다는 사실을 숨겼는지 생각할 여유가 없었다. 그러나 자신이 지하 궁전을 무너뜨려 사부를 해쳐서는 안 될 뿐 아니라, 너무 큰 인기척을 내어 사부를 놀라게 하거나 방해하면 안 된다는 것을 알고 있었다. 사부가 폐관 수련 중간에 나와서는 안 되니까.

그렇기에 그녀는 지하 궁전을 떠나는 것을 선택했다.

지하 궁전 대문은 연무방에서 상당히 먼 곳에 있었고, 소소옥은 참고 또 참는 수밖에 없었다. 마지막 순간 그녀는 숫제 검을 던져 버렸다.

마침내 지하 궁전 밖으로 나오니, 눈앞이 보이지 않는 칠흑 같은 어둠 속에 밤비가 내리고 있었다. 그러나 소소옥은 조금도 주저하지 않았고, 왜소한 몸은 순식간에 밤비 속으로 사라졌다. 연이어 울리는 뇌성이며 시끄러운 빗소리가 그녀의 모습뿐 아니라 그녀의 모든 기척마저 지워 주었다.

하인이 문가에 도착했을 때에는 이미 소소옥의 그림자조차 보이지 않았다. 어떻게 해야 하지?

하인이 다시 한번 망설였으나, 결국 생각을 바꾸지는 않았다. 그는 도롱이를 입고 등불을 든 채 소소옥을 찾으러 나섰다.

다음 날 새벽, 비가 내린 후의 하늘은 유난히도 맑았다. 숲속의 모든 것이 새로 씻겨 내린 듯 깨끗하고 맑은 모습이었다.

하인은 밤새도록 소소옥을 찾아다녔지만 결국 그녀를 찾지못했고, 이제 황망한 가운데 두려움에 떨고 있었다. 그러나 이 상황에서도 하인은 한진을 놀라게 할 생각은 없었다. 그는 총총히 지하 궁전으로 되돌아와 대진국 황도로 보낼 서신을 적었다.

그러나 하인이 서신을 보내려 했을 때, 갑자기 얼음처럼 차가운 한진의 목소리가 들려왔다.

"어서 본존의 자옥단을 가져오너라."

하인은 깜짝 놀라 뒤를 돌아보았다. 한진이 흠뻑 젖은 채 정신을 잃은 소소옥을 안고 있었다. 한진의 입가에는 피가 묻어 있었고 안색도 창백했다.

하인이 한진을 따른 지 이미 수십 년이었으나, 한진이 이렇게 낭패한 모습은 처음 보았다. 어젯밤 폐관 수련을 중단하고 소소옥을 찾아다닌 것이 분명했다!

"종…… 종주님!"

하인은 순간적으로 어찌 반응해야 할지 알 수 없었다.

한진은 소소옥을 안고 방으로 들어가 그녀를 침상에 내려놓았다. 그의 목소리는 얼음처럼 차가웠을 뿐 아니라, 심지어 살의마저 내비치고 있었다.

"어서! 이 계집애를 살려 낼 수 없게 되면 본존은 너를 함께 순장시킬 것이다!"

하인은 그제야 정신을 차리고 빠른 걸음으로 달려 나갔다.

한진은 어젯밤 밖에서 들려오는 소리를 듣고 소소옥에게 문제가 생겼음을 직감했다. 그는 고민조차 하지 않고 바로 폐관 수련을 그만두고 나왔지만, 그가 나왔을 때는 소소옥이 이미 사라진 후였다. 한진의 눈에 비친 것은 하인이 비를 맞으며 소소옥을 찾으러 나가는 장면이었다.

사실 한진 역시 소소옥이 수련한 이 비술을 수련한 적이 있었다. 그는 시간을 계산한 다음 폐관 수련에 들어갔고, 석 달 후에 나올 예정이었다. 소소옥이 이렇게 빨리 수련을 끝낼 줄은 그도 미처 몰랐던 것이다. 그녀는 그의 예상보다 무려 석 달이나 앞섰다.

소소옥은 주화입마에 빠진 것이 아니라, 수련의 속도가 너무 빠른 나머지 몸이 강한 진기를 버텨 내지 못해 문제가 생긴 것이었다. 소소옥이 제때 진기를 힘으로 바꿔 소모해 버렸다면, 진기를 잃는 일도 없었을 뿐 아니라 이렇게 심한 상처를 입지도 않았을 것이다.

한진은 어젯밤 대체 무슨 일이 벌어졌는지 알지 못했다. 소소옥이 대체 무엇 때문에 이리 참아 낸 것일까? 어째서 연무방으로 가지 않았을까?

그는 하인에게 이런 것들을 물어볼 여유도 없었다. 그는 소소옥을 부축해 앉힌 다음, 자신의 몸을 보호하는 호체진기를 망설임 없이 그녀에게 쏟아붓기 시작했다.

호체진기는 다른 진기와는 달리, 기를 수련하는 자의 최후 방어선이라 할 수 있는 것이었다. 폐관 수련을 중단하여 이미 심각한 손상을 입은 한진이 호체진기를 움직인다는 것은 그야말로 설상가상이나 마찬가지였다!

하인이 귀한 자옥단을 가지고 돌아오다가 이 모습을 보고 바로 소리쳤다.

"종주님, 안 됩니다!"

한진은 하인의 말에 귀를 기울이지 않았다.

하인은 두 손으로 자옥단을 받쳐 든 채 그 자리에 무릎을 꿇고 말했다.

"종주님, 이미 소저 때문에 방해를 받으셨지 않습니까. 설마, 소저 때문에 더욱 지체하실 생각은 아니시겠지요?"

한진은 여전히 아무 대답도 하지 않았다.

하인이 계속 말했다.

"종주님, 어린 시절부터 무학에만 전념하신 것은 무엇 때문입니까? 그때 어떻게 노종주님의 명을 거역하고 혼사를 거절하셨는지, 설마 잊으셨습니까?"

한진의 몸이 살짝 굳는 듯했으나 곧 다시 소소옥에게 진기를 불어넣기 시작했다.

설마설마하던 하인은 한진의 이 반응을 보고 완전히 확신했다. 그는 미간을 찌푸린 채 계속 망설이다가 결국 다시 입을 열었다.

"종주님, 대진국의 초청이 아니면 어떤 일이 발생하건 방해하지 말라 하신 분은 바로 종주님 아니십니까. 종주님께서 그저 되는 대로 하신 이야기인 줄 알았다면 저도 진심으로 받아들이지 않았을 것입니다. 어젯밤 저는 종주님을 찾아갔어야 했습니다. 그랬다면 소저도 이 지경까지 이르지는 않았겠지요."

하인은 잠시 말을 멈췄다가 마음을 사납게 먹고 계속 말했다.

"아닙니다. 저는 어젯밤까지 기다릴 것도 없었습니다. 소저가 종주님의 행방을 물었을 때 솔직하게 대답했어야 했습니다. 종주님께서 소저 때문에 마음이 흔들려, 일부러 소저를 피하고 계신다고 말입니다!"

"그만!"

한진이 마침내 하인을 돌아보았다.

"자옥단을 내려놓고 나가거라!"

하인은 하고 싶은 말을 다 쏟아 낸 다음이었기에 두려울 게 없었다.

그는 무릎을 꿇은 채 다시 말했다.

"제 말이 틀렸습니까? 아니면 제 말이 옳기에 종주님께서 들으려 하지 않으심입니까?"

한진의 눈에 차가운 빛이 스쳐 가더니 갑자기 손을 뻗었다. 하인은 속으로 경악했다. 종주가 자신에게 손을 쓰리라고는 생각지 못한 것이다. 그는 종주가 태어났을 때부터 지금까지 종주의 시중을 들어 왔으니까!

한진은 결국 하인에게 손을 쓰지 않고, 대신 그의 손에 있는 자옥단을 움켜쥐었다.

하인은 그제야 한진이 이미 호체진기로 소소옥을 지켰음을 깨달았다. 그는 조급한 나머지 맹렬한 기세로 몸을 일으키며 외쳤다.

"종주님! 자옥단은 소저보다 종주님께서 드셔야 합니다!"

그와 동시에 한진이 소소옥의 턱을 잡더니 입 안으로 자옥단을 밀어 넣었다! 하인에게 한진을 말릴 배짱이 있다 해도, 이미 말릴 기회는 없었다. 하인은 절망스러운 표정으로 그 자리에 멍하니 서 있을 뿐이었다.

한진은 조심스럽게 소소옥을 침상 위에 눕혔다. 단 한 번도 사람을 보살펴 본 적 없는 그였기에 그 동작은 상당히 어색해 보였다.

그는 하인을 상대하지 않았을 뿐 아니라 소소옥에게도 그 이상 눈길을 주지 않고 바로 몸을 돌렸다. 그러나 문가에 도착한 그는 발걸음을 멈추더니 다시 소소옥에게로 돌아왔다.

그는 소소옥의 맥을 짚고 다시 그녀의 이마를 쓸어 보았다. 소소옥은 열이 나고 있었고, 옷은 온통 젖어 있었다. 만약 이대로 둔다면 분명 큰 병을 앓을 것이다.

한진이 냉랭한 목소리로 물었다.

"산에서 내려가 시중을 들 여자를 구해 오려면 얼마나 걸리겠느냐?"

하인은 계속 멍한 표정이었다. 한진이 무엇을 묻는지조차 인식하지 못하는 듯했다.

한진이 하인을 돌아보며 다시 차갑게 물었다.

"산에서 내려가 시중들 여자를 구해 오려면 얼마나 걸리겠느냐고 물었다."

하인은 그제야 정신을 차렸다. 그는 소소옥의 옷을 갈아입힐 사람이 필요하다는 것을 깨닫고 대답했다.

"가장 가까운 마을을 다녀오는 데도 거의 하루는 걸립니다."

한진은 여전히 무표정한 얼굴이었지만 손은 몇 번이고 주먹을 쥐고 있었다. 분명 결단을 내리기 어려운 듯한 모습이었다.

그는 잠시 침묵하더니, 마음을 단단히 먹은 듯 여전히 차가운 목소리로 하인에게 분부했다.

"불을 피우고 소옥아를 잘 보살피고 있도록 해라. 본존이 다녀오겠다!"

하인이 다급하게 외쳤다.

"종주님! 그러다가는 몸이 버텨 내지 못할 겁니다! 제가 가겠습니다! 이 산속 길이라면 제가 제일 훤합니다요!"

그러나 한진은 아무 대답 없이 몸을 돌려 달려 나갔다. 하인이 쫓아갔을 때는 이미 그의 그림자조차 보이지 않았다. 하인은 화도 나고 마음이 아프기도 하여 고개를 저으며 중얼거렸다.

"악연! 악연이야! 이리 될 줄 미리 알았더라면 차라리 한향을 제자로 받아들이는 편이 나았을 텐데."

하인은 화가 난 것은 화가 난 것이고, 감히 소소옥에게 소홀하게 굴지는 못했다. 그는 재빨리 불을 피워 소소옥을 따뜻하게 해 주었다.

한진은 깨끗한 옷으로 갈아입은 후 경공을 사용하여 지하 궁전을 나섰다. 그러나 지하 궁전 밖으로 나간 순간, 그는 갑자기 발걸음을 멈추더니 한쪽 무릎을 꿇고 검은 피를 왈칵 토해 냈다.

체내의 진기는 이미 제어를 잃어 가고 있었다. 그는 감히 대수롭지 않게 넘길 수 없어 바로 가부좌를 틀고 앉았다. 그러나 지금 상태로는 아무리 수양을 한다 해도 이 웅혼하고 패기가 넘치는 진기를 당해 낼 수 없었다.

그는 자신의 상황을 너무나 잘 알고 있었기에, 망설이지 않고 곧바로 결단을 내렸다. 진기를 한 단계 내려 자기 자신을 지키기로 한 것이다!

진기의 품은 올라갈수록 점점 더 승급이 어려워진다. 한진과 같은 품계에서는 한 단계 올라가기 위해 보통 짧게는 10년, 길게는 평생을 걸어야 했다. 그가 아무리 뛰어난 재능을 타고났다 해도, 또 그가 폐관 수련을 힘겹게 해낸다 해도 장장 3년이 필요할 터였다.

지금 이 짧은 순간에 그는 3년 동안 쌓아 온 공력을 잃어버린 것이다!

한진이 평생 가장 마음에 두었던 것이 바로 진기였고, 가장 많은 주의를 기울인 것도 진기의 품계였다. 그러나 이 순간, 창백하게 질린 그의 얼굴에는 어떤 표정도 떠오르지 않았다. 평소와 다를 바 없이 고고하고 냉담해 보였다.

입에서 선혈이 계속 배어 나와 새로 갈아입은 흰옷 사이로 흘러내렸지만, 그는 잠시 옷차림을 정리한 후 몸을 일으켜 산 아래로 내려가기 시작했다.

하인이 하루 가까이 걸린다고 했지만 한진은 반나절 만에 중년 여인을 데려왔을 뿐 아니라 추위를 몰아내는 약초도 구해 왔다. 소소옥의 옷은 이미 말라 있었지만, 고열은 내려가지 않은 상태였다. 아무래도 감기가 심하게 든 모양인지, 그녀는 계속 정신을 차리지 못하고 있었다.

소소옥의 맥을 짚은 한진은 중년 여인에게 지시 사항을 알려 준 후 밖으로 향했다. 그는 문가에 도착한 다음에야 하인에게 말했다.

"잘 지켜보도록 해라. 저 아이가 깨어나도 본존이 저 아이를 구했다고 말할 필요 없다. 그저 저 아이가 너무 서두르다 실패해 진기를 모두 잃었다고만 말하거라."

그리고 한진은 영패를 꺼내 들었다. 그의 눈빛은 차가웠고, 목소리는 더더욱 차가웠다. 그는 단 한순간도 망설이지 않고 말했다.

"사흘 후, 저 아이가 침상에서 내려올 수 있게 되면 저 아이를 떠나게 하라!"

'저 아이를 떠나게 하라'라는 말에는 분명 두 가지 의미가 숨어 있었다. 첫째로는 소소옥을 랑종에서 내쫓고 사제 관계를 끊을 거라는 의미였고, 둘째로는 하인에게 이 일의 전권을 주겠다는 의미였다. 즉, 어떤 이유를 대건 또 어떤 방식을 쓰건 소소옥을 떠나게 하는 일을 하인에게 맡기겠다는 이야기였다.

한진은 말을 마치자마자 영패를 하인의 손에 억지로 쥐여 준 다음 그 자리를 떠났다.

하인은 이것이 종주 특유의 무정하고 잔인한 행동 방식에 지극히 걸맞은 일이라는 걸 알고 있었다. 그러나 또한 종주의 이런 행동을 이해할 수도 없었다. 하인은 다시 한번 종주가 소소옥에게 보인 태도를 되짚어 보기 시작했다.

종주가 소소옥에게 방해받았다고 이야기했을 때, 하인은 사실 그런 식으로는 생각하지 않았다. 그저 종주에게 소소옥의 존재가 종주의 친딸을 포함하여 다른 이들과 다르다는 것, 소소옥은 종주가 수십 년에 걸쳐 지켜 온 마음을 흔들 수 있는 존재라는 것만을 얼핏 인지했을 뿐이었다.

그러나 후에 소소옥의 행동을 본 그는 의심하기 시작했다. 소소옥과 종주 사이에 평범하지 않은 감정이 싹트고 있는 것은 아닐까?

게다가 종주는 이번에 소소옥을 구하기 위해 참혹한 대가를 치렀다. 하인이 의심을 사실이라고 확신하기에 충분한 상황이었다.

그러나 종주는 다시 이렇게나 단호한 태도를 보였고, 하인은 당황하고 말았다. 그가 종주를 오해했던 걸까? 아니면 종주가 그의 권유를 받아들여 정신을 차린 걸까? 하인이 아무리 생각한들 이해할 방법은 없었다.

하인은 결국 생각하기를 멈추고 중얼거렸다.

"소옥아⋯⋯. 소옥아. 네가 대체 어떻게 종주님의 마음을 흔들었는지는 상관없다. 네가 종주님의 마음을 흔든 이상 이곳에 남을 수 없을 테니! 지금 종주님도 네게는 아무 빚도 없는 상태니, 너는 떠나야만 한다⋯⋯."

하인은 영패를 꽉 쥔 채 고민하고 또 고민하며 소소옥에게 전할 말을 골랐다. 그러고는 중년 여인을 불러내 진지하게 설명한 다음, 소소옥이 깨어나기를 기다렸다.

이틀 후 새벽, 열이 내린 소소옥이 몽롱한 표정으로 겨우 눈을 떴다…….

옥아 외전 **몰아내다**

소소옥은 자신이 죽었다고 생각했다. 그러나 점차 의식이 회복됨에 따라 제 몸의 상태를 깨닫게 되었다. 진기를 잃었고, 한바탕 큰 병을 앓고 난 것과 같이 몸이 허약해져 있었다.

죽지 않았다고?

그녀는 재빨리 몸을 일으켰고, 자신이 지하 궁전 안 제 방에 있다는 것을 알아차렸다.

소소옥은 스스로 맥을 짚어 보고 다시 진기를 소환해 보았다. 결론은 그녀의 느낌이 옳았다는 것이었다. 여전히 살아 있었지만, 이제 폐물이나 다름없는 몸이 되었다.

누가 구해 준 걸까?

그녀를 구할 수 있는 사람이 한진 외에 또 누가 있을까? 하지만 그는 폐관 수련 중이지 않았던가! 대체 어떻게 된 일일까?

소소옥이 다급하게 침상 아래로 내려왔다. 그러나 두 발이 바닥에 닿는 순간 현기증이 파도처럼 밀려와 그녀는 제대로 서있을 수조차 없었다. 다시 자리에 앉아 잠시 쉰 다음, 겨우 다시 몸을 일으켜 밖으로 향했다.

그녀가 문을 여는 순간 낯선 중년 여인이 탕약을 들고 다가오는 모습이 눈에 들어왔다.

소소옥이 차가운 목소리로 물었다.

"누구시죠?"

여인이 무척 기뻐하며 재빨리 절을 했다.

"소저, 마침내 깨어나셨군요! 제가 어서 문백에게 알리고 오겠습니다."

문백은 늙은 하인의 이름이었다.

소소옥은 답답하기 그지없었다. 풍명산은 한진이 폐관 수련을 하는 곳이었을 뿐 아니라 랑종의 금역이기도 해, 지하 궁전과 결계가 결합된 곳이었다. 예전에는 한진이 이곳에 시위를 남겨 두었지만, 최근 수년 동안은 늙은 하인을 제외하면 그 누구도 안으로 들이지 않았다. 그런데 한진은 어째서 중년 여인을 이곳으로 들인 걸까?

소소옥이 여인을 가로막으며 물었다.

"이곳에 어떻게 온 거죠? 무엇을 하러 온 건가요?"

여인이 대답하기도 전에 곁에서 하인의 목소리가 들려왔다.

"옥아 소저의 시중을 들게 하려고 제가 데려온 사람입니다."

하인이 다가오더니 여인의 손에서 탕약을 받아 들었다. 그리고 여인을 물러가게 한 뒤 방 안으로 들어가며 말했다.

"옥아 소저, 들어오십시오. 드릴 말씀이 있으니."

소소옥은 영문도 모르는 채 조금 불안해졌다. 그러나 그녀는 마음 가득한 의혹을 억누르고 하인을 따라 안으로 들어가 말없이 자리에 앉았다. 그런데 이게 웬일일까. 하인이 그녀 앞으로 탕약 그릇을 밀어 주며 이리 말하는 것이 아닌가.

"옥아 소저, 일단 이 약을 드십시오. 약을 다 드시면 제가 소저를 배웅해 드리겠습니다.”

이 말을 들은 소소옥이 갑자기 눈썹을 치켜세웠다.

하인이 이어 말했다.

“제 말이 많을 필요는 없겠지요. 옥아 소저께서도 스스로 실패하셨다는 것을 아주 잘 알고 계실 터이니 말입니다. 랑종은 실패자를 남겨 두지 않습니다. 오늘 이후로 소저께서는 랑종과도, 또 종주님과도 아무 상관 없는 사람입니다. 소저께서는 원래 오셨던 곳으로 되돌아가시면 됩니다.”

의자의 손잡이를 잡고 있던 소소옥의 손이 점차 주먹으로 변해 갔다. 그녀는 잠시 기다렸으나 하인이 그 이상 말할 뜻이 없는 것을 깨닫고 겨우 차갑게 입을 열었다.

“사부님은?”

하인은 대답 대신 한진의 종주 영패를 꺼냈다.

“종주님께서 폐관에 드시기 전 이미 말씀하셨습니다. 만약 소저가 비술을 익혀 승급에 성공하신다면 폐관에서 나오신 다음 더 높은 비술을 가르쳐 주시겠다고 말입니다. 그러나 만약 실패한다면 소저는 그분의 제자가 될 자격이 없는 것입니다. 소저는 올해 열일곱 살입니다. 소저는 이미 종주님의 무학을 계승할 자격을 잃었습니다.”

말을 마친 하인은 소소옥이 믿지 않을까 걱정되는지 일부러 영패를 탁자 위에 내려놓았다. 소소옥은 그 영패를 바라보며 한참 동안 아무 말도 하지 않았다.

“옥아 소저, 제가 배웅하겠습니다. 가시지요.”

하인의 말에도 소소옥은 미동도 없이 한참 침묵하다가 차갑게 물었다.

"누가 나를 구했지?"

하인이 대답했다.

"제가 소저를 구했습지요. 저는 소저를 하룻밤 내내 찾아다녔고, 날이 밝을 무렵에야 겨우 찾았습니다. 그러나 그때 이미 소저는 진기를 잃고 고열에 시달리고 있었습니다. 제가 소저를 보살피는 것은 온당치 않으니 산 아래로 내려가 부인을 데려왔습니다. 다행히도 소저께 큰 문제는 없었고, 그저 이틀 정도 정신을 잃었을 뿐이니……."

그의 말이 끝나기도 전에 소소옥이 영패를 잡더니 몸을 일으켜 밖으로 향했다. 하인이 쫓아가며 다급하게 외쳤다.

"옥아 소저, 영패를 내려놓으십시오!"

그러나 소소옥은 그는 거들떠보지도 않고 다급하게 회랑을 오가더니 결국 그 중년 여인을 찾아냈다. 소소옥이 여인의 목에 비수를 들이대며 차갑게 물었다.

"말해라, 나를 구한 사람이 누구인지!"

여인이 경악하여 진실을 털어놓으려던 찰나, 하인이 달려 들어오는 것을 보고 제때 고쳐 말했다.

"저는 아무것도 모릅니다! 저는 그저 문백의 부탁을 받고 소저의 시중을 들었을 뿐이에요!"

소소옥은 그날 밤의 일을 아주 명확하게 기억하고 있었다. 진기를 잃으면서 상처 하나 없다는 것은 불가능한 일이었다.

사부가 아니었다면 그녀를 이런 상태로 구해 줄 수 있는 사람은 없었다.

분명 그날 밤 지하 궁전에서 그녀가 벌인 소동이 너무 커서 사부를 놀라게 했을 것이다. 사부는 폐관 수련을 중단하고 강제로 출관하여…… 그녀를 구한 것이다.

"폐관 수련을 억지로 중단하면 역시 진기를 잃으실 텐데, 어째서 나를 구하신 거지? 그리고 나를 구하시고는…… 어째서 나를 내쫓으시려는 걸까?"

중얼거리던 소소옥이 하인을 돌아보며 초조한 표정으로 물었다.

"한진이 상처를 입거나 한 것은…… 아니겠지? 지금 대체 어디에…….''

하인이 노하여 외쳤다.

"방자하십니다! 종주님의 존함을 감히 부르시다니요?"

소소옥이 갑자기 손을 휘두르는가 싶더니 비수로 하인의 얼굴을 겨누며 차갑게 말했다.

"말해라. 한진은 어디 있지? 말하지 않겠다면 너를 죽일 수밖에!"

그러나 하인은 그렇게 쉽게 겁을 먹는 사람이 아니었다. 그가 되려 노한 목소리로 외쳤다.

"옥아 소저, 종주님의 성격은 소저도 아실 터! 오늘 소저께서 저를 죽이신다 해도 소저는 결국 이곳에서 나가야 합니다!"

소소옥이 사납게 비수를 휘둘렀다. 비수는 하인의 뺨을 스치고 지나가 그의 뒤 담벼락에 꽂혔다.

소소옥은 하인을 밀어내고 밖을 향해 달렸다. 그녀는 그 후 사흘 동안 밤낮으로 지하 궁전 구석구석을 뒤졌으나 한진을 찾을 수는 없었다. 결국엔 지하 궁전 입구에 주저앉아 기다리기 시작했다.

하인이 다가오더니, 목 끝까지 차오른 말을 멈추고 결국은 돌아가 버렸다. 소소옥은 대문 앞에서 다시 물 한 방울 마시지 않고 사흘을 기다렸다.

하인은 그 모습을 차마 지켜볼 수 없어 다시 다가와, 노한 목소리로 외쳤다.

"소저가 이리도 자신을 아끼지 않을 것을 알았더라면, 소저를 구하지 말았어야 했습니다! 그대로 숲에서 죽도록 내버려 두었다면, 최소한 지금 이렇게 눈에 거슬리지는 않았겠지요!"

그러나 소소옥은 그를 쳐다보지도 않았다.

다시 또 하루가 지났다. 하인이 어쩔 수 없다는 듯 다가와 말했다.

"종주님께서는 예전에 랑종으로 돌아가셨습니다! 제가 말씀드릴 수 있는 것은 이것뿐이니, 랑종에 남고 남지 않고는 본인 운에 맡겨 보십시오!"

소소옥이 재빨리 몸을 일으키더니 하인을 한번 돌아보았다. 그리고 아무 말 없이 다급하게 그 자리를 떠났다.

하인은 숲속으로 사라져 가는 그녀의 뒷모습을 바라보며 겨우 안도의 한숨을 내쉬었다.

그러나 사실 소소옥은 지하 궁전을 떠난 것이 아니었다. 그녀는 가장 가까운 마을에서 하루 휴식을 취하며 배를 채웠다. 그리고 다음 날 밤이 깊었을 때 지하 궁전으로 몰래 돌아왔다.

지하 궁전의 대문에는 결계가 쳐져 있어, 외부인이 몰래 들어가는 것은 하늘을 오르는 것만큼이나 힘든 일이었다. 그러나 수년 동안 마음껏 지하 궁전을 들락거린 그녀에게는 손바닥 뒤집듯 쉬운 일이었다.

그녀를 돌보던 중년 여인은 이미 떠난 후라, 지하 궁전에 남아 있는 사람은 하인뿐이었다. 소소옥은 몰래 그를 며칠이나 감시했다. 그리고 마침내 하인이 한진의 방에서 단약을 한 상자 꺼내 오는 것을 보게 되었다.

소소옥은 감격을 억누르고 소리 없이 그의 뒤를 밟았다. 하인은 지하 궁전의 서쪽으로 가더니 한 석실 안으로 들어갔다.

소소옥의 심장이 제어를 잃은 듯 빠르게 뛰고 있었다. 그러나 그녀는 감정을 가라앉히며 인내심 있게 기다렸다.

하인이 다시 석실에서 나와 그곳을 떠난 후에야 소소옥은 모습을 드러냈다. 그녀는 본래 문을 두드릴 생각이었지만, 웬일인지 그녀의 손은 돌문 앞에서 그대로 멈추고 말았다. 그녀는 문을 두드리지 않고 잠시 망설이더니, 눈빛을 모질게 빛내며 문을 밀고 안으로 들어갔다.

광활한 석실 안에는 온천이 하나 있었고, 그곳에서는 짙은 약 내음이 피어오르고 있었다. 한진은 상반신을 적나라하게 드러낸 채 온천에 몸을 담그고 있었다. 윤곽이 분명할 뿐 아니라 단단하게 정련된 몸이었다.

그는 문을 등지고 있어 소소옥이 왔다고는 생각지 못하고, 하인이 다시 돌아온 것이라 여겼다. 그가 차갑게 물었다.

"또 무슨 일이냐?"

소소옥의 마음속에는 감격과 긴장이 함께 공존하고 있었다. 그러나 이 익숙한 목소리를 듣는 순간, 갑자기 그녀의 눈시울이 붉어지기 시작했다.

"사부님, 정말로 저를 버리실 건가요?"

옥아 외전 **필요 없다**

소소옥의 목소리를 들은 순간, 한진이 즉시 돌아보았다. 분명 놀란 표정이었으나 그것은 곧 분노로 변했다.

"어서 나가지 못해!"

소소옥은 한마디 말도 없이 물러 나왔다. 그러나 그곳을 떠나지는 않고 문가에서 기다리기 시작했다.

한진이 뭍으로 올라왔다. 차갑게 잘생긴 얼굴은 엄숙하게 굳어 있었고, 잘 정련된 몸에는 온통 물방울이 가득했다. 그가 나이를 말하지 않는다면 아마 모두 그가 어느 연령대인지 가늠하지 못하고 그저 성숙한 젊은 남자로만 여길 것이다.

한진은 긴 수건으로 몸을 감싼 채 재빠르게 병풍 뒤로 사라졌다. 한참 후 의관을 정제하고 다시 나타났는데, 얼굴이 훨씬 엄숙하고 차가워져 있었다.

그가 문을 열자 소소옥이 그를 등진 채 밖에 서 있는 것이 보였다. 그리고 바로 그 순간, 그의 눈가에 헤아릴 수 없는 빛이 어렸다. 그러나 그 빛은 곧 사라졌고, 그는 냉랭하게 물었다.

"어째서 아직 여기 있는 것이냐?"

소소옥이 몸을 돌리더니 무릎을 꿇었다. 그녀는 간절하고도 고집스러워 보였다. 소소옥은 방금 했던 질문을 되풀이했다.

"사부님, 정말로 저를 버리실 건가요?"

한진은 하인이 어떤 이야기를 했는지 알지 못했지만 대강의 사정은 짐작할 수 있었다. 그가 냉랭하게 말했다.

"문백이 이미 너에게 분명하게 말해 주었을 텐데. 가거라."

소소옥의 눈에 일말의 슬픔이 떠올랐으나, 그녀는 곧 그 빛을 지운 채 한진을 바라보며 진지하게 말했다.

"저를 제자로 받아들이신 것은 사부님이십니다. 지금 사부님께서 저를 원하지 않으신다면 사부님께서 직접 이야기해 주셔야 온당합니다!"

한진은 망설임 없이 말했다.

"너는 내가 권하는 것을 듣지 않고 고집스럽게 비술을 수련했다. 또 다급한 마음을 이기지 못하고 스스로에게 해가 되는 결과를 불러와 진기를 모두 잃는 지경에 이르렀다. 본존은 실망했고, 열일곱 살의 폐물을 다시 키울 인내심은 없다!"

이 이유라면 소소옥도 인정하지 않을 수 없었다. 그녀는 다투지 않고 고개를 숙인 채 물었다.

"스승님의 제자가 될 수 없다면 하인은 될 수 있을는지요? 소나 말이 된 것처럼…… 스승님의 시중을 들겠습니다."

한진이 소소옥을 꾸짖으려는 듯 눈썹을 치켜세웠다. 그러나 그는 그녀를 한참 바라보다가 결국은 하고픈 말을 삼켰다.

"너에게는 그런 의무가 없다."

소소옥은 여전히 진지했다.

"수년 동안 스승님의 보살핌을 받았습니다. 제가 보답해 드려야 할 차례입니다."

한진은 미간을 더욱 찌푸렸다. 그에게는 정말 하고픈 말이 많아 보였다. 그러나 결국은 이렇게만 말할 뿐이었다.

"필요 없다. 너를 제자로 맞아들인 것도 본존의 강요에 의한 것이었으니 너는 본존에게 빚진 것이 없는 셈이다. 가도 좋다."

소소옥은 여전히 진지했다.

"스승님께서 진심으로 저를 대하셨으니 저도 스승님을 진심으로 대하겠습니다."

화가 난 한진이 날카로운 소리로 말했다.

"네가 본존의 제자였기에 본존이 너를 진심으로 대한 것이다! 지금 너는 더는 본존의 제자가 아니다. 본존에게 있어 너는 지나치는 행인이나 다름없다. 본존은 다시는 너와 엮이지 않을 것이다."

소소옥의 그 투명하니 예쁜 얼굴이 점점 더 진지해졌다.

"하지만 저는 스승님께 진심으로 대하지 않았으니, 제가 빚을 진 셈입니다. 그리고 스승님께서 저를 구하기 위해 억지로 출관하셔서 품이 내려가셨지요. 방금 문백이 스승님께 단약을 올리는 것을 보았으니, 이 이상 저를 속이실 수 없습니다. 그러니 또 제가 빚을 진 셈이지요. 저는 스승님의 제자가 아니어도 좋습니다. 하지만 어떻게든 스승님께 보답해 드려야 합니다."

"너!"

한진의 분노 속에는 약간의 놀라움이 섞여 있었다. 그리고 방금 이곳으로 다시 왔던 하인도 소소옥의 말을 듣고 매우 놀랐다.

하인은 자신이 소소옥을 오해했던 모양이라고 생각했다. 소소옥, 이 아이는 해서는 안 될 생각을 했던 것 같지는 않아 보였다. 그녀는 그저 단순하고 고지식한 성격으로, 순수하게 은혜를 입었으니 보답해야 한다 여긴 것 아니었을까.

하인은 본래 한진의 입에서 나온 '방해'라는 말이 대체 무슨 뜻인지 이해하지 못하고 있었다. 그리고 지금 소소옥의 말을 들으니 더더욱 아득하기만 했다.

물론 한진이 화가 머리끝까지 난 것을 보니 하인도 감히 생각한 것을 입 밖으로 내지 못하고 그 자리에 가만히 서 있을 수밖에 없었다.

한진은 저도 모르게 심호흡을 한 다음 겨우 말했다.

"본존이 마지막으로 말하겠다. 필요 없다."

말을 마친 그가 하인을 바라보며 차갑게 명령했다.

"저 아이를 내보내라. 앞으로는 저 아이가 이 지하 궁전에 단 한 걸음도 들이는 일이 있어서는 안 될 것이다!"

하인이 빠르게 다가왔으나 소소옥이 잠시만 기다려 달라고 손짓했다. 그녀는 여전히 한진을 바라보며 진지한 목소리로 말했다.

"알겠습니다. 오늘 이후로 스승님과 저는 사제 관계가 아닙니다."

말을 마친 그녀는 한 번 또 한 번 정성스럽게 머리를 조아려 세 번 절했다. 그리고 고개 한번 돌리지 않고 재빠르게 회랑 사이로 사라졌다.

분명 한진이 그녀를 내쫓은 것이고, 그녀가 내쫓긴 것이었다. 그러나 그녀의 단호한 모습을 보면 내쫓기는 자 특유의 낭패함이나 비참함은 전혀 없어 보였다. 아니, 오히려 그녀가 한진을 떨쳐 내고 가 버리는 것만 같았다.

　한진은 그렇게 소소옥이 사라지는 모습을 계속 바라보았다. 잘생긴 얼굴에도 얼음처럼 차가운 눈에도, 아쉬운 빛 같은 것은 보이지 않았다. 그러나 한진 같은 사람은 얼굴이나 눈빛으로 그 마음을 읽을 수 있는 사람이 아니었다.

　한진은 다시 석실 안으로 들어가며 하인에게 냉랭한 목소리로 분부했다.

　"가거라. 저 아이가 지하 궁전을 떠나는지 확인하도록. 본존은 다시는 저 아이를 보고 싶지 않다."

　말을 마친 그는 석실 문을 닫았다.

　그 행동은 그의 성격을 그대로 보여 주고 있었다. 하인에게 있어 너무나 익숙한, 평소와 같은 한진이었다. 그러나 어째서일까, 하인은 가슴 한구석이 답답했다.

　어쨌든 하인은 더는 시간을 허투루 낭비할 수 없어 바로 소소옥을 찾으러 갔다. 지하 궁전 대문 앞까지 갔으나 소소옥의 그림자조차 발견할 수 없었다. 그러나 한번 골탕을 먹었기 때문에 하인은 계속 길을 따라 산에서 내려가기 시작했다. 그리고 마침내 산허리에서 그녀를 따라잡을 수 있었다.

　만약 소소옥이 물을 마시며 쉬지 않았더라면 하인으로서는 그녀를 따라잡을 수 없었을 것이다. 하인은 정말 뜻밖이라고 생각했다. 그녀가 이리도 단호하게, 또 이리도 빨리 지하 궁전을 떠나다니.

하인은 앞으로 나서지 않고 멀리서 바라보기만 했다. 소소옥이 곧 그를 발견했다. 그러나 흘깃 쳐다보고는 아예 보지 못한 척했다.

소소옥은 물을 몇 모금 마신 다음 계속 산 아래로 내려가기 시작했다. 하인은 계속 그녀의 뒤를 밟았다. 얼마 지나지 않아 짜증이 난 소소옥이 발걸음을 멈추고 차갑게 외쳤다.

"한진이 아직 요양 중이니, 돌아가 한진이나 잘 보살피시지! 나를 쫓아오는 건 그만두고!"

하인이 입가를 씰룩였으나 아무 말도 하지 않았다.

소소옥이 냉소했다.

"안심해도 좋아. 나는 그 사람 성격을 잘 아니까. 그 사람이 나를 보고 싶다고 하지 않는 이상, 나도 그 사람이 기뻐하지 않을 만한 행동은…… 하지 않을 거야."

하인은 그제야 안도의 한숨을 내쉬며 말했다.

"옥아 소저, 황도로 돌아가신 후 저에게 서신 한 통만 보내 주십시오. 제가 종주님께 전해 드리겠습니다."

소소옥은 잠시 멈칫하더니, 곧 그를 돌아보며 진지한 표정으로 말했다.

"문백, 부탁할 일이 있어요."

"제가 할 수 있는 일이라면 최선을 다하겠습니다. 말씀하시지요."

"나는 해야 할 일이 있어 한동안은 황도로 돌아가지 않을 거예요. 그러니 내 주인님이 계신 그곳에는…… 아무 말도 말아 줘요. 내가 돌아간 다음 스스로 설명하고 싶어요."

하인은 소소옥에 대해서도 꽤 잘 알고 있었다. 소소옥은 고아였고, 어린 시절의 기억도 잃은 상태였으니 친지라 부를 만한 사람도 없었다. 계속 대진국 황후 곁에 있었다고 들었는데…… 황도로 돌아가는 것 외에 또 어디 갈 곳이 있다는 말인가? 그런 소소옥에게 다른 사적인 일이 있을 수 있을까?

하인이 서둘러 물었다.

"어디로 가시려고요?"

"개인적인 일이에요."

그러자 하인이 진지하게 말했다.

"옥아 소저, 소저께서는 필경 종주님 곁을 떠나신 셈입니다. 이치대로라면 제가 지금 당장 황후마마께 서신을 올려야 합니다. 제가 소저를 도울 수는 있으나, 저에게 소저의 행방을 알려 주셔야 합니다. 그렇지 않으면…… 만약 소저에게 무슨 일이라도 생긴다면 저로서는 감당하기 어려울 테니까요."

잠시 망설이던 소소옥이 가까이 다가오더니 속삭였다.

"현공대륙으로 약을 구하러 갈 거예요. 단약이 있으면 그분의 회복을 도울 수 있을 테니까. 한진은…… 나 때문에 품을 내릴 수밖에 없었죠. 그 은혜, 그대로 받고 있을 수만은 없어요."

하인이 다급한 나머지 그간의 예의조차 잊고 외쳤다.

"아……. 대체 너란 아이는 왜 그리도 고집스러운 게냐! 종주님께서 말씀하셨지 않냐. 본래 종주님께서 억지로 너를 제자로 받아들이셨으니, 그분이 너를 구한 것으로 이미 서로 빚이 없는 셈이라고. 게다가 그런 단약을 네가 어디서 구해 온단 말이냐!"

소소옥은 바로 고개를 저었다.

"반드시 구해 올 거예요!"

하인이 말을 잇지 못하는 가운데 소소옥이 말했다.

"분명 그분의 품이 한 계단 내려갔겠죠. 몇 년 후, 현공대륙의 고수들이 모여 순위를 결정할 텐데…… 그분은 위험해질 수밖에 없어요. 당신이 나보다 훨씬 잘 알고 있을 텐데요? 현공대륙에 그분을 죽이려는 사람이 얼마나 많은지!"

하인은 그대로 멍하니 굳어 버렸다. 그로서는 정말 생각하지도 못한 부분이었다.

소소옥도 그 이상 이야기하지 않고 몸을 돌렸다.

옥아 외전 **평안하기를**

하인은 떠나가는 소소옥을 보며 한참을 망설였으나, 결국은 그녀를 쫓아가거나 막아서지 않았다. 그뿐 아니라, 이 일을 한진에게 고할 생각도 없었다.

현공대륙에는 각종 비무 대회가 있었는데, 그중 세간의 주목을 가장 많이 받는 대회는 역시 현공고수방이었다.

무학을 모르는 사람이 현공고수방의 명단을 보면 그저 각 가문 고수의 실력을 보거나 순위만을 볼 것이다. 그러나 무학을 아는 이들이라면 그 명단을 보는 즉시 그 안에 충만한 살기며 위험을 느끼게 될 것이다!

다른 비무 대회는 힘을 겨룸에 있어 각종 규정이 있기 마련이었지만, 이 고수방에는 그런 게 없었다. 규정이 없다는 의미는 바로, 실력이 비슷한 두 고수가 힘을 겨룰 때 만약 실수라도 하면 목숨을 잃을 가능성이 있다는 뜻이었다.

한진이 명단 순위 어디에 위치하는지를 생각해 보면, 한진이 그와 실력이 비슷한 적수를 마주하게 될 것은 분명했다. 그러나 지금 한진의 상황을 보면 결코 짧은 시간 내에 원래의 수준으로 회복할 가능성은 없었다.

설사 그가 원래의 실력으로 되돌아간다 해도 그의 적수들은 그사이에 또 승급했을 것이다!

바꿔 말하자면 한진은 고수방에 참가하는 자격을 포기해야 했다. 그리하지 않으면 그는 순위가 내려가는 난처함에 처할 뿐 아니라 생명을 잃을 수도 있었다.

하인은 결국 제 사욕에 지고 말았다. 그는 소소옥보다 훨씬 더 한진의 진기를 회복시킬 단약을 구할 수 있기를 바라고 있었다!

그는 사라져 가는 소소옥의 뒷모습을 바라보다가 의연하게 몸을 돌리며 중얼거렸다.

"옥아 소저, 저는 소저를 도울 수 없겠습니다만 어쨌든 종주님은 도울 것입니다. 소저, 가는 길 내내 평안하십시오!"

하인은 지하 궁전 문가에서 한참을 기다린 끝에 한진의 방문 앞으로 가서 보고했다.

"종주님, 옥아 소저가 산에서 내려갔습니다. 저는 소저가 산 아래로 내려가는 것을 확인한 다음 돌아왔습니다."

한진은 여전히 약을 푼 온천에 몸을 담그고 있었다. 그는 눈을 감은 채 언제나처럼 차가운 목소리로 말했다.

"운석에게 서신을 보내라. 그 애의 자질이 부족하니 돌려보내겠노라고."

하인은 이미 예상하던 바였지만 한진의 명을 들으니 여전히 마음속이 켕겨 왔다. 한진은 그를 바라보지 않고 있었지만, 하인은 눈을 내리깐 채 그저 '예.'라고만 답하고 물러났다.

소소옥은 산에서 내려온 후 바로 빙해를 건넜다. 그녀는 비록 진기를 모두 잃은 상황이었지만 호체진기는 여전히 남아 있었다. 그녀는 기를 모아 주는 단약을 한 알 복용한 다음, 억지로 호체진기를 불러내어 추위를 몰아냈다. 그리고 억지로 버텨 가며 금안설오를 항복시키고 순조롭게 빙해를 건넜다.

소소옥이 찾고자 하는 단약은 '귀령'이라는 것이었다. 기를 수련하는 사람이 어떤 원인에 의해서건 품이 내려갔을 때 이 단약을 복용하면 원래의 품으로 되돌아갈 수 있었다.

예전에 그녀가 서책을 읽던 중 이 단약에 대한 내용을 보고 한진에게 물었을 때, 한진은 현공대륙에 이런 단약이 확실히 존재한다고 말했었다. 그중 한 알이 택봉동에 있다고 알려져 있었지만, 나머지는 어디에 있는지 알 수 없었다. 하니 다른 이 야기는 더 말할 필요도 없었다.

한진은 분명 그녀보다 이 단약의 약효를 잘 알고 있을 테니, 제일 먼저 이 단약을 떠올렸어야 옳았다. 그런데도 단약을 찾 으려 하지 않는다는 것은 그가 이 단약을 구할 수 없다는 의미 였다. 한진조차 구할 수 없는 단약을 그녀가 어떻게 구할 수 있 을까?

소소옥도 물론 그 사실을 모르지는 않았다. 그러나 그녀는 언제나 세상 순리대로만 따르는 사람이 아니었다. 그녀는 정말 로 완고한 성격이었다.

소소옥은 택봉동이 어디인지조차 알지 못했다. 어쨌든 빙해 를 건넌 그녀는 사람들이 있는 곳으로 가서 정보를 구해 보기 로 했다.

한진은 소소옥의 이런 움직임은 전혀 모른 채 석 달 동안 요 양한 다음, 새로 폐관 수련에 들 준비를 하고 있었다.

소소옥이 지하 궁전에 오기 전, 그의 나날은 늘 변함이 없었다. 연공을 하거나…… 또 연공을 하거나. 간혹 하인과 몇 마디 주고받는 외에는 대부분의 시간 동안 한마디도 하지 않았다. 마치 자신이 태어난 이유가 오로지 무학을 연마하기 위함이라는 듯, 자신이 연공을 하는 나무 인형이라도 되는 것처럼.

소소옥이 온 후에도 겉으로 보기에는 큰 변화가 없었다. 그러나 사실 아주 많은 것이 변해 있었다.

수십 년에 걸쳐 아무 변화 없이 단조로운 삶을 살아온 사람은 점심 식사에 새로운 요리가 하나 더 올라오는 것만으로도 잊기 어려운 신선한 감정을 맛보게 된다. 하물며 곁에 사람이 하나 늘어났는데 오죽할까? 게다가 그 사람은 다른 이들과는 몹시 다른 어린 아가씨였다.

과거 5년여에 걸친 세월 동안, 언제나 폐관 중인 듯하던 한진의 생에 생긴 변화는 그저 그가 시간을 내어 소소옥의 연공을 지도하는 것만이 아니었다. 그보다 더욱 큰 변화는 소소옥이 그를 쫓아다니며 말을 걸었다는 것이었다.

소소옥은 그에게 화를 내기도 하고 반항을 하기도 했다. 우스갯소리를 하기도 하고, 익살맞은 표정을 짓거나, 그를 놀리기도 했다. 그리고 심지어 하인의 일을 빼앗아 마술처럼 매일 그에게 다른 음식을 대접하기도 했다. 이런 변화를 한 단어로 요약한다면, 늙은 하인과 함께하던 생활과는 다르다고 표현할 수밖에 없었다.

최근 석 달 동안 하인은 당연히 소소옥에 대해 언급할 엄두도 내지 못했고, 한진 역시 단 한 번도 그녀의 이름을 말하지 않았다. 한진은 마치 그녀를 완전히 잊어버린 것 같았다. 소소옥이 이곳에 있었던 적도 없었다는 것처럼, 모든 것은 원래대로 되돌아갔다.

그날 오후, 한진은 결계 안으로 들어가 폐관 수련을 시작하기 전 자신에게 반나절의 휴가를 주기로 했다. 그는 지하 궁전을 나와 숲속을 천천히 걸었다. 그런데 공교롭게도, 그가 막 지하 궁전 문가로 되돌아왔을 때 서신을 물고 온 매와 마주치게 되었다.

한진은 한눈에 황도에서 온 서신이라는 걸 알아보았다. 그때 문밖으로 나오던 하인 역시 그 서신이 황도에서 온 것이라는 걸 알아보았다. 하인은 안색이 변했지만, 서신을 읽은 한진의 얼굴은 여전히 얼음처럼 차갑기만 했다.

한진이 마침내 고개를 들어 하인을 바라보았을 때, 한진이 입을 열지 않았음에도 불구하고 하인은 바로 무릎을 꿇었다.

한진은 여전한 얼굴이었지만 손안에 든 서신은 이미 구겨지고 있었다. 그가 냉랭하게 물었다.

"어찌 된 일이냐!"

이 서신은 한운석이 보내온 것으로, 올해 용비야가 헌원예를 데리고 남쪽으로 내려갔기에 한동안 헌원예를 풍명산에 보낼 수 없다는 내용이 적혀 있었다. 그러나 소소옥에 대한 이야기는 단 한 글자도 적혀 있지 않았다.

한운석이 소소옥을 얼마나 귀여워했는지를 생각하면, 소소옥에 대해 한마디 하지 않았을 리 없었다. 한운석이 소소옥을 보지 못한 것이 아니라면 말이다!

하인은 물론 이 일이 조만간 드러날 거라는 걸 알고 있었지만, 이렇게 빨리 들키리라고는 생각지 못하고 있었다. 하인으로서는 솔직하게 아뢰는 수밖에 없었다.

"옥아 소저는 단약을 구하러 갔습니다."

한진은 더욱 화가 나서 외쳤다.

"어디로 단약을 구하러 갔단 말이냐? 지름길로 가려다 실패하고도 교훈을 얻지 못했다더냐? 설마, 진기를 회복하겠다는 망상을 품고 있는 것은 아니겠지?"

하인은 고개를 끄덕여 한진이 이대로 오해하게 내버려 둘 생각이었다. 그러나 결국은 마음을 그리 모질게 먹을 수 없어 솔직하게 말하고 말았다.

"옥아 소저는…… 옥아 소저는 귀령단을 구하러 갔습니다!"

이 말을 들은 한진이 멈칫하다가 곧 안색이 변했다.

"그런 터무니없는! 정말이지 어이가 없군! 귀령단이란 것이 어디 그 애가 구할 수 있는 물건이라더냐! 너, 너는 어찌 그 아이를 그대로 내버려 두었……"

한진은 노여움을 참지 못하고 하인을 걷어찬 다음 차갑게 외쳤다.

"말을 준비해라!"

한진은 직접 서신을 써서 하인으로 하여금 택봉동에 보내도록 한 뒤, 지하 궁전을 떠나 빙해를 건넜다. 그리고 그 순간, 소소옥은 이미 택봉동 밖에 줄을 선 지 하루가 지나 있었다.

택봉동은 신농곡 북부에 있었다. 비록 신농곡만큼 크게 사업을 벌이고 있는 것은 아니었으나, 현공대륙에서 단약으로 매우 유명한 곳이었다. 다만 이 유명하다는 것은 좋은 의미로 유명하다는 것이 아니라 악명이 높다는 의미였다.

택봉동의 연단사들은 성격이 괴이하고 사악할 뿐 아니라, 연마해 내는 단약은 모두 괴이한 괴단이나 사악한 사단, 독이 든 독단 등이었다. 그리고 이곳에 단약을 구하러 오는 사람들은 종종 보통 사람으로서는 상상할 수조차 없는 대가를 치르게 되어 있었다…….

옥아 외전 **독을 만나다**

소소옥은 현공대륙에 대해 아는 바가 많지 않았고, 인맥이라 할 만한 것도 거의 없었다. 때문에 그녀는 상당한 시간과 노력을 들인 끝에야 겨우 택봉동에 도착할 수 있었다.

그녀는 택봉동에만 가면 바로 약을 구할 수 있으리라 생각했지만, 이게 웬일인가. 그녀는 줄을 서야 했다. 그것도 하루를 꼬박! 저녁 무렵이 되어서야 겨우 한 걸음 움직일 수 있었는데, 그녀 앞에는 여전히 사람들이 새까맣게 몰려 있었다.

소소옥은 문득 약귀곡과 고칠소를 떠올렸다. 그녀는 속으로 고칠소를 하늘이 뒤집어지도록 욕하고, 제 주인이 과거 무엇 때문에 약탈하듯 약귀곡의 주도권을 빼앗았는지 점점 더 이해하게 되었다.

사람 목숨을 구할 좋은 약을 손에 쥐고도 숨기거나 내놓지 않을 거면, 약을 갖고 있다고 자랑이나 하지 말든가. 자랑할 거라면 선심을 써서 사람들의 목숨을 구해 주면 오죽 좋으냔 말이다. 사람이 죽어 가는 것을 보고도 구하지도 않으면서 희망이나 주는 그런 것은…… 정말이지 너무 사악하다!

고요한 가운데 밤이 지나갔다.

바닥에 가부좌를 틀고 앉아 있던 소소옥이 몽롱한 눈을 떠 보아도 줄은 전혀 움직이지 않고 있었다. 소소옥은 원망스럽게 생각했다.

열일곱 살이 늦은 거면 뭐 늦은 거라 치자. 단약을 구하면 그래도 열심히 무학을 배우고 기를 수련할 것이다. 언젠가 그녀가 주인님만큼 강해져 이 택봉동을 빼앗으러 올 수 있도록.

여기까지 생각한 그녀는 문득 한진을 떠올리고 저도 모르게 중얼거렸다.

"지금쯤 그분은 폐관 수련 중이시겠지. 꼭 바위라도 된 것처럼……. 그렇게 모진 사람이 세상에 또 있을까?"

소소옥은 이렇게 하루하루 기다렸다. 그동안 누군가는 순조롭게 단약을 구했고, 누군가는 걸어 들어가 누워 나오기도 했으며, 살아 들어가 죽어 나온 사람도 있었다. 그리고…… 들어간 후 다시는 나오지 않는 사람도 있었다.

모두 이곳이 얼마나 잔혹한 곳인지 잘 알고 있는 것처럼 조용히 줄을 서서 기다렸고, 서로 대화를 나누거나 하는 일도 없었다. 시체가 실려 나올 때면 모두 아무것도 보지 못한 척했지만, 소소옥만은 차가운 눈으로 시신을 바라보았다. 진기를 모두 잃은 그녀는 분명 지금 이곳에 줄을 선 이들 중 가장 약한 사람이었다.

20여 일이 지난 어느 날 오전, 소소옥은 마침내 택봉동 입구에 도달해 붓을 받아 들 수 있었다. 그녀는 눈을 내리깐 채 백지 위에 '귀령단'이라는 세 글자를 적은 다음 붓을 돌려주려 했다.

접수하던 아이의 눈에 경악이 어리는가 싶더니, 평소의 예를 깨고 입을 열었다.

"이 단약은 우리 택봉동 대대로 내려오는 지극한 보물인데, 소저께서는 이곳에 죽으러 오셨는지?"

소소옥은 안색 하나 변하지 않고 눈을 들었다.

"내 목숨으로 귀령단을 얻을 수 있나요?"

아이는 잠시 멈칫하더니 곧 경멸하듯 웃었다.

"현공고수방 우승자의 목숨과도 바꿀 수 없는 단약이지!"

소소옥의 입매가 살며시 올라갔다. 그녀의 미소에 어린 경멸감은 아이의 그것보다 훨씬 더 강렬했다.

"바꿀 수 없다면 당연히 이곳에 죽으러 온 것은 아니겠지. 안내해라. 줄 서 있는 사람들의 시간을 낭비하지 말고."

아이는 지금까지 이렇게 무례한 사람을 본 적 없었기에 화가 나서 욕을 퍼부었다.

"제가 필요해 온 것이면서 이렇게 기고만장하다니! 그만한 능력이 있다면 이곳에 오지 말았어야지!"

소소옥이 차갑게 코웃음을 쳤다.

"너희 택봉동 하는 일이 다른 장사치들과 무슨 차이가 있지? 너희도 결국은 돈을 벌기 위해 하는 일 아니냐. 그만한 능력이 있다면 대문을 닫아걸고 모두를 내쫓았어야지."

아이는 반박할 말이 없는 듯 침을 뱉더니 소리쳤다.

"좋은 마음으로 권해도 멈출 줄을 모르니! 죽고 싶으면 따라와라!"

소소옥은 아이를 따라 산골짜기를 몇 개나 통과했다. 그리고 마침내 숨겨져 있는 황량한 동굴 앞에 도착했다. 그 앞에 가득

한 거미줄이 이곳에 사람이 찾아온 지 이미 오랜 세월이 흘렀다는 사실을 말해 주고 있었다.

소소옥도 자신이 어떤 상황을 만나게 될지 알 수 없어, 그저 한진에게 은혜를 갚기 위해 버텨 내자고 중얼거리는 수밖에 없었다.

아이가 퉁명스럽게 말했다.

"이 동굴은 호리병박 모양으로 생겨 호로동이라 부른다. 동굴 앞쪽을 전동이라 부르고, 뒤쪽을 후동이라 부르지. 네가 순조롭게 저 안을 통과하면 귀령단을 얻을 수 있을 거다. 가장 최근에 귀령단을 구하러 저 안으로 들어간 사람이……. 그러니까 20년 전이었군. 지금은 아마 백골이 되었겠지. 들어가면 그를 만날 수 있을 것이다."

소소옥이 차갑게 물었다.

"그 외에 다른 것은?"

아이가 차갑게 웃으며 초청하는 듯 손짓해 보였다. 소소옥은 전혀 망설이는 빛 없이 성큼성큼 동굴 안으로 들어갔다.

동굴 안으로 들어간 순간, 희미하게 피비린내가 풍겨 왔다. 소소옥이 경계 어린 눈으로 주위를 둘러보고 있노라니 갑자기 등 뒤에서 우르릉 꽝음이 울렸다. 동굴 입구의 석문이 닫힌 것이다. 그와 동시에 양쪽 돌벽에서 야명주들이 하나하나 빛을 발하기 시작했다.

칠흑처럼 어둡던 동굴이 자못 밝아지자 동굴 안 바닥이며 벽을 뒤덮고 있는 기화요초가 보였다. 몹시도 괴이하게 생긴 그

식물들은 이상할 정도로 선명한 빛깔이었고, 흉포하게 이를 드러내고 있었다.

소소옥은 한운석이라는 절세 독의 곁에서 그렇게 오랜 세월을 보냈으니, 당연히 보고 들은 것이 적지 않았다. 그녀는 독의 고수라 할 수는 없다 해도 꽤 노련한 편이었다. 소소옥은 한눈에 이 식물들이 극독을 품고 있다는 것을 알아차렸다.

주변을 살펴보니 바닥이며 벽에 핏자국도 적지 않았다. 그녀는 이 독초들이 피를 먹고 자란다는 것을 깨달았다. 그리고 아마 이 독초들이 택봉동이 연마해 내는 사단의 재료일 것이다.

주변에 독초들이 무성했지만, 동굴 안에는 꽃잎에 몸을 닿지 않게 걸어갈 수 있는 길이 있었다. 물론 소소옥도 바보는 아니니, 보기에는 쉬워 보이는 이 길에 분명 방문자를 죽이는 기관이 숨어 있을 거라는 사실을 깨달을 수 있었다.

소소옥은 다시 한번 진지하게 주변을 둘러본 다음, 단검을 뽑아 제 팔을 그었다. 순식간에 상처에서 선혈이 흘러나오기 시작했다.

피는 점점 더 많이 흘러 바닥으로 떨어졌고, 피비린내가 진하게 풍겨 나오기 시작했다. 그리고 바람도 불지 않건만, 동굴을 가득 채운 독초는 가볍게 흔들리고 있었다.

소소옥은 경계심을 늦추지 않았지만, 여전히 과감했다. 그녀는 손수건을 꺼내 피에 적신 뒤 앞쪽으로 던졌다.

그 순간, 동굴 안 모든 독초가 꿈틀거리기 시작하더니 양쪽 벽에서 넝쿨이 재빠르게 자라 나왔다. 비취색의 여린 넝쿨도 있었고, 음산해 보이는 검은 넝쿨도 있었다. 그리고 마치 피와 같이 선명하게 붉은 넝쿨도 있었다.

가장 먼저 손수건을 낚아챈 것은 검은 넝쿨이었다. 그것은 다른 넝쿨에게 손수건을 빼앗길까 두려운지 극히 빠른 속도로 원래의 자리로 되돌아갔다.

소소옥의 시선은 검은 넝쿨을 따라가고 있었다. 검은 넝쿨은 거대한 식인화에서 뻗어 나온 것이었고, 손수건은 곧 식인화의 거대한 입속으로 사라졌다.

그러나 얼마 지나지 않아 식인화는 손수건을 다시 토해 냈다. 아무래도 피비린내가 나는 손수건을 먹을 수 있는 고깃덩이 같은 것으로 생각했던 모양이었다.

소소옥은 당황하지 않고 소매에서 천을 찢어 냈다. 이번에는 천에 피뿐만이 아니라 극독도 함께 묻혔다.

그녀가 천을 앞으로 던지자 방금과 똑같은 장면이 펼쳐졌다. 이번에도 검은 넝쿨이 '사냥감'을 차지했다.

소소옥은 제가 갖고 있던 독 중 가장 강한 독을 사용했으나, 검은 식인화는 그저 잠시 시드는 듯하더니 곧 원래의 모습을 회복했다. 이 독초들은 독에 대한 내성이 아주 강한 것 같았다. 독으로 저들을 쓰러뜨리기가 쉽지 않을 듯했다.

소소옥은 넝쿨보다 빠르게 움직일 수 없었다. 또 독초들을 베어 버릴 수도 없으니 그녀에게 남은 방법은 독을 사용해 공격하는 것뿐이었다. 어떻게 해야 저 공격적인 식인화들을 모두 시들게 하고, 저 꽃길을 통과할 시간을 벌 수 있을까?

소소옥이 얼굴을 가라앉힌 채 양쪽에서 꿈틀거리는 넝쿨을 바라보았다. 곧 그녀의 입가에 차갑고도 오만한 미소가 스쳐 갔다.

그녀는 제가 지니고 있던 모든 독약을 꺼내 전부 삼켰다. 그리고 한 손에는 비수를, 또 다른 손에는 단검을 쥔 채 성큼성큼 걸어가기 시작했다.

"우리 주인님께서는 모든 독의 우두머리시다! 내 결코 그분의 명성에 누가 되지 않을 것이다!"

소소옥은 지켜볼 예정이었다. 그녀가 중독되어 죽는 것이 먼저일지, 아니면 저 기이한 식물들이 시드는 것이 먼저일지……

옥아 외전 **웃었다**

소소옥은 매우 용감했다. 그렇다고 어리석고 경솔하게 용감한 것은 아니었고, 목적을 위해 공격성이 강해지는 그런 용감함이었다.

이미 중독된 그녀가 다시 독초의 독에 당한다면 독에 독을 더하는 상황이 된다. 그녀는 이곳 독초들의 독성이 어떠한지 명확하게는 알지 못했지만, 독에 독을 더한 후 얼마나 버틸 수 있을지는 파악하고 있었다!

한 달은 충분했다!

택봉동으로 올 때는 위치를 몰라 길을 꽤 돌아오느라 석 달이 걸렸다. 그러나 지금은 이곳 택봉동에서 빙해를 건너는 데 한 달의 시간도 필요하지 않았다. 순조롭게 단약을 얻어 어떻게든 빙해를 건너야 했다.

빙해를 건너 단약을 풍명산 지하 궁전에 가져다주면 주인님께 구원을 청하러 갈 체면이 서게 된다. 이 천하에 그녀의 주인님이 해독 불가능한 독은 없었다.

마음을 굳힌 소소옥은 상처에서 피가 흐르도록 둔 채 성큼성큼 앞으로 걸어갔다. 그러자 주변에서 가볍게 흔들리던 독초들이 모두 흥분하기 시작했다. 저 독초들이 넝쿨을 뻗어 온다면 소소옥은 바로 꼼짝하지 못하게 될 것이다.

그러나 독초들은 넝쿨을 뻗어 오지 않았고, 소소옥은 그들 사이로 걸어갔다. 독초들이 소리 없이 몸을 떠는 모습만으로도 불쾌한 기분이 들었다.

소소옥은 양쪽의 독초들을 제대로 쳐다보지도 않았다. 그녀는 살짝 입꼬리를 올린 채 전방의 넝쿨을 경계하고 있었다.

얼마 지나지 않아 넝쿨들이 움직이기 시작했다. 그들은 마치 적의를 느낀 양 방금과는 달리 앞다투어 뻗어 나오더니, 바닥에 붙어 천천히 그녀에게 다가오기 시작했다. 속도 역시 그 전과 별 차이가 없었다.

소소옥은 즉시, 독초들이 자신을 두고 다투는 것이 아니라 나누기로 마음먹었다는 것을 깨달았다. 그녀의 눈에 차가운 빛이 스치는가 싶더니 갑자기 선제공격을 시작했다.

그녀는 검은 넝쿨로 날듯이 달려들어 일검에 베어 버렸다. 워낙 창졸간의 일이라 검은 넝쿨은 아무 대응도 하지 못하고 그대로 베일 수밖에 없었다.

그러나 넝쿨은 재빨리 다시 자라나더니 순식간에 소소옥을 공격해 왔다. 그와 동시에 주변의 다른 넝쿨들도 함께 공격을 시작했다.

소소옥은 넝쿨의 치유 능력이 이리도 강한 것을 보고 더는 베려 하지 않았다. 그녀는 자신의 무기를 꽉 쥔 채 넝쿨이 자신을 감싸도록 내버려 두었다.

소소옥을 단단하게 감싸고 나자 넝쿨의 촉각들이 즉시 앞다투어 그녀의 상처를 비집기 시작했다. 그녀의 상처가 크지 않았기 때문에, 촉각들이 함께 달려드는 순간 깊이 찢어지기 시작했다. 그 느낌은 흡사 흡혈충이 상처를 비집고 들어와 선혈을 빨아들이는 것 같았다!

너무…… 너무 아팠다!

고통을 두려워한 적 없던 소소옥도 참지 못하고 헉, 차가운 숨을 들이마셨다. 머리끝까지 오싹해지는 느낌이었다. 그러나 그녀는 단 한순간도 포기하려 하지 않았다. 지금 그녀에게는 단 하나의 신념만이 존재하고 있었다.

버텨야 한다! 저들을 독살해야 한다!

피를 빨리고 얼마 지나지 않아 소소옥의 안색이며 입술까지 모조리 창백해졌다. 그리고 곧 검푸르게 죽어 가기 시작했다. 독에 독을 더했으니 당연한 결과였다!

넝쿨들은 여전히 식사 중이었고, 한 번 또 한 번 현기증이 밀려왔다. 소소옥은 발버둥을 치기 시작했으나 넝쿨을 벗어나기 위해서는 아니었다.

그녀는 온 힘을 다해 넝쿨에 묶여 있던 손을 들어 비수로 제 어깨를 찔렀다. 피비린내와 함께 선혈이 흘러나오자, 다른 상처에 머물러 있던 넝쿨들의 절반이 새로운 상처로 옮겨 왔다.

아파!

소소옥은 이를 악문 채 고통을 집어삼켰다. 이곳에 다른 이가 없다 해도 그녀는 비명을 지르고 싶지 않았다. 고통스러운 그녀는, 목숨이 경각에 달린 그녀는, 여전히 고집스러운 그녀는, 그리고 순수한 그녀는…… 동굴 속에서 그렇게 홀로 외롭게 버티고 있었다. 그러나 그녀의 모습은 전혀 무력해 보이지 않았다.

그녀의 피를 빨던 넝쿨 중 하나가 얼마 지나지 않아 시들더니 떨어져 내렸다. 다른 넝쿨 하나도 눈 깜빡할 사이에 떨어져 내렸다. 이렇게 넝쿨들이 연이어 떨어져 내렸고, 독은 넝쿨을 통해 빠르게 독초의 본체로 퍼져 갔다.

소소옥은 바닥에 쓰러진 채 주변의 식인초들이 잇달아 고개를 숙이고 시들어 가는 것을 지켜보았다.

바닥을 짚은 그녀의 두 손이 너무나 허약해 보였다. 검푸르게 질린 그녀의 얼굴은 마치 시신의 그것인 양 보기 딱할 정도였다. 그러나 그녀는 주변 식인초들을 바라보며 잔잔한 미소를 짓고 있었다. 그것은 마치 한 줄기 빛처럼 점차 그녀의 작은 얼굴을, 그녀 전체를 환하게 비춰 주었다. 그렇게 그녀는 다시 살아나고 있었다.

소소옥은 기운을 차리고 바로 지혈을 시작했다. 상처를 감싼 그녀는 독약의 기운을 눌러 줄 단약을 한 알 먹었다. 그러고는 걸어갈 힘조차 없어, 피로한 몸을 이끌고 천천히 기어가기 시작했다. 주변에는 식인초들이 여전히 꿈틀거리고 있었지만, 더는 그녀를 건드릴 엄두를 내지 못하고 있었다.

이곳은 아이가 말한 대로 호리병 모양의 호로동이었다. 소소옥은 동굴의 허리 부분인 좁은 틈까지 기어 왔으니 이제 전동을 순조롭게 통과한 셈이었다. 그녀는 그제야 몸을 멈추고 바닥에 엎드린 채 숨을 헐떡거렸다.

그녀는 지금까지 이렇게 오래 웃어 본 적이 없었다. 아마 이렇게 오랜 시간을 기뻐한 적도 없었을 것이다. 이곳까지 기어오는 내내 그녀의 입가에는 미소가 떠올라 있었다. 지금도 그녀는 마치 즐거운 어린아이처럼 웃고 있었다.

소소옥은 후동에 어떤 시험이 기다리고 있는지 알지 못했다. 그러나 확신할 수 있는 것 하나는, 후동의 시험은 분명 전동의 시험보다 훨씬 어려울 거라는 사실이었다.

몸에 극독이 퍼지고 있어 흘러가는 시간이 아깝기는 했지만, 소소옥은 그래도 꽤 오랫동안 휴식을 취했다. 상처가 악화되는 걸 막으려면 우선 체력을 회복하는 게 중요했다.

소소옥은 충분히 휴식을 취한 후 마침내 후동을 향해 걷기 시작했다. 길고 좁은 통로를 지나자 눈앞에 나타난 것은 뜻밖에도 거울 미궁이었다.

좁고 긴 통로 양쪽 벽은 거울로 이루어져 있어, 그녀의 모습이 비치고 있었다. 마치 양쪽 벽에 그녀와 똑같이 생긴, 아니 그녀 자신 여러 명과 함께 걷고 있는 것 같은 느낌이었다.

거울 동굴!

소소옥의 얼굴에는 여전히 별다른 표정이 떠오르지 않았지만 속으로는 몹시 놀라고 있었다. 거울 동굴을 보는 것은 처음이었으나, 이야기는 들어 본 적이 있었다.

거울 동굴에 들어가는 자는 자기 자신에게 죽게 된다고 했다. 그러나 어떻게 스스로에게 죽임을 당하는지는 그 누구도 알지 못했다.

소소옥은 죽음이 두렵지는 않았다. 그러나 죽을 생각은 없었다!

그녀는 한참 고민한 끝에 몸에 지니고 있던 모든 무기와 독약을 버렸다. 그녀는 짧은 비녀 하나만, 뾰족한 끝을 손바닥을 향하게 해서 손에 남겨 두었다.

소소옥은 자기 자신에게 죽게 된다는 것은 분명 자아를 잃고 자기 자신과 거울 속 자신을 구분하지 못하게 될 가능성이 커서라고 생각했다. 그녀가 비녀를 손에 남긴 것은 스스로를 잃게 되는 순간이 오면 고통으로 자신을 깨우기 위함이었다.

양쪽 거울은 바라보지 않고 심호흡을 한 다음, 정신을 다잡고 앞을 향해 걷기 시작했다. 처음에는 곧바르게 뻗어 있는 길이었으나 곧 갈림길이 나타났다.

소소옥은 두 갈림길 중 오른쪽을 선택하여 표식을 남겼다. 그 후로도 갈림길이 나타나면 계속 오른쪽을 선택했다. 갈림길은 점점 더 복잡해져 선택할 길이 셋이 되기도 하고 그 이상이 되기도 했지만, 그녀는 계속 오른쪽만을 선택했다.

그렇게 가고 또 가다 보니 뜻밖에도 막다른 길을 마주치는 일은 없었다. 동시에, 아무리 가도 길이 끝나지도 않았다.

소소옥은 불안한 마음이 들어 속도를 높였다. 그러나 한참을 가도 여전했다.

어째서 막다른 길도 없고, 길이 끝나지도 않는 걸까? 이 산 아래 동굴이 이리도 클 수는 없었다.

소소옥은 다시 원래의 길을 되짚어가기 시작했다. 갈림길이 나올 때마다 계속 왼쪽을 택하며 걸었으나, 결과는 같았다.

마지막 갈림길이 나왔다. 그녀가 원래의 장소로 돌아왔다고 생각했을 때, 그녀는 자신이 원래의 그곳으로 돌아오지 못했음을 깨달았다. 어찌 된 일일까?

사방팔방이 온통 갈림길이었다. 그녀는 마치 그 갈림길들의 중앙에 서 있는 것만 같았다.

어찌 된 일이지? 어떻게 해야 하지?

계속 가 보아야 할까, 아니면 이 거울을 공격해 깨 보아야 할까?

옥아 외전 **소주**

계속 가 보아야 할까, 아니면 거울을 깨야 할까?

소소옥의 체력과 시간에는 한계가 있었다. 계속 간다고 한들, 겹겹이 싸인 거울 속 자신의 모습에 마음이 흔들리지는 않는다 해도 체력 문제로 쓰러질 가능성이 컸다.

어떤 사람들은 어려움에 직면할 때마다, 다른 선택권이 없는 것을 알면서도 심사숙고하고 온갖 가설을 세운다. 하지만 또 어떤 사람들은 다른 선택권이 없다는 것을 아는 순간 단호하고 과감하게 결론을 내린다. 소소옥은 분명 후자였다.

그녀는 무기를 지니고 있지 않았기에 손에 들고 있던 비녀를 무기로 삼았다. 그녀의 눈이 차갑게 빛나는가 싶더니 몸을 돌려 거울을 사납게 내리쳤다.

찰나의 순간, 거울에 균열이 생기는가 싶더니 사방팔방으로 퍼져 나갔다. 동시에 모골이 송연한 장면이 펼쳐졌다. 거울 속 소소옥도 지리멸렬하게 변하며, 얼굴이며 몸의 모든 균열에서 피가 나오기 시작한 것이다.

소소옥은 경악했다!

갑자기 거울이 무너져 내렸고, 거울 조각이 바닥 여기저기로 흩어졌다. 그러나 거울 속 소소옥은 여전히 존재했다. 그녀는 여전히 산산조각이 나고 있었다.

소소옥은 다급하게 제 손을 바라보았다. 손에는 아무 문제도 없었다. 그녀는 다시 제 얼굴을 쓰다듬어 보았다. 역시 피 같은 것은 묻어 나오지 않았다.

그녀는 재빨리 다른 쪽 거울을 바라보았다. 그 속의 자신은 아무렇지도 않았다.

어찌 된 일일까? 이 거울 속에는 대체 무엇이 숨겨져 있는 걸까? 그녀가 모든 거울을 부수어 버린다면 무슨 일이 벌어질까?

소소옥은 무서워하지 않았을 뿐 아니라, 심지어 호기심을 넘어 흥미를 보이기 시작했다. 그녀는 다시 비녀를 들고 거울 벽을 찔렀다. 거울 벽은 다시 한번 산산조각이 났고, 거울 속 그녀도 깨어졌다.

예상 밖이었던 것은, 그녀의 얼굴이건 몸이건 깊게 찌를수록 더 많은 피가 흐른다는 사실이었다.

"재미있군!"

소소옥의 입매에 차가운 미소가 스쳐 갔다. 그녀는 그 이상 거울을 관찰하지 않고 비녀로 거울을 모두 부수기 시작했다.

거울 벽이 하나하나 연이어 깨어졌고, 거울 속의 소소옥도 점차 부서지며 온몸에서 피를 흘리는 혈인으로 변해 갔다. 소소옥은 그런 거울 속 저를 보지 않고 다른 거울 벽으로 향했다. 그러나 그녀가 다시 거울 벽을 두 개 부수었을 때, 갑자기 온몸에 미세한 통증이 전해져 왔다.

발걸음을 멈춘 그녀는 제 손을 들여다보고는 다시 얼굴을 만져 보았다. 여전히 아무 상처도 입지 않은 상태였다. 그러나 이

미세한 통증은…… 금방이라도 피부를 찢어 버릴 것 같은 고통으로 변해 갔다.

소소옥이 고개를 들었다. 멀지 않은 곳 거울 벽 속 자신은 아주 편안해 보였다. 그녀는 고개를 숙이고 바닥에 흩어진 거울 조각 속 자신을 바라보았다. 온몸에 상처를 입고 피를 흘리는 자신을.

어째서일까, 그 부서진 자신을 보고 있노라니 소소옥은 더는 눈을 돌릴 수가 없었다. 그리고 온몸의 고통이 점차 강렬하게 변해 갔다. 그 순간 그녀는 뜻밖에도 현실과 거울 속 세상을 구분하지 못하고 있었다. 대체 무엇이 진정한 자신인지 구분하지 못하고 있었다.

"아니야……. 아니라고……."

소소옥은 미간을 찌푸리며 저도 모르게 뒷걸음질을 쳤다. 바닥 가득 부서진 자신을 피하고만 싶었다.

환술! 이건 분명 사람의 마음을 미혹시키는 환술이다!

그녀는 다급하게 눈을 감고 비녀의 뾰족한 끝으로 제 손바닥을 찔렀다. 그러기를 한참 후, 그녀는 스스로가 바로 자기 자신이고 거울 속 소소옥은 거울 속 소소옥일 뿐이라는 사실을 깨달을 수 있었다.

그러나 그녀가 여전히 이해할 수 없는 것은, 몸에 밀려오는 고통이 여전히 사라지지 않고 있다는 것이었다. 상처도 없건만 고통은 너무나도 생생하게 느껴져 무시할 수가 없었다. 그녀는 이제 심지어 피를 잃은 후 느끼게 되는 어지럼증까지 느끼고 있었다.

설마, 그녀가 아직 완전히 깨어나지 못한 것일까?

소소옥은 잠시 숨을 고르며 휴식을 취했다. 물론 그러는 동안에도 여전히 힘을 줘 비녀로 손바닥을 찌르고 있었다.

그녀는 손바닥의 고통과 온몸에 밀려오는 기이한 고통을 비교해 보았으나, 무엇이 진실이고 무엇이 가짜인지 도무지 알 수가 없었다. 소소옥은 아예 비녀로 제 팔을 그어 상처를 만들고, 정말로 피부가 찢어지는 고통을 느껴 보았다.

그렇게 하니 다른 점을 눈치챌 수 있었다. 어떻게 다른지 말로는 설명하기 어려웠으나, 어쨌든 그녀는 이제 느낄 수 있었다. 소소옥이 다시 웃으며 속삭였다.

"보잘것없는 재주를 부리기는!"

상처를 처치한 그녀는 바닥 가득 널려 있는 거울 조각을 밟으며 성큼성큼 앞으로 걸어 나갔다. 그녀는 더는 거울 속에 무엇이 있는지, 제 몸이 얼마나 아픈지 신경 쓰지 않았다. 그저 사나운 기세로 거울을 부수며 앞으로 나아갈 뿐이었다. 마치 용감한 전사처럼.

그러나 갑자기 팔의 상처에서 피가 배어 나오기 시작했다. 그리고 전동에서 그녀 스스로 입혔던 두 상처에서도 피가 흘러나왔다.

소소옥은 제가 너무 힘을 써서 그런 모양이라 여겼으나, 문득 언제부터인가 제 손바닥에도 균열이 여럿 생겨 있는 것을 발견했다. 그곳에서도 피가 소리 없이 흘러나왔다.

내가 너무 지나치게 힘을 주었나……?

그녀가 의심스러운 표정을 짓는 순간, 얼굴에서도 선혈이 갑자기 흘러내렸다. 다급하게 얼굴을 만져 보니 손 전체에 피가 묻어났다.

이것은…….

소소옥은 몸을 돌려 오른쪽, 아직 깨어지지 않은 거울 벽을 바라보았다. 그곳의 자신은 멀쩡한 모습이 아니라, 바닥 위 부서진 거울 조각 속 혈인과 완벽하게 같은 모습이었다!

그녀는 자신도 모르게 헉, 숨을 들이마셨다. 그러나 여전히 정신을 맑게 유지하며 욕설을 내뱉었다.

"제기랄, 빌어먹을 환술!"

그리고 그 순간, 그녀 등 뒤에서 젊은 남자의 목소리가 들려왔다. 음산하다 못해 온갖 어둡고 축축한, 그리고 더러운 뭔가를 연상하게 하는 그런 목소리였다.

"계집, 이것은 환술이 아니다. 네가 거울 벽을 하나라도 더 부순다면 본 소주가 약속하지. 네가 피를 모두 잃고 죽게 될 것이라고!"

소소옥은 바로 돌아보았다. 그러나 등 뒤에는 아무도 없었고, 그저 멀리 있는 거울 벽에서 희미한 빛이 새어 나오고 있을 뿐이었다.

소소옥이 두 눈을 가늘게 뜨고 비녀를 꽉 쥔 다음, 가장 가까운 거울로 달려들었다. 찰나의 순간, 거울 벽이 다시 한번 날카로운 소리를 내며 무너졌다.

남자의 말이 틀리지는 않았던 모양이었다! 소소옥의 혈기가 소용돌이치기 시작했다. 그녀의 몸 안 선혈이 모두 상처를 향해 포효하며 달려가는 듯했다. 어떻게든 그녀의 몸에서 빠져나가기 위해.

아파!

소소옥은 이제 제대로 서 있을 수도 없었다.

환술! 이건 환술이야! 믿으면 안 돼!

그녀는 속으로 계속 중얼거렸다. 그리고 비녀로 다시 한번 제 손바닥을 찔렀다. 그러나 온몸에 퍼지고 있는 고통과 비교하면 손바닥의 고통은 워낙 미미해서 더 이상 그녀를 깨어 있게 할 수 없었다.

소소옥은 이를 악문 채 성큼성큼 앞을 향해 걸어가며 다시 한번 거울 벽 하나를 부쉈다. 고통은 더욱 심해졌고 피도 더욱 많이 흐르기 시작했다. 이제 그녀는 제대로 서 있을 수도 없었다.

그 이상한 남자 목소리가 다시 들려왔다.

"하하! 굳이 그럴 필요까지 있느냐? 계집, 네가 지금까지 보여 준 능력을 높이 사서 지금이라도 그 우둔한 행동을 멈춘다면 본 소주가 너를 살려 보내 주마."

소소옥은 이제 비녀로 거울을 부술 힘도 없었다. 그러나 그녀는 가볍게 코웃음을 친 다음 사납게 앞쪽 거울을 향해 달려갔다. 그리고 제 몸을 거울 벽에 부딪쳐 벽을 부순 다음 자신도 바닥에 쓰러졌다.

고통 때문에 곧 죽을 것만 같았다. 그러나 그녀의 입가에는 여전히 미소가 떠올라 있었다. 홀로 전투를 치른다는 것은 너무나 외로운 일이다. 동행이 없다 해도…… 관객이 있는 것만으로도 좋지 않은가.

소소옥이 말했다.

"귀령단을 내게 줘. 그럼 떠나 줄 테니. 아니면 내가 이곳의 거울을 모두 부숴 버리고 말 테다! 그리고 죽기 전에 반드시 이곳을 빠져나갈 거야!"

그녀의 말이 끝나는 순간, 동굴 전체가 적막에 사로잡혔다. 그러나 곧 음산한 웃음소리가 그 고요함을 깨트렸다. 웃음소리가 점점 더 커질수록 점점 더 사악하고 차갑게 들렸다.

"하하! 계집, 혹시 바보인 게냐? 말해 봐라. 네가 구하고자 하는 그자가 너에게 무엇을 줄 수 있지? 재물? 지위? 아니면 무공?"

남자는 잠시 말을 멈추더니 다시 웃기 시작했다.

"아, 맞아! 세상에는 애정이란 것도 있었지!"

소소옥은 몸을 일으키며 경멸 어린 차가운 미소를 지었다.

"허튼소리!"

그녀가 계속 앞쪽의 거울 벽을 향해 돌격하려 했을 때였다. 그곳의 벽 틈에서 누군가가 나타났고, 소소옥은 경악하여 자신도 모르게 외쳤다.

"사부님……!"

옥아 외전 **성공**

거울 벽에 나타난 한진을 본 순간, 소소옥은 재빨리 돌아보았다. 한진은 뜻밖에도 그녀에게서 멀지 않은 곳에 서서 그녀를 바라보고 있었다.

"사부님!"

소소옥이 놀라고 기뻐하며 빠른 걸음으로 달려갔다.

"사부님, 어떻게 여기까지 오신 거예요? 사부님, 우리 같이 여기서 나가요. 여기서 나가기만 하면 귀령단을 얻을 수 있어요. 사부님, 이곳의 모든 것은 진짜가 아니라 환술……."

여기까지 말한 그녀는 문득 깨달았다. 눈앞의 한진이 환영이라는 사실을.

소소옥은 아쉬워하면서도 단호하게 한진에게서 시선을 돌리고 주변을 돌아보았다. 그녀는 그녀가 볼 수 없는 어딘가에 누군가가 숨어 자신을 지켜보고 있다는 사실을 알고 있었다. 그래서 쓸데없는 말은 하지 않고 그저 주변을 둘러보기만 했다. 그리고 불시에 앞쪽 거울 벽을 향해 몸을 부딪쳤다.

순간, 거울이 깨어지며 거울 속 한진도 산산이 흩어졌다.

소소옥은 깨어지는 거울을 보지 않으려 했다. 그러나 그녀가 눈을 들어 다른 거울 벽을 보는 순간, 그곳에 온통 한진이 비치는 것을 발견했다. 그의 온몸에도 균열이 생겨 있었고, 피가 끊

임없이 흐르고 있었다.

경악한 소소옥이 급하게 뒤를 돌아보았다. 그 환영 같은 한진은 여전히 그 자리에 서 있었다. 거울 속 혈인과 똑같은 모습으로, 피를 흘리며.

환술! 환술이야!

소소옥은 속으로 다시 한번 외쳤다. 그러나 환술이라는 것을 알면서도 그녀는 차마 그런 그를 바라볼 엄두가 나지 않았다. 주변이 온통 피 흘리는 한진으로 가득 찬 이상, 그녀는 눈을 감을 수밖에 없었다.

그 순간 그 음산한 목소리가 다시 들려왔다.

"저자가 네 사부인가? 하하, 정말이지 대단한 제자군. 환술인 것을 알면서도 그리 아쉬워하다니……."

"닥쳐!"

소소옥이 눈을 뜨자 상대는 더는 말하지 않았다. 그러나 뜻밖에도 거울 속에서 한진의 목소리가 들려왔다.

"소옥아, 떠나거라."

소소옥은 멍하니 굳어 버렸다. 그 순간 주변 모든 거울 속에서 같은 목소리가 들려오기 시작했다.

"소옥아, 가거라! 소옥아, 떠나거라……."

그의 목소리는 한 번, 또 한 번 그녀를 내몰고 있었다. 마치 수개월 전 풍명산 지하 궁전에서처럼. 그는 그녀를 쫓아내려 했고, 그녀를 더는 제자로 생각지 않는다고 했었다…….

소소옥의 눈에 슬픈 빛이 어리기 시작했다. 정말로 너무나 괴로워 그녀는 눈을 감았다.

그 순간, 어두운 곳에 있던 택봉동 소주가 천천히 고개를 들었다. 그의 차갑고 사악한 눈에 점차 의아한 빛이 떠오르고 있었다.

지금은 이 거울 동굴의 환술이 사람의 마음을 가장 강하게 미혹하는 순간이자 가장 위험한 순간이었다. 소소옥의 마음속 사념이 하나씩 불려 나와 거울에 나타나고 그녀의 마음을 철저히 흔들어 놓아야 하는 순간, 그리고 그녀가 계속 거울 벽을 부수지 못하게 해야 하는 순간이었다.

이치대로라면 거울 속 사부는 그녀를 구하려 해야 했고, 소소옥은 그 이상 거울 벽을 부수지 못하고 이대로 머물게 되어야 했다. 그런데 거울 속 사부는 무엇 때문에 그녀를 내쫓으려 하는 것일까?

설마 그녀가 아는 사부란 자가 이렇게 사심이 없을까? 그녀는 사부에 대해 아주 약간의 의심조차 없단 말인가?

택봉소주가 다시 그녀에게 말을 걸려고 했을 때, 거울 벽 속에서 다른 사람들이 나타났다. 부부 한 쌍과 늙은 여인 하나, 그리고 남자아이 하나와 여자아이 하나였다.

환상은 마음에서 생겨나는 것이니 이 환영은 택봉소주가 제어할 수 없었다. 택봉소주는 하려던 말을 억누르고 어두운 곳에서 계속 의아한 눈으로 지켜보았다.

"소옥아, 가거라."

한운석의 목소리였다.

"소소옥, 가도 좋다."

용비야의 목소리.

"소옥아, 가거라. 이제 네 시중 따위 필요 없으니까."

조 할멈……

"옥 누님, 가 버려."

이건 헌원예의 목소리였다.

"옥 언니, 안녕."

그리고 연아의 목소리.

목소리와 목소리가 교차되며 반복되는 가운데 소소옥이 사나운 기세로 눈을 떴다. 꽃 같은 그녀의 얼굴이 창백해져 있었다!

주변 거울 속에는 사람들이 가득했다. 모두 그녀가 제 목숨보다 소중하게 여기는 이들이었다. 그리고 그들이…… 모두 그녀에게 가라고 하고 있었다.

소소옥은 고개를 저으며 자신도 모르게 뒷걸음질을 쳤다.

택봉소주는 도무지 영문을 알 수 없어 소소옥을 시험해 보기로 했다.

"계집, 물러나지 마라……. 거울들이 남아 있잖아. 저들을 공격해 부숴 버려. 저들을 죽이면 너는 이곳에서 나갈 수 있다. 그리하지 않으면 영원히 여기서 나갈 수 없을 것이다!"

그러나 이게 웬일까. 소소옥은 그의 말은 들은 체 만 체 하고 자신만의 세계에 빠져 중얼거리고 있었다.

"가지 않을 거예요! 저는 귀령단을 얻어 사부님께 드릴 거예요……. 그리고 전하께서 명하신 임무를 끝내야 하고……. 그러니 갈 수 없어요! 사부님이 저를 내쫓으셨는데, 어째서 마마께서도 저를 내쫓으려 하시나요? 어째서……."

어째서?

그야, 거울 속 한운석은 환영이니까!

소소옥은 중얼거리고 또 중얼거리다가 마침내 정신을 차렸다. 방금과는 달리 아주 철저하게.

그녀는 거울 속 사람들이 점차 사라지고 대신 자신의 모습이 나타나는 것을 지켜보았다. 거울 속 그녀는 새로 입은 상처 외에는 평소와 전혀 다를 바 없는 모습이었다.

과연, 환술이었구나!

소소옥이 돌아보니 등 뒤의 '한진' 역시 이미 사라져 보이지 않았다. 그녀는 느긋하게 주변을 돌아본 다음, 경멸을 담아 미소 지었다.

"네가 졌다!"

어둠 속에 숨어 있던 택봉소주는 이미 눈을 가늘게 뜬 채, 마치 사냥감을 노리듯 소소옥을 노려보고 있었다. 그는 소소옥의 말에 대답하지 않고 몸을 돌려 어둠 속으로 사라졌다.

그가 졌다. 그러나 소소옥 역시 온몸에 극독이 퍼진 상태니, 반드시 이긴 것은 아닐 것이다!

소소옥은 시간을 낭비하지 않고 최대한 빠른 속도로 남은 거울 벽을 모두 부쉈다. 깨어진 거울이 바닥을 낭자하게 채웠을 때, 햇빛이 동굴 안을 비춰 주기 시작했다.

바닥에 가득한 거울 조각에서 현란한 빛이 흐르는 가운데 소소옥은 실눈을 뜨고 동굴 밖을 바라보았다. 그리고 햇빛을 향해 걸었다. 그녀의 입술은 여전히 창백했지만, 그 입매에 어린 미소만은 햇빛보다 더욱 밝아 보였다.

성공했다!

동굴 밖에서 그녀를 안내했던 아이가 기다리고 있었다. 그전의 오만한 모습과 달리, 아이는 공포에 젖은 시선으로 소소옥을 바라보았다. 진기가 없는 사람이 이 동굴에서 살아 나오다니, 아이에게 있어 이보다 더 신비롭고 공포스러운 일은 또 없었다.

소소옥이 아이를 흘깃 본 다음 퉁명스럽게 물었다.

"물건은?"

아이가 대답했다.

"소저, 저를 따라오시지요."

소소옥은 온몸에 퍼진 독으로 인해 힘든 상태였고, 성격 역시 평소보다 더 꼬여 있었다.

"이 동굴을 빠져나오면 귀령단을 얻을 수 있다고 하지 않았나? 나를 어디로 데려가려는 거지?"

그녀의 호령에 아이가 겁먹은 표정으로 이야기했다.

"귀령단은 우리 소주님이 지니고 계세요. 소주님께서 소저를 만나고자 하시니, 저를 따라오시면 됩니다."

천성적으로 경계심이 강한 소소옥은 방금 동굴에서 들었던 목소리를 떠올리고는 바로 아이의 제안을 거절했다.

"본 소저는 누구도 만나고 싶지 않다. 가서 물건을 가져와!

나는 여기서 기다릴 테니!"

아이는 무척 난감한 듯 우물쭈물했다. 그러자 소소옥이 다시
날카롭게 호령했다.

"아직 안 가고 뭐 하고 있는 거지?"

아이가 깜짝 놀라 재빨리 그 자리를 떠났다. 그러고는 다시
돌아오지 않았다.

소소옥은 아무리 기다려도 아무도 오지 않으니 동굴에 대고
소리도 몇 번 질러 보았다. 그러나 대답은 들을 수 없었다.

소소옥은 아이가 사라진 방향으로 아이를 찾으러 가지 않고,
다시 동굴을 통해 돌아 나가 대문에서 기다릴 계획을 세웠다.
그녀가 아이를 찾으러 간다면 아마 자기 자신을 그 소주 앞에
데려다 놓는 꼴이 될 테니까.

소소옥은 그런 짓을 할 정도로 바보는 아니었다. 대문에 단
약을 구하는 사람이 그리 많으니, 그녀는 택봉동이 감히 사기
를 칠 수 있을지 지켜볼 예정이었다.

그러나 소소옥이 거울 동굴을 지나 독초가 가득한 동굴에 들
어섰을 무렵, 검은 옷을 입은 젊은 남자가 나타났다. 스물 전후
한 나이에 매우 잘생긴 얼굴이었으나, 어두운 동굴 속이라 그
런지 어딘가 사악하고 차가운 느낌이 감돌고 있었다.

그는 오만하게 소소옥을 바라보며 두 팔을 벌렸다. 결단코
소소옥이 이곳을 지나가게 내버려 두지 않겠다는 듯…….

옥아 외전 **왔다**

동굴 안이 어두워 소소옥은 남자의 얼굴을 제대로 볼 수 없었다. 그러나 이 사람이 바로 택봉동의 소주라는 사실은 확신할 수 있었다.

지금 그녀를 막아 세우려는 것일까?

소소옥이 몰래 손에 독을 숨기며 냉랭하게 물었다.

"택봉소주께서 이렇게 직접 단약을 가져오실 줄은 몰랐네요. 아이에게 들려 보내셔도 되었을 것을."

남자가 음산하게 웃기 시작했다.

"보아하니 아이가 거짓말을 하지는 않은 모양이야. 너는 정말 본 소주를 만나고 싶지 않았구나."

소소옥이 퉁명스럽게 말했다.

"만나고 싶지 않아도 만나고 있잖아요. 귀령단은요?"

남자가 벌렸던 두 팔을 거두어 팔짱을 끼며 물었다.

"계집, 이름이 뭐지? 어디서 왔고 네 사부는 누구지?"

소소옥은 어린 시절부터 상관도 없는 사람이 자신을 '계집애'와 같은 식으로 부르는 데 반감을 품고 있었다. 하물며 꽤 자란 지금이야 말해 무엇할까.

그녀가 불쾌한 목소리로 말했다.

"잡놈, 너희 택봉동에 약을 구하러 왔다고 이름과 출신까지

보고해야 한단 말이냐? 분명 지금까지 본 소저에게 그런 말을
한 자는 없었다!"

잡놈? 택봉소주가 잠시 멈칫하더니 곧 의아한 눈빛으로 물
었다.

"방금 본 소주를 뭐라 불렀지?"

소소옥은 쓸데없이 말을 늘리는 것을 좋아하지 않았을 뿐 아
니라, 쓸데없는 말을 할 시간도 없었다. 그녀가 손을 내밀며 차
갑게 말했다.

"잡놈, 너희가 정한 규정대로 어서 귀령단을 내놓지 못해!"

그녀는 택봉소주보다 한참 키가 작았다. 그러나 고개를 들고
손을 내밀어 약을 요구하는 그녀에게서는 기개가 넘쳤고, 택봉
소주에 비해서도 전혀 약해 보이지 않았다.

그녀는 손에 독을 숨기고 있었다. 택봉소주가 이렇게 귀령단
을 주지 않으려 한다면, 그녀도 혼자 죽지는 않을 생각이었다!

안 그래도 음산하던 택봉소주의 얼굴이 깊은 물처럼 가라앉
았다. 그가 주먹을 쥔 오른손을 들어 올리더니 말했다.

"귀령단은 여기 있다. 너에게 줄 수 있지!"

소소옥이 눈빛을 빛내며 차가운 목소리로 외쳤다.

"그런데 아직 주지 않고 뭐 하는 거지?"

택봉소주의 눈에 원한의 빛이 스치는가 싶더니 그가 말했다.

"본 소주는 너에게 직접 단약을 전하러 왔을 뿐 아니라, 네
목숨도 구해 주려고 왔다! 사리 분별을 좀 해 보는 것이 어때?"

소소옥의 목숨을 구하러 왔다고? 설마 그녀에게 해독약을

주겠다는 것일까?

그러나 소소옥은 그렇게 순진하지 않았다. 눈앞의 이 녀석은 방금까지만 해도 그녀를 죽이려 했던 자가 아닌가. 그런 자가 약도 주고 그녀를 구해 줄 리 있을까? 눈앞의 이 잡놈은 분명 그녀를 속이고 있거나, 그녀에게 조건을 이야기할 심산이 분명했다.

소소옥이 딱 부러지게 말했다.

"귀령단만 주면 된다. 네가 날 구해 줄 필요 없을 뿐 아니라, 나는 네 어떤 조건에도 응하지 않을 것이다!"

택봉소주는 점점 더 의아한 표정으로 말했다.

"망할 계집, 본 소주의 조건을 다 들어 본 다음에 거절해도 늦지 않다."

소소옥이 눈썹을 치켜세웠다.

"그래? 그럼 말해 봐."

택봉소주가 조금 긴장을 풀었다. 그런데 이게 웬일일까. 소소옥이 갑자기 손가락 사이에 숨기고 있던 독침을 발사했다.

택봉소주가 피하긴 했지만, 그래도 독침에 상처를 입고 비틀거리며 벽에 부닥쳤다. 조금은 부드러워져 있던 그의 눈에 순식간에 살기가 떠올랐다.

그는 마치 어둠 속에 잠복해 있는 엽표[1]가 사냥감을 노려보듯 소소옥을 응시했다.

"여봐라, 이 계집을 잡아라!"

---

1 치타.

그의 말이 떨어지자마자 어둠 속에 숨어 있던 시위들이 나타나 동굴 양쪽에서 포위해 오기 시작했다. 소소옥은 재빨리 벽에 등을 기대 뒤에서 올 공격을 차단했다.

아이의 제안을 들었을 때부터 그녀는 일이 순조롭게 풀리지 않으리라 예상했고, 만약의 경우에는 함께 죽는 결과까지 생각하고 있었다. 이 순간, 그녀의 눈빛에 어린 살기는 결코 택봉소주에게 지지 않았다. 소소옥이 경멸 어린 목소리로 말했다.

"본 소저를 해독하겠다고? 그보다는 본인을 어떻게 해독할지나 생각해 보시지! 자, 오늘 우리에게는 두 가지 결과만이 있을 뿐이야. 첫째, 네가 본 소저에게 귀령단과 해독약을 준 다음 머리를 조아리며 사과하는 것. 그렇게 하면 본 소저는 네 목숨을 살려 주겠다! 그리고 둘째는…… 우리 함께 죽는 것!"

택봉소주가 갑자기 큰 소리로 웃기 시작했다.

"함께 죽는다고? 좋다! 어쨌든 본 소주는 살아도 죽느니만 못하니, 함께 묻힐 사람이 있다면 본 소주도 즐겁게 죽을 수 있겠군."

말을 마친 택봉소주가 손을 휘두르자 주변의 시위들이 전부 물러났다. 택봉소주는 여전히 팔짱을 낀 채 벽에 기댔다. 마치 높은 곳에서 내려다보는 듯한 나른한 자세였다. 그는 전혀 중독된 것처럼 보이지 않았다. 실제로는 몸 안에서 이미 독이 들끓기 시작했겠지만.

어쨌든 소소옥은 택봉소주가 살아도 죽느니만 못한지 어떤지에는 관심이 없었다.

그녀가 아는 것은 단 하나, 자신은 죽을 마음이 전혀 없다는 것이었다. 최소한 귀령단을 사부에게 전달하기 전에는 죽을 수 없었다. 그녀가 방금 했던 단호한 말도 그저 택봉소주를 속이기 위한 것에 불과했다.

그녀는 택봉소주와 대치하듯 노려보았다. 그러나 사실 그녀는 어떻게 해야 주변에 잠복하고 있는 시위들이 손을 쓰기 전에 택봉소주를 잡을 수 있을지 고민하고 있었다.

택봉소주가 중독된 독은 아무리 느려도 차 한 잔 마실 시간이면 효과가 나타나게 되어 있었다. 아마 그 순간이 가장 좋은 기회일 것이다. 택봉소주 역시 소소옥을 노려보고 있었다. 그가 지금 무슨 생각을 하는지는 그 자신만이 알 뿐이었다.

그의 눈빛이 음산하다는 것을 빼면, 눈 자체는 아름다웠다. 전형적인 봉안, 즉 봉황을 닮은 눈이었다. 눈 안쪽은 날카롭고 밖으로 갈수록 넓어지는 형태였는데, 검은 눈동자가 선명했다.

주변은 고요했다. 어찌나 조용한지 시간이 흐르는 소리조차 들릴 것 같았다.

소소옥은 무슨 말이라도 해서 눈앞의 남자를 자극하는 것이 좋을지, 아니면 주변 시위들은 신경 쓰지 않고 시간이 되는 순간 공격하는 것이 좋을지 망설이고 있었다.

그녀는 후자를 선택했다. 독이 발작할 시간이 다가와 마침내 소소옥이 손을 쓰려는 순간, 앞쪽에서 웬 노인의 목소리가 들렸다.

"장동, 약속은 약속이다! 무례하게 굴지 마라!"

택봉소주와 소소옥이 동시에 돌아보았다. 목소리의 주인은 바로 택봉소주의 부친인 택봉동의 계 동주였다.

계장동의 눈가에 낙담한 빛이 스쳐 갔다. 그는 소소옥을 흘 긋 보더니 아무 말 없이, 계속 손에 쥐고 있던 귀령단을 부친에 게 건넨 후 그 자리를 뜨려 했다. 그러나 겨우 두 걸음이나 걸 었을까. 심장을 쥐어짜는 듯한 격렬한 통증에 발걸음을 멈출 수밖에 없었다!

"장동!"

계 동주가 재빨리 아들을 부축하며 소소옥에게 말했다.

"옥 소저, 사부가 밖에서 기다리고 계시오. 일단 장동에게 해독약을 주시는 것이 좋겠소. 그리하면 다른 이야기는 잘 풀 어 갈 수 있을 테니!"

사부가 이곳에 왔다고?

노인은 소소옥을 '옥 소저'라 불렀다. 설마 사부가 정말로 이 곳까지 왔단 말인가? 어쩐 일인지, 하늘도 땅도 두렵지 않던 소 소옥이 조금 겁을 먹고 있었다. 그러나 그녀는 재빨리 제 안의 두려움을 지워 버리고 차갑게 물었다.

"그 말을 어떻게 믿죠?"

마침내 계 동주도 분노가 치밀어 올라 노성을 질렀다.

"이 망할 계집! 이 늙은이가……."

그러나 그의 말이 끝나기도 전에 계장동이 입가에 검은 피를 흘리며 힘없이 쓰러졌다. 계 동주는 다급한 나머지 소소옥에게 '이 늙은이를 따라와라.'는 말을 남긴 채 아들을 데리고 총총히 동굴 밖으로 향했다.

동굴 밖에는 한진이 곧은 자세로 뒷짐을 진 채 서 있었다. 흰 비단 장포를 입은 모습이 더욱 고귀하고도 차가워 보였다. 귀밑머리 몇 오라기가 하얗게 세었으나 그는 결코 늙어 보이지 않았고, 오히려 그 누구도 범접하기 어려울 정도로 침착하고 조용한 인상을 풍기고 있었다. 그는 소소옥이 동굴 밖으로 걸어 나오는 것을 보고도 별다른 표정의 변화를 보이지 않았다. 그렇게나 냉담하고 고고한 한진이었다. 다만 그의 눈길은 곧 소소옥 어깨 위 상처로 향했고, 마치 못이라도 박힌 양 시선을 떼지 못하고 있었다. 소소옥이 앞까지 다가올 때까지도 그는 계속 그녀의 상처를 응시하고 있었다.

소소옥은 제가 잘못을 저질렀다고 생각하지도 않았고, 이제 한진의 제자가 아니라는 사실도 잘 알고 있었다. 그러나 어째서일까. 그녀의 마음속은 비할 데 없이 어지러웠다. 마치 잘못을 저지른 제자가 사부를 만날 때와 같은 느낌이었다.

그녀는 고개를 숙인 채 잠시 망설이다가, 용기를 내어 고개를 들었다. 그러고는 한진을 향해 웃어 보이기까지 했다. 평소와 같은, 그녀 특유의 오만한 미소였다.

"한진, 저들의 규칙에 따라 귀령단은 이제 내 것이 되었어요! 당신에게 줄 테니, 저들에게 달라고 해서 가져가요!"

그녀는 한진의 손을 잡고 해독약을 쥐어 주고는 몸을 돌렸다. 그러나 한진이 그 자리를 떠나려는 그녀의 손을 잡았다…….

옥아 외전 **입을 벌려라**

한진이 소소옥을 잡아끌더니 차가운 목소리로 명령했다.

"입을 벌려라."

입을 벌리라고?

소소옥은 잠시 어찌 반응해야 할지 몰라 망설였다. 그러자 한진이 조금 불쾌한 듯 그녀의 턱을 잡고 입을 벌리더니 단약을 하나 먹였다.

이 단약은 바로 택봉동주가 막 그에게 건넨 것으로, 동굴 안 독초의 독을 해독해 주는 단약이었다.

한진은 호로동 안 거울 벽을 두려워했을 뿐 택봉동주를 두려워하지는 않았다. 다만 단약을 구하고자 하더라도 강요할 수는 없고, 택봉동주의 규칙을 따라야 했다. 그러나 소소옥이 이미 호로동을 통과한 이상, 택봉동주가 규칙을 지키지 않으면 그역시 예를 갖출 생각이 없었다.

택봉동주 또한 신용이 없는 사람은 아니었다. 단지 이번에는 아들 때문에 함정에 빠진 것이나 마찬가지였다.

그는 소소옥이 순조롭게 동굴을 통과했다는 놀라움에서도 깨어나지 못한 상태였는데, 아들이 소소옥에게 수작을 거는 것을 듣고, 아들이 귀령단을 그녀에게 줄 생각이 없을 뿐 아니라 그녀를 놓아줄 생각도 없다는 것을 알게 되었다.

그런데 그가 아들을 혼내러 다가가려 했을 때, 이게 웬일일까, 한진이 도착했다. 그로서는 해독약을 건네며 사과한 다음 직접 동굴 안으로 들어가는 수밖에 없었다. 그러나 호로동 안으로 들어간 후 그는 제 아들도 중독되어 매우 위험한 상황이라는 것을 알게 되었다.

단약이 입에 들어오는 순간, 소소옥은 이 단약이 해독약이라는 사실을 바로 알아차렸다. 무척 기뻤다. 이리되면 주인을 귀찮게 할 필요가 없으니까. 남아 있는 독기 정도는 그녀 혼자서도 처리할 자신이 있었다.

소소옥은 자신이 도리에 어긋나는 일을 하지 않았다는 것을 아는 상황에서 한진이 온 것까지 보니 모든 일이 다 좋게만 느껴졌다. 그녀는 한진을 바라보며 환하게 웃었지만, 한진은 그녀의 턱을 놓아주지 않고 그저 힘만 풀었다.

그는 소소옥의 얼굴을 진지하게 살펴본 후에야 그녀를 놓아주고, 다시 진지하게 그녀의 몸에 생긴 상처를 살펴보았다. 그리고 다시 그녀의 손에 있는 작은 상처들을 살펴본 후 마지막으로 소소옥의 맥을 짚었다.

소소옥은 내내 미동도 하지 않았다. 한진의 진지하고 엄숙해 보이는 모습을 보니 마음속으로 따뜻한 물결이 흘러 들어오는 기분이었다. 정말로, 너무나 따뜻했다.

택봉동주와 계장동도 곁에서 그들을 지켜보고 있었는데, 계장동은 제가 극독에 중독된 사실도 잊은 듯 한진을 뚫어지게 쳐다보았다. 오히려 택봉동주가 뜨거운 솥에 올라간 개미처럼 초조해하더니, 결국은 참지 못하고 앞으로 나섰다.

"한 종주, 제 아들놈이 그저 옥 소저에게 농담을 조금 했을 뿐이오만, 어쨌든 무례하였소이다."

그러고는 귀령단을 내밀며 이어 말했다.

"아들을 대신해 한 종주와 옥 소저에게 사죄할 터이니, 두 분이 너그러이 봐주시면 좋겠구려. 이게 바로 귀령단이니, 받아 주시오."

눈앞에 있는 귀령단은 진기를 한 단계 높일 수 있는 단약이니, 한진에게 있어 수년 동안의 수행에 맞먹는 물건이었다!

그러나 한진은 귀령단을 제대로 보지도 않고 소소옥만 보고 있었다. 소소옥 마음대로 택봉동주에게 조건을 내걸어도 좋다는 의사 표시였다.

소소옥은 가끔 아무 이유도 없이 타인을 용서하지 않는 성격이었다. 하물며 지금은 이유가 충분하지 않은가?

그녀는 귀령단을 받아 든 다음, 눈썹을 치켜세우고 시위의 부축을 받고 있는 계장동을 바라보며 차갑게 외쳤다.

"해독약을 원한다면, 직접 무릎을 꿇고 본 소저에게 사죄하도록!"

계장동은 대답하지 않고 고개를 돌려 다른 곳을 바라보았다. 무엇이건 소소옥의 요구는 들어주지 않겠다는 태도였다.

택봉동주가 다급한 나머지 한진에게 한마디 하려 했을 때, 소소옥이 큰 소리로 웃더니 한진의 손에서 해독약을 받아 다시 택봉동주에게 던졌다.

"전혀 쓸모없는 사람은 아니었네. 그래도 꽤 기개가 있는 걸 보니!"

택봉동주는 소소옥과 같이 속을 헤아리기 어려운 여자는 영 마음에 들지 않는다고 생각하면서도 어쨌든 해독약을 받았다. 그리고 그 역시 한진이 했던 그대로 계장동의 입을 잡고 억지로 벌려 약을 먹였다.

약이 효과가 있어 계장동의 안색이 나아지는 것을 보고 택봉동주는 겨우 안도의 한숨을 내쉬고는 한진에게 말했다.

"한 종주, 어린 제자가 부상도 있고, 또 독에도 중독된 상태니, 며칠 쉬었다 가시는 것이 어떻겠소?"

그러나 한진은 두 손 모아 인사한 후 말 한마디 없이 그 자리를 떠났다. 소소옥 역시 쓸데없는 말을 늘어놓지 않고 한진을 따라가기 시작했다.

택봉동주는 한진의 성격을 알기에 만류하지 않고, 직접 계장동을 부축하며 말했다.

"일단 방으로 돌아가자. 이 일은 너를 탓하지 않겠다. 돌아가 무슨 일이 있었던 것인지 아비에게 자세히 말해 다오. 저 어린 계집애가 어떻게 거울 동굴을 통과했단 말이냐?"

계장동은 대답 없이 잠시 아버지에게 기대었다. 그러나 기운을 차린 순간 갑자기 아버지의 손을 빠져나가, 택봉동주가 말릴 틈도 없이 한진과 소소옥이 사라진 방향으로 달리기 시작했다.

한진과 소소옥은 하인이 안내하는 대로 측문으로 나갔다. 그들이 막 대문을 나서는데, 계장동이 외치는 소리가 들렸다.

"잠깐! 기다리십시오!"

소소옥이 불쾌한 목소리로 말했다.

"왜, 또 마음이 바뀐 건가? 내가 대문 앞으로 가서, 약을 구하러 온 사람들에게 택봉소주란 자가 얼마나 신용이 없는지 떠들어야겠어?"

그러나 계장동은 그녀를 쳐다보지도 않고 한진을 향해 말했다.

"선배님, 잠시 말씀 좀 올려도 되겠습니까?"

한진이 대답 없이 차가운 눈으로 그를 바라보았다.

계장동이 다시 말했다.

"아주 중요한 일입니다. 바로 선배님의 제자와 관련한!"

소소옥이 눈썹을 치켜세우며 물었다.

"지금 뭐 하는 거지?"

그러나 계장동은 여전히 그녀를 쳐다보지도 않고 한진만을 바라보았다. 소소옥이 앞으로 나서려 했으나, 한진이 그런 그녀를 제지하더니 자신이 앞으로 나섰다.

계장동이 목소리를 낮추더니 물었다.

"선배님, 대체 제자에게 얼마나 큰 은혜를 베푸셨기에 제자가 그리도 달갑게 목숨마저 버리려 했던 것입니까?"

마음속에 사념이 조금이라도 있다면, 그 어떤 일이라도 거울 동굴에서는 거대하게 변할 수밖에 없었다. 그러나 얼핏 보기에 전혀 다정해 보이지 않는 소소옥에게 사념이라고는 전혀 없었다. 그녀에게는 이기적인 마음도 전혀 없었고, 가진 것이라고는 오로지 집념뿐이었다. 그래서 그녀는 거울 동굴의 환술을 통과할 수 있었다.

한진은 계장동이 이런 질문을 하리라고는 생각지 못하던 차였다. 그는 계장동에게 대답하지 않고 그저 '너와는 무관한 일이다.'라고만 말한 후 몸을 돌렸다. 계장동의 이 질문에 대한 답이 그의 마음속에 존재하는지는, 그 한 사람만이 알 일이었다.

소소옥이 머뭇거리다가 계장동에게 묻거나 하지 않고 한진을 쫓아가기 시작했다. 그때 곁에서 지켜보던 택봉동주가 다가와 물었다.

"장동, 한 종주에게 무슨 말을 했느냐? 오늘 대체 왜 이러는 게야?"

계장동은 멀어져 가는 소소옥의 뒷모습을 바라보다가, 아무것도 아니라는 듯 가볍게 미소 지었다.

"동굴을 지키는 일이 너무 무료하니, 저 소저가 며칠 남아 같이 놀았으면 좋겠다고 생각했을 뿐입니다."

사실 그는 너무나 외로웠다. 이곳에서 재미있는 사람을 만나기는 쉽지 않았으니까.

그는 억지를 부리거나 할 생각은 없었고, 정말로 귀령단을 줄 생각이었다. 그리고 그는 소소옥에게 해독약을 주는 대신 이곳에 남으라고 요구하려 했으나, 어찌 된 것인지 일이 이렇게 되어 버리고 말았다. 그는 이제 사정이 왜 이리 변했는지 설명하는 것조차 귀찮아지고 말았다.

택봉동주는 영문을 알 수 없었으나 계장동은 이미 발걸음을 옮기며 묻고 있었다.

"귀령단이 없어졌으니, 이제부터 저는 어느 동굴을 지켜야 합니까?"

"아, 그건……."

택봉동주가 연신 탄식하며 계장동을 쫓아가기 시작했다.

"일단 며칠 쉬도록 해라. 내가 장로들과 상의한 후에 다시 정할 테니까."

소소옥이 만약 계장동이 그녀와 함께 동굴을 지키려 했다는 것을 알았다면, 계장동의 유치함을 싫어할 뿐 아니라 원한마저 품었을 것이다. 그리고 이 순간, 소소옥은 한진을 쫓아가며 계장동이 대체 자신에 대해 무슨 말을 했는지 묻고 있었다.

한진은 그저 '별것 아니다.'라고만 답했다. 하지만 소소옥은 그런 그의 말을 믿지 않고 계속 물었다. 그러나 아무리 물어도 한진이 대답해 주지 않자, 그녀는 한진을 잡아끌며 위협하듯 말했다.

"말해 주지 않으면 나, 생각을 바꿀지도 몰라요. 귀령단을 다른 데 팔아 버릴지도 모른다고요!"

한진은 미간을 찌푸린 채 그녀의 작은 손에 잡힌 제 손목을 바라보았다.

소소옥은 위협이 통하지 않는다는 것을 깨닫고, 귀령단을 한진에게 건네며 어쩔 수 없다는 듯 말했다.

"그래요. 됐어요. 뭐, 아무것도 듣지 않은 걸로 하죠, 뭐! 어서 이 귀령단이나 드세요. 제……."

소소옥은 하마터면 '제자'라고 말할 뻔했으나, 재빨리 고쳐 말했다.

"본 소저의 성의를 헛되게 하지 말고요."

한진이 그녀에게 잡힌 손을 빼내며 차갑게 말했다.

"스스로를 위해 남겨 두도록 해라. 그리고 귀찮게 굴지 말고. 해가 떨어지기 전에 가까운 성에 도착해야 하니까. 네 부상과 독 모두 치료가 필요하다."

소소옥은 몰래 눈을 흘겼다. 그리고 몸을 돌려 걷기 시작한 한진이 그녀에게서 다섯 걸음도 채 떨어지지 못했을 때, 그녀가 갑자기 비명을 지르며 땅에 쓰러졌다.

한진은 당황하여 재빨리 그녀를 돌아보며 물었다.

"소옥아, 왜 그러느냐?"

소소옥은 불시에 한진의 턱을 잡고, 그에게서 배운 그대로 그에게 약을 먹이려 했다.

그러나 그녀는 자신의 실력을 너무 높이 평가하고 있었다. 그녀가 아무리 힘을 주어 한진의 턱을 잡아도, 한진의 입을 벌릴 방법은 없었다.

한진은 미간을 찌푸리면서도 그녀가 제 턱을 잡아 비틀게 내버려 두었다.

소소옥은 그의 눈빛에 겁먹고 순순히 손을 놓았다.

그러나 한진은 여전히 미동도 하지 않고 그녀를 바라보고 있었다……

옥아 외전 **깨달음**

　소소옥은 고개를 숙여 한진의 차가운 시선을 피했다. 그러나 한진은 요지부동이었다. 소소옥은 겁이 난 나머지 심장이 두근거리기 시작했다.

　그녀는 항상 과감하고 명쾌하게 행동하는 사람이었다. 그러나 이 순간만은 계속 망설이고 있었다.

　강하게 나가야 할까? 아니면 순종하는 편이 좋을까?

　만약 강하게 나간다면 대체 얼마나 버틸 수 있을까?

　소소옥은 어쨌든 지금도 한진을 사부라 생각하고 있었고, 아직도 그를 조금 두려워하고 있었다. 그의 말을 따른다면…….

　아니, 그러고 싶지는 않았다!

　소소옥은 목숨마저 잃을 뻔하며 이 귀령단을 얻어 냈다. 그런 귀령단인데…… 순순히 그의 말에 따를 수만은 없었다.

　어떻게 하면 좋지?

　소소옥은 오래 머뭇거리지 않았다. 그녀는 결국 과감하게 고개를 들고 외쳤다.

　"이건 제 목숨을 바쳐 얻은 것이니, 제 말을 따라야 해요! 자, 입을 벌리세요!"

　한진이 갑자기 물었다.

　"어째서지?"

소소옥이 의아해하며 물었다.

"어째서라니요?"

"어째서 목숨을 바쳐 가며 이걸 얻었느냐?"

소소옥은 깊이 생각하지 않고 바로 대답했다.

"저 대신 다치셨잖아요. 그러니 보답해야지요."

한진이 말했다.

"네가 다쳤을 때는 본존의 제자였으니 본존에게는 너를 구할 책임이 있었다. 그러니 그렇게까지 은혜에 감사할 필요 없다. 본존은 네가 장래에 이 단약을 복용할 것이 달갑지는 않지만, 그래도 너를 위해 남겨 두도록 해라."

소소옥이 바로 반박했다.

"비술을 익히겠다고 한 것은 저였어요. 실패한 것도 역시 제가 너무 서둘렀기 때문이고요. 항상 일깨워 주셨는데, 제가 말씀을 듣지 않고 결국은 이런 결과를 불러온 거죠. 이 일은 저 스스로 책임져야 하는 일이 맞아요."

한진도 반박하려 했으나 소소옥은 그에게 기회를 주지 않고 계속 말했다.

"제가 더 이상…… 제자가 아니라 해도, 상관없어요. 저와 상관없는 사람에게 은혜를 입는 것을 좋아하지 않으니까."

이 말을 들은 순간, 한진이 갑자기 미간을 찌푸리더니 호흡마저 무거워진 듯했다.

소소옥은 물론 화가 나서 한 말이었다. 그러나 한진의 눈빛이 더욱 차가워지는 것을 보고 그녀는 다시 한번 고개를 숙였다.

그때였다. 한진이 그녀 가까이 다가왔다. 그는 마치 화가 난 것 같기도 했고, 하고 싶은 말이 있는 것 같기도 했다. 그러나 그는 한참 동안 아무 말도 하지 않았다.

소소옥은 그가 제 가까이 온 줄 모른 채 잠시 망설이다가 갑자기 고개를 들었고, 아무 예고도 없이 한진의 잘생긴 얼굴을 가까이에서 보게 되었다. 그리고 순간적으로 멍하니 굳어 버리고 말았다.

그녀가 한진에게 보채다가 그에게 더 이상 손을 대지 못하도록 금지당한 후로 최근 수년 동안 그녀는 한진과 이리 가까운 거리에 있어 본 적이 없었다. 이 정도 거리에서는 그의 차가운 눈을 똑똑히 볼 수 있을 뿐 아니라, 그의 맑은 숨결까지 느낄 수 있었다.

분명 수년에 걸쳐 함께 지냈건만, 그러니 이 사부에 대해서라면 이미 너무나 잘 알고 있건만, 대체 어째서일까?

이 순간 소소옥에게 한진은 너무나도 낯선 사람이었다. 도무지 말로는 설명할 수 없는 느낌이었다. 이것은 그러니까⋯⋯ 마치 사부는 그저 기억 속 사부일 뿐이고, 눈앞의 이 남자는 다른 사람이 되어 버린 듯한 그런 느낌이었다.

남자⋯⋯.

이 단어를 떠올린 순간 소소옥의 심장이 맹렬하게 뛰기 시작했다. 그 순간 그녀는 갑자기 제 얼굴에 쏟아지는 그의 숨결이 뜨겁게 변한 것만 같았다. 그리고 자신을 바라보는 그의 눈빛 역시 작열하듯 타오르는 것처럼 느껴졌다.

남자, 남자였어!

그렇다, 사부도 남자였던 것이다!

소소옥은 물론 사부가 남자라는 사실을 알고 있었다. 그러나 그녀는 이 순간에야 겨우, 그리고 갑작스럽게 사부가 남자라는 것의 의미를 깨닫고 있었다.

사부가 계속 강조하던 '남녀칠세부동석'이 단순히 예의범절의 문제가 아니었던 것이다. 그 말에는 다른 의미가 숨겨져 있었다.

소소옥의 심장은 저도 모르는 사이에 빠르게 뛰기 시작했고, 그녀는 심지어 조금 당황하고 있었다.

그런데 그녀는 무엇 때문에 당황하는 걸까?

그녀 자신으로서도 알 수 없는 문제였다. 이런 느낌은 지금까지 단 한 번도 느껴 보지 못했던 것이니까.

소소옥도 점차 미간을 찌푸렸다. 그녀는 그저 뒤로 물러나 그를 피하고만 싶었다. 그러나 그때, 한진이 마침내 노기를 가라앉히고 차가운 목소리로 말했다.

"본존이 필요 없다면 필요 없는 것이다. 계속 귀찮게 군다면, 본존이 예의를 차리지 않아도 탓하지 마라."

소소옥은 그제야 정신을 차렸다. 마음속에는 만감이 교차하고 있었다. 그렇게 뒤엉킨 마음으로 아주아주 오랜 시간이 흐른 듯했으나 사실은 아주 잠시의 시간에 지나지 않았다.

그녀는 뒤로 몇 걸음 물러나 한진의 숨결에서 벗어난 다음에야 겨우 다시 숨을 쉬고 냉정함을 회복할 수 있었다.

그녀는 손안의 귀령단을 바라보고 또다시 한진을 바라본 다음, 잠시 침묵한 끝에 물었다.

"정말로 필요 없어요?"

한진은 매정했다.

"필요 없다!"

그러나 이게 웬일일까? 소소옥은 더욱 매정하게 귀령단을 집어던지며 코웃음을 쳤다.

"좋아요. 그럼 개에게나 먹이지, 뭐."

한진이 순간적으로 딱딱, 소리가 나도록 주먹을 쥐었다. 그는 물과 같이 고요하던 제 마음이 이 어린 제자 때문에 흔들리고 있다는 사실을 깨닫지 못하고 있었다. 소소옥의 말 한마디 한마디는 그를 쉽게 분노시켰다. 아무래도 그는 이런 감정을 처리하는 데 능숙하지 못한 모양이었다.

한진이 허공에 손을 내밀자 귀령단이 그의 손으로 날아왔다. 그 후 그는 침묵을 선택하고, 몸을 돌려 걷기 시작했다.

소소옥은 마침내 안도의 한숨을 내쉬었다. 그녀가 이긴 것이다. 그녀는 재빨리 한진을 따라갔다.

말을 묶어 둔 곳에 도착할 때까지 한진은 여전히 아무 말도 하지 않았다. 그가 말고삐를 잡은 채 나무 아래에서 기다리자, 지쳐 쓰러질 것 같았던 소소옥은 재빨리 말에 올라탔다.

그녀는 한진에게도 말에 오르라고 말하려다가 생각을 바꿔 그만두었다. 예전에는 한진이 무슨 말을 하고 어떤 것을 가르치건 그녀는 신경 쓰지 않았다. 그러나 지금은 스스로 그러한 것들을 피하고 있었다.

한진은 소소옥이 말에 안정적으로 앉은 것을 확인한 후, 고삐를 잡고 걷기 시작했다. 소소옥은 그가 자신과 더는 쓸데없는 소리를 하지 않으려 한다는 것을 깨달았다. 뭐, 그래도 좋았다. 그녀도 이제 쓸데없는 말을 할 생각이 없었으니까.

소소옥이 나른하게 말 등에 엎드린 채 한진을 바라보았다. 딸그락딸그락, 마구들이 부딪치는 소리만 울리는 가운데 두 사람은 조용히 가장 가까운 성으로 향했다.

소소옥은 쓸데없는 말을 하고 싶지 않았지만 생각을 멈출 의향은 없었다. 특히 한진의 잘생기고 금욕적인 옆얼굴을 바라보고 있자니, '남자'라는 단어가 다시 그녀의 머릿속에 떠올랐다. 결국엔 그녀가 속삭이듯 중얼거리고 말았다.

"소소옥, 소소옥, 너 정말 큰일 났다. 정말이지 귀신에라도 홀렸나 봐."

마음에 거리낌이 없는 사람이라면 일부러 피하려 하지 않을 것이다. 그러나 그녀는 이제 마음에 걸리는 것이 있는 사람이었고, 스스로 피하려 하고 있었다.

소소옥은 천천히 허리를 세우고 한진을 내려다보았다. 그리고 한참 후, 참지 못하고 다시 중얼거렸다.

"사부님, 사부님 마음속에도 귀신이 있나요?"

그녀의 말이 떨어지는 순간, 한진이 그녀를 돌아보았다. 깜짝 놀란 소소옥이 재빨리 몸을 다른 쪽으로 돌리다가 그만 휘청, 온몸이 아래로 기울고 말았다.

그 모습을 본 한진이 다급하게 그녀의 허리띠를 잡는 동시에 허공으로 뛰어오르더니, 그녀를 안고 말 등에서 내려왔다. 놀란 말이 앞으로 달려갔고, 한진은 소소옥을 안은 채 바닥에 착지했다.

그는 그녀를 내려놓으려 했으나, 소소옥이 두 손으로 그의 목을 꽉 끌어안은 채 그에게 매달려 있었다. 한진이 차갑게 말했다.

"놓아라!"

소소옥은 말에서 떨어져 말발굽에 밟히는 한이 있다 해도 두렵지 않았다. 그녀가 두려운 것은 바로 한진이 그녀의 말을 들었을까 하는 것이었다.

그녀는 황망하게 그를 놓아주다가 그만 한진의 다리 위로 엉덩방아를 찧었다.

한진이 그녀를 바라보았다. 그는 까닭 없이 초조해져 다시 차가운 목소리로 외쳤다.

"일어나거라!"

소소옥이 바로 몸을 일으켰다. 그러나 힘을 너무 많이 쓴 탓인지, 혹은 너무 피로한 탓인지, 일어나는 순간 현기증이 밀려왔다. 눈앞에 흑백이 명멸하는가 싶더니 그녀의 몸이 휘청거리며 다시 한진의 몸 위로 쓰러졌다.

소소옥은 정신을 잃으면서도 제가 한진에게 쓰러지는 순간 한진이 미동도 없었다는 사실을 기억했다. 의식을 잃는 그 찰나에도 그녀는 한진이 자신의 중얼거림을 듣고 화가 난 것은 아닌지 걱정하고 있었다.

　화가 나서 나를 여기에 버리고 가면 어떻게 하지…….

　그러나 한진은 소소옥의 중얼거림을 제대로 듣지 못했을 뿐 아니라, 그녀를 버리고 갈 생각도 없었다. 그는 소소옥에게 귀령단을 먹인 다음, 그녀를 업고 걷기 시작했다.

　소소옥이 약에서 깨어났을 때, 그들은 이미 성문 앞에 도착해 있었다…….

한진의 등에 업혀 있던 소소옥이 천천히 고개를 들었다.

아직도 의식은 몽롱했고 두 눈에는 핏발이 가득했다. 꽤 오래 휴식을 취했지만 체내의 독성이 점차 발작하고 있어 전체적으로 피로해 보였다.

귀령단은 지금의 그녀에게는 사실 아무 효력도 없는 것이나 마찬가지였다. 어느 날 그녀가 기를 수련하다가 큰 부상을 입거나 주화입마에 빠지게 된다면 그때야 약효를 발휘하게 될 것이다.

소소옥이 목숨을 걸고 구해 온 단약이었다. 그것을 한진이 어떻게 먹을 수 있겠는가. 게다가 소소옥처럼 성격이 급한 사람이라면 앞으로 긴 세월, 기를 수련하는 동안 문제가 생기지 않을 리 없었다. 한진은 그녀를 너무나 잘 알고 있었기에 그녀에게 귀령단을 주었다.

소소옥은 한 손으로 한진의 목을 안은 채 눈을 비볐다. 의식이 점차 또렷해졌다. 그러나 그녀는 자신이 귀령단을 먹었다는 사실을 전혀 눈치채지 못한 상태였다.

그녀는 한진의 목을 만지작거리다 문득 흠칫 놀라며 정신을 차렸다. 제가 한진의 등에 업혀 있다는 사실을 깨달은 그녀는 사납게 발버둥을 치며 뛰어내리다 하마터면 바닥에 넘어질 뻔했다.

한진이 돌아보며 불쾌한 듯 물었다.

"뭐 하는 거지?"

소소옥은 주변을 둘러본 다음 겨우 한진의 얼굴로 시선을 돌렸다. 그녀는 이미 자신이 혼수상태에 빠지기 전 중얼거렸던 말을 기억해 낸 상태였다. 너무나 난감했지만 억지로 장난스럽게 웃으며 말했다.

"그래도 양심이 조금은 있으시네요. 저를 그 자리에 버리고 오지 않으신 걸 보면!"

한진은 계속 소소옥을 업고 있느라 이제야 그녀의 얼굴을 제대로 볼 수 있었다. 안색이 아주 좋지 않아 보였다.

그는 원래 농담을 즐기는 성격이 아니었고, 지금은 더더욱 그러했다. 그가 살짝 무릎을 굽히며 차갑게 말했다.

"업히거라. 성으로 들어가자."

소소옥은 정말로 제대로 서 있기도 힘든 상황이었다. 그러나 한진의 등에 업히고 싶은 생각은 전혀 없었다. 그녀는 미간을 찌푸리며 간신히 기운을 내어, 한진 옆을 스쳐 성문을 향해 걷기 시작했다.

'남녀칠세부동석이잖아! 피해야 해, 피해야 한다고!'

그러나 한진이 곧 소소옥을 막아서며 불쾌한 목소리로 말했다.

"지금 때가 어느 때라고 뻗대는 게냐?"

소소옥은 입술을 비죽거리며 한진을 바라볼 뿐 아무 말도 하지 않았다.

진정으로 마음에 거리낌이 없는 사람은 일부러 피하거나 하지 않지만, 마음에 걸리는 것이 있는 사람은 스스로 피하기 마련인 것이다. 그렇다면…… 그녀의 마음속에 있는 귀신이 사부에게는 없다는 것일까?

소소옥이 사부에게 물어볼까 말까 고민하고 있을 때였다. 인내심을 잃은 한진이 그녀를 안아 들었다. 순간, 소소옥 마음속의 의혹이 출구를 찾고야 말았다.

그녀가 다급하게 물었다.

"남녀칠세부동석이라 하지 않으셨나요?"

한진이 멈칫했다. 그러나 곧 냉랭한 목소리로 대답했다.

"상황이 특수하지 않으냐. 반항은 그만두고, 그 입도 다물도록 해라."

그러나 그가 입을 다물라고 했다고 입을 다문다면 소소옥이 아닐 것이다. 그녀는 한진에게 안긴 채 잠시 조용히 있다가 갑자기 다시 물었다.

"이젠 제 사부님이 아니시잖아요. 그러니 특수한 상황이 있을 수 있는 건가요?"

그녀가 아는 한 한진은 아무리 특수한 상황이라 해도 예외를 두지 않는 성격이었다. 그의 마음속에도…… 정말로 귀신이 생겨 버린 걸까?

한진이 발걸음을 멈추더니 말없이, 그녀를 안고 있던 손에서 힘을 풀었다. 소소옥이 바닥으로 굴러떨어졌고, 곧 숨도 쉬기 어려운 통증이 찾아왔다. 정말이지 등 전체가 찢어질 것처럼 아팠다!

한진은 그런 그녀를 흘깃 바라보더니 차갑게 말했다.

"네가 대진국 황도로 돌아가기 전까지는 본존에게 너에 대한 책임이 있다. 네가 돌아가고 나면 본존도 더는 너에게 관여하지 않을 것이다."

말을 마친 그가 성큼성큼 앞을 향해 걸어갔다.

소소옥은 고통을 참으며 몸을 일으켜 그를 따라갔다. 후회가 밀려왔다.

내가 대체 무엇 때문에 그렇게 뻗댔던 걸까? 그냥 편안하게 안겨서 성으로 들어갔으면 얼마나 좋아? 내 마음속에 귀신이 있다 해도, 어쨌든 내가 말하지 않으면 저분도 모르실 텐데.

소소옥은 계속 한진의 뒤를 따랐다.

두 사람은 성안으로 들어가서도 대로를 한참 걸어간 후에야 객잔에 도착할 수 있었다. 소소옥은 지친 나머지 하마터면 객잔 입구에서 쓰러질 뻔했으니, 톡톡히 교훈을 얻은 셈이라 할 수 있었다. 그녀는 속으로, 앞으로는 입을 조심해야겠다 생각했다.

순순히 말을 따르며 일단 독을 치료해야겠어. 괜히 한진의…… 기분을 상하게 해서 이렇게 고생하는 일이 없도록.

한진은 나란히 이웃한 방을 두 개 골랐다. 그는 소소옥과 함께 방으로 가며 말했다.

"현공대륙의 의원들은 운공대륙 의원들과 다르다. 단약으로 병과 상처를 치료하지. 그러니 너에게는 적합하지 않을 거다. 약의 목록을 적어라. 본존이 가서 약재를 구해 올 테니."

소소옥이 그를 흘깃 보고는 대답 없이 곧장 침상에 쓰러졌다. 말할 기운도 없었던 것이다. 앞으로 한 사흘 밤낮, 잠만 자고 싶은 마음이었다.

그러나 그녀는 결국 한진이 다시 입을 열기 전에 힘겹게 몸을 일으켜 긴 목록을 적었다. 부상한 곳도 치료가 필요했고, 몸에 쌓인 독도 해독해야 했다. 어떤 독은 쉽게 해약을 구할 수 있었지만 어떤 독은 새로 해독제를 배합해야 했다. 어쨌든 이 모든 것은 그녀 스스로 할 수 있는 일이었다.

소소옥은 일단 잠을 좀 자다가 한진이 돌아오면 상처를 치료하고 약을 달이기로 마음먹었다. 그러나 한진이 돌아왔을 때에도 그녀는 여전히 깊은 잠에 빠져 있었다.

한진이 잠긴 문을 열지 못해 창을 부수고 들어왔을 때도 그녀는 세상모르고 자고 있었다. 그녀는 이미 피로가 극에 달해 있었던 것이다.

한진은 약뿐 아니라 옷가지도 몇 벌 구해 왔다. 그는 소소옥이 깊게 잠들어 있는 것을 보고도 놀라거나 초조해하지 않고, 일단 그녀의 맥을 짚어 보았다. 그리고 잠시 망설이더니 밖으로 나갔다.

얼마 지나지 않아 그는 의녀를 데려왔다. 그리고 의녀에게 약을 지어 소소옥의 상처를 치료하는 김에 씻기고 옷도 갈아입혀 달라고 부탁했다.

의녀가 돌봐 주고 나간 후, 소소옥은 속옷만 입은 채 조용히 침상에 누워 있었다. 이불이 그녀의 상처를 가리고 있어, 보이는 것은 그녀의 맑고 예쁜 얼굴뿐이었다. 그 모습만 본다면 그 누구라도 그녀가 막 죽음의 길목에서 살아 돌아왔다는 것을 믿을 수 없을 것 같았다.

이 순간의 그녀는 청춘을 맞은 여자 특유의 아름다움을 발산하고 있었다. 평소의 노련하고 각박한 모습과는 판이해 마치 딴사람 같았다.

한진이 약을 다 달였을 때는 하늘이 희끗희끗 밝아 오고 있었다. 그는 의녀를 내보내고 소소옥의 침상 옆 긴 의자에 가부좌를 틀고 앉았다. 그리고 눈을 감고 수양을 시작했다.

그러나 다음 날 오후가 되어 약이 시큼하게 변할 때까지도 소소옥은 깨어나지 않았다. 심지어 창백하던 입술마저 희미하게 푸른빛으로 변하고 있었다.

한진은 초조한 나머지 시험하듯 소소옥을 깨워 보았다. 그러나 아무리 부르고 흔들어도 그녀는 미동도 하지 않았다. 지금 소소옥은 잠들었다기보다는 다시 독이 발작해 혼수상태에 빠졌다고 말하는 것이 옳을 듯했다.

"제기랄!"

한진은 다시 약을 달여 왔다. 그는 과감하게 소소옥을 부축해 앉힌 다음, 그녀의 입에 억지로 약을 부어 마시게 했다. 입가로 줄줄 흘러내린 약의 양이 상당했지만, 그래도 얼마간은 삼킨 듯했다.

잠시 후, 소소옥의 입술 색이 원래의 모습으로 되돌아오기 시작했다. 한진은 다시 약을 3인분 달여 온 다음 인내심을 갖고 소소옥에게 약을 먹였다. 그리고 그녀가 충분한 양의 약을 삼켰다는 생각이 들었을 때 동작을 멈췄다.

밤이 되자 소소옥이 마침내 깨어났다. 그녀는 천천히 주변을 돌아보았다. 긴 의자에 가부좌를 틀고 있는 한진이 보였다.

한진은 지금 수양 중인 걸까, 아니면 잠을 자는 걸까?

소소옥은 방 안 가득한 약 냄새를 맡을 수 있었다. 탁자 위에도 주전자며 약그릇이 몇 개나 놓여 있었다. 소소옥은 다시 제 입이며 턱, 목 등을 쓰다듬어 보고는 그곳에도 약의 흔적이 남아 있다는 것을 발견했다.

한진이 그녀에게 약을 먹인 걸까?

머리가 무거웠기에 깊이 생각하기 어려운 상황이었다. 소소옥은 천천히 몸을 일으켰다. 인기척을 들은 한진이 바로 그녀를 돌아보았다.

소소옥이 깨어난 것을 본 그는 별다른 반응을 보이지 않다가, 그녀가 자세를 바로 하고 자리에 앉자 꾸짖듯 외쳤다.

"우둔한 것!"

소소옥은 도무지 영문을 알 수 없었다.

한진이 다가오더니 여전히 불쾌한 어조로 말했다.

"네가 귀령단을 얻으면 또 뭘 한단 말이냐? 귀령단을 얻어 돌아오기도 전에 독이 발작해 죽으면 아무 소용 없는 것을!"

소소옥은 승복하지 않고 반박했다.

"저 혼자였다면 저는 분명 어떻게든 버텨 내며 빙해를 건넜을 거예요. 그런데 함께 계시니까, 전…… 저는 당연히 약을 먹을 수 있으리라 믿어서! 어쨌든 제가 약의 목록을 적어 드렸으니까요! 제가 뭐가 우둔한가요?"

말을 마친 소소옥은 고개를 빳빳하게 들고 그를 노려보았다.

한진은 순간적으로 대답할 말이 없어 침상 가장자리에 앉아 소소옥의 맥을 짚었다.

소소옥은 자신이 또 이겼다는 것을 알고 차가운 눈초리로 그를 흘깃 바라본 후 제 손을 내려다보았다. 그리고 그 순간, 멍하니 굳어 버리고 말았다. 한진의 길고 보기 좋은 손 위에 불에 덴 듯한 상처가 몇 군데나 생겨 있었던 것이다!

한진과 같은 사람이 언제 무엇을 직접 끓이거나 달여 본 일이 있었을까? 또 언제건 누군가의 시중을 들어 본 적이 있었을까?

옥아 외전 **투정**

한진은 소소옥의 맥에 신경을 쓰느라 그녀가 제 손을 보고 있다는 사실을 알아차리지 못했다.

소소옥의 눈가에 뭐라 표현하기 어려운 빛이 떠오르더니, 갑자기 손을 뻗어 한진의 손에 생긴 상처를 가벼이 쓰다듬었다.

한진은 아무래도 이런 일을 겪어 본 적 없는 모양이었다. 그의 첫 반응은 피하거나 하는 것이 아니라 눈을 들어 소소옥을 바라보는 것이었다.

소소옥은 조용히 눈을 내리깔고 있었다. 정신을 차린 한진은 재빨리 손을 움츠리며 차가운 눈빛으로 외쳤다.

"방자하다!"

소소옥은 그제야 그를 바라보았다. 그녀의 눈빛 역시 싸늘해 도무지 그 심사를 종잡을 수 없었다. 그러나 확신할 수 있는 것 하나는, 그녀가 한진의 꾸짖음을 전혀 두려워하지 않는다는 사실이었다. 그녀는 말없이 그를 바라보다 다시 고개를 숙였다.

한진은 소소옥이 이렇게 풀 죽는 모습에 너무나 익숙했다. 그는 이 일을 더는 추궁할 필요가 없다고 판단하고 그대로 넘기기로 했다. 그는 다시 소소옥의 손을 잡고 맥을 짚기 시작했다.

그러나 이게 웬일일까. 얼마 지나지 않아 소소옥이 다시 손을 뻗어 그의 상처를 어루만지기 시작했다. 그녀의 손길은 좀 더 부드러워져 있었다.

이번에는 한진이 직접 그녀의 손을 밀어냈다.

"대체 무슨 짓이냐?"

"약을 달이다 이렇게 된 건가요?"

한진은 그녀의 질문에 대답하지 않고 말했다.

"일단 맥에 큰 문제는 없다. 이틀 정도 쉬고 난 다음 다시 출발하자."

소소옥도 그가 하는 말은 아랑곳하지 않고 중얼거렸다.

"자기야말로 저렇게나 바보 같으면서…… 대체 무슨 체면으로 나에게 우둔하다고 한담?"

한진이 아무리 냉정한 성격이라 해도 이 말에는 화가 나지 않을 수 없었다. 그는 차갑게 소소옥의 눈을 들여다보며 말했다.

"보아하니 본존이 직접 데려다주어야겠다. 용비야와 한운석에게 하인을 어떻게 가르쳤는지 물어봐야 할 것 같으니 말이다!"

이 말은 경고일 뿐 아니라 소소옥에게 지금의 신분을 일깨워주는 말이기도 했다.

다른 사람이라면 분노하거나 뉘우쳤을 것이다. 그러나 소소옥은 아무렇지도 않았다. 그녀는 상대하기도 귀찮다는 듯 한진을 피해 침상 아래로 내려갔다. 그리고 탁자로 걸어간 다음, 약 목록을 한 장 써서 한진에게 건넸다.

"이 세 종류 약을 함께 섞어 바르면, 내일이면 상처에 딱지가 내려앉을 거예요. 그럼 물에 닿아도 될 거고요."

한진은 불쾌한 기색이 역력했다. 그러나 그 역시도 지금 자신이 무리하게 억지를 부리고 있다는 생각을 하고 있었다. 물과 같이 고요한 마음으로 그리도 오랜 세월을 보내 왔건만……그는 번잡해진 제 심정에 놀라지 않을 수 없었다.

한진은 결국 목록을 받지도 않고 몸을 일으켰다.

"내일 아침 일찍 떠나기로 하자. 본존이 아래층에서 너를 기다리겠다."

말을 마친 그는 바로 방을 나갔다. 그의 발걸음은 분명 평소보다 빨라 보였다.

소소옥은 한진이 불쾌할 때면 아무 설명 없이 그 자리를 떠나는 습관에 이미 익숙해져 있어, 특별히 이상하다는 생각은 하지 않았다. 그녀는 주변을 정리한 다음 밖으로 나갔다.

옆방에서 들려오는 소리에 귀를 기울이고 있던 한진은 소소옥이 외출한다는 사실을 금방 깨달을 수 있었다. 그가 창가로 다가가니 소소옥이 객잔 문을 나서는 것이 보였다. 한진은 재빨리 그녀의 뒤를 밟기 시작했다.

그러나 소소옥에게 약을 사러 가는 일 외에 또 다른 볼일이 있겠는가? 인적마저 드물 정도로 깊은 밤이었기에 거리에 있는 약재상은 이미 모두 문을 닫았을 터였다. 소소옥은 객잔의 직원에게 가장 가까운 약재상의 위치를 물은 뒤 그곳으로 향했다.

쿵! 쿵! 쿵!

다급하게 문 두드리는 소리에 약재상의 점원이 잠에서 깨어났다. 다급한 상황이라 생각한 점원이 문을 열며 물었다.

"소저, 무슨 일이십니까?"

소소옥이 무표정한 얼굴로 목록을 건네며 말했다.

"이 약재 세 가지를 함께 찧어 주세요."

점원은 목록을 보자마자 화상약이라는 것을 알아차렸다. 분명 아주 심한 화상 환자일 거라는 생각에 서둘러 물었다.

"상처가 어떻습니까? 환자는 어디 있죠? 우리 스승님께서 함께 가 보시는 것이 낫지 않을까요?"

소소옥이 대답했다.

"그럴 필요 없어요. 손등을 조금 다쳤을 뿐이니까. 제가 해 달라는 대로만 해 주시면 됩니다."

점원은 이 말을 듣자 바로 화를 냈다.

"손등을 조금 다친 정도라고요? 그, 그럼…… 이 한밤중에 일부러 나를 깨운 건가?"

소소옥이 그에게 금화 한 닢을 건넸다. 그리고 쓸데없는 말은 하지 않고 팔짱을 낀 채 벽에 기댔다.

점원은 제 눈을 믿을 수 없다는 듯 눈을 비비더니, 자신이 꿈을 꾸고 있지 않다는 것을 확인한 후 재빨리 공손하게 말했다.

"손님, 잠시만 기다리십시오. 잠시면 됩니다."

점원이 급하게 약을 가지러 갔고, 문가에는 이제 소소옥 혼자 남았다. 거리 가득 어둠이 내려앉아 있는 가운데, 문안에서 흘러나오는 희미한 등불만이 소소옥의 왜소한 윤곽을 그려 내고 있었다.

한진은 어둠 속에 몸을 숨긴 채 멀리서 그 희미한 불빛을 바라보았다. 수십 년 내내 차갑기만 했던 그의 눈빛은 이루 말할 수 없이 복잡했다.

그에게는 분명 친딸이 한 명, 그리고 양녀가 한 명 있었다. 그러나 그 두 딸 모두 그를 이리도 애태운 적이 없었다. 오로지 그의 곁에 있는 이 어린 제자만이 그의 마음을 흔들어 놓곤 했다.

본래 한진은, 딸들은 그의 곁에 있지 않고 이 어린 제자는 곁에 있기 때문에 그런 거라고 생각했다. 그래서 자신이 이 어린 제자에게 마음을 쓰는 거라고. 어쨌든 수십 년 동안 그의 곁에 있던 사람은 늙은 하인 한 명뿐이었으니까.

그는 이렇게 마음을 써야 하는 상황이 싫었다. 아니, 그보다는 다른 이와 함께하는 생활에 익숙지 않다고 말할 수도 있겠다. 특히 다 큰 여자아이와 함께하는 생활에 말이다. 그래서 그는 폐관 수련을 선택했고, 그녀를 내쫓기로 했다.

그러나 소소옥이 그의 수련을 방해하지 않기 위해 비바람을 맞으며 지하 궁전을 떠났다는 사실을 알았을 때, 또 그녀가 죽음을 무릅쓰고 귀령단을 얻으러 갔다는 사실을 알았을 때, 모든 것이 달라져 버리고 말았다…….

점원이 약을 가지고 나오는 것을 보고서야 한진은 겨우 정신을 차렸다. 소소옥이 객잔으로 돌아가는 것을 보고 그도 재빨리 움직였다.

객잔에 돌아온 한진은 한발 먼저 방으로 돌아갔고, 잠시 후 소소옥이 그의 방문을 두드리는 소리가 들렸다.

"약을 사 왔어요! 문을 열어 주세요!"

한진은 문에 기댄 채 오래도록 소소옥에게 대답하지 않았다.

그리고 살금살금 방 안 깊은 곳으로 걸어간 후에야 외쳤다.

"필요 없다!"

그는 소소옥이 그가 문가에 있다는 것을 깨닫고, 그가 그녀를 미행한 사실을 알아챌까 두려워하고 있었다.

그는 원래 소소옥보다 훨씬 더 제멋대로인 성격이었다. 그런데 언제부터 이렇게 조심성 많은 사람이 되어 버린 것일까.

쿵쿵!

소소옥이 힘차게 문을 두드리며 말했다.

"약을 다 사 왔다니까요! 그러니까 얼굴만 좀 보여 주시라고요! 내일 떠날 거면 약을 사러 갈 시간이 없잖아요! 그리고 약을 빨리 발라야 회복도 빠르다고요!"

한진은 방문을 등진 채 여전하게 대답했다.

"필요 없다!"

그러고는 재빨리 등불을 불어 껐다.

소소옥은 문을 노려보며 큰 소리로 외쳤다.

"나오지 않으시면 저 계속 여기 서 있을 거예요!"

그러나 한진은 여전히 대답하지 않았다.

소소옥은 정말로 갈 생각이 없었다. 그녀는 시무룩한 표정으로 문가에 기댔다.

한진은 어두운 방 안에 앉아 문가의 그림자를 바라보았다. 그의 눈빛이 변하고 또 변해 점점 더 그 속을 알아볼 수 없게 되었다.

한참 후 그는 뭔가 깨달은 듯, 몸을 돌려 문을 등진 채 눈을 감았다.

소소옥은 기다리고 또 기다렸지만 방 안에서는 아무 인기척도 들리지 않았다. 그녀도 눈을 감았다.

날이 밝았다.

한진이 잠을 잤는지 아닌지는 그만이 알 일이었다.

한진이 눈을 뜨고 돌아보니 문가의 그림자는 이미 보이지 않았다. 그는 여전한 눈빛으로 침착하게 세안을 마치고, 몸단장을 한 다음 문을 열었다.

그런데 이게 웬일일까. 문을 여니 어린아이처럼 웅크리고 달게 잠든 소소옥이 보였다.

한진이 미간을 찌푸렸다. 놀라기도 했거니와 불쾌한 듯했다. 그는 몸을 굽히려다가 말없이 소소옥을 발로 걷어찼다.

그가 몇 번 걷어차니 소소옥이 마침내 잠에서 깨어났다. 그녀는 몽롱한 표정으로 고개를 들었다. 잠에서 덜 깬 듯한 그 모습은 정말 아이 같아 보였다. 그러나 그녀는 곧 정신을 차리고, 속으로 전날 밤 이곳에서 잠들었다는 사실에 투덜거렸다.

소소옥은 옷에 묻은 먼지를 털어 내고는 옆에 떨어진 약을 주워 한진에게 건넸다.

"상처에 바른 다음 붕대로 잘 감싸세요. 두 시진 후에 씻어 내면 될 거예요."

한진은 쌀쌀맞게 그녀를 쳐다보며 받지 않았다.

소소옥은 웃으며 놀리듯 말했다.

"아니면 제가 도와드릴까요? 전 기꺼이 약을 발라 드릴 수 있는데."

한진은 본래 짜증이 난 상태였는데, 소소옥이 이리 웃는 것을 보니 이유 없이 더 화가 났다. 그가 결국 입을 열었다.

"소소옥, 네가 은혜를 갚고 싶다 해도 본존이 귀령단을 받은 이상 보답은 끝난 셈이다. 우리는 더는 사제 관계가 아니니 네가 이럴 필요는 없다."

소소옥은 즉시 웃음기를 거두고 차갑게 말했다.

"어젯밤, 어쩌다 보니 잠이 들었던 거지 바닥에서 잘 생각은 없었다고요. 약을 받으셨으면 이런 일이 없었겠죠. 이제 투정은 그만 좀 부리시는 게 어때요?"

이 말을 들은 순간, 한진의 안색이 변하고 말았다…….

옥아 외전 **마침**

투정?

소소옥을 만나지 않았다면 한진은 이 생에 그 누구에게서도 이런 말을 들어 보지 못했을 것이다.

그가 차가운 눈으로 소소옥을 바라보았다. 안색 역시 파랗게 질리고 있었다. 그의 성격대로라면 분명 고개를 돌리고 떠나야 했다. 아니, 이제부터 더는 소소옥을 상대하려 하지 않는 것이 맞았다. 그러나 그는 평소와 달리 그녀에게 외쳤다.

"가서 짐이나 챙겨라! 곧 출발할 테니까!"

이 정도면 한진도 그녀에게만은 어쩔 방법이 없다는 이야기 아닐까?

한진은 말을 마친 후 문을 닫으려 했지만 소소옥이 갑자기 제지했다. 안색이 변한 한진이 차갑게 외쳤다.

"분수를 지키지 못할까!"

그러나 소소옥은 그를 바라보며 한참 동안 아무 말도 하지 않았다. 그녀는 이 생에서 단 한 번도 겪어 본 적 없는 길고 긴 망설임에 빠져 있었다. 그러다 한진이 자신을 밀어내려 하자 겨우 입을 열었다.

"한진, 당신도 마음에 걸리는 게 있는 거죠?"

마음에 걸리는 것이 있다고?

한진은 순간적으로 그녀가 무슨 말을 하는지 이해할 수 없었다.

소소옥이 다시 말했다.

"마음에 걸리는 것이 없는 사람은 규칙을 어길까 두려워하지 않아요. 하지만 마음에 걸리는 것이 있는 사람은…… 항상 피하려 하죠."

한진은 그제야 그녀의 말뜻을 알 수 있었다. 그는 그녀의 진지한 눈을 바라보며 한참 동안 아무 대답도 하지 않았다.

소소옥 역시 일단 이 말을 입 밖으로 낸 이상, 답을 얻기 전에는 그만둘 생각이 없었다. 그녀는 다시 한 걸음 한진에게 다가가며 좀 더 진지하게 물었다.

"……있는 거죠?"

한진은 그제야 정신을 차리고 재빨리 뒤로 물러났다.

소소옥도 더는 가까이 가지 않고 그저 그를 바라보며 말할 뿐이었다.

"설마……."

"그만!"

한진이 갑자기 날카로운 목소리로 그녀의 말을 끊더니 꾸짖듯 말했다.

"네 이 계집, 또 무슨 허튼짓을 하려는 게냐? 네 만약……."

소소옥도 그의 말을 잘랐다.

"당신도 마음속에 말하지 못할 비밀이 있는 거지! 그런 게 아니라면 겨우 약을 가져왔을 뿐인데 안으로 들이지 않은 이유가 뭐야? 분명 일부러 나를 피하고 있잖아!"

한진이 사나운 기세로 외쳤다.

"멋대로 지껄이는구나!"

그러나 소소옥은 풀이 죽기는커녕 오히려 더욱 직설적으로, 진지하게 물었다.

"한진, 당신 마음속에 무엇이 있는 건가요?"

한진이 노성을 질렀다.

"그 입 다물지 못해!"

마침내 소소옥도 말을 멈췄다.

두 사람 모두 조용히 서로를 응시했다. 주변마저 고요하게 가라앉은 것 같았다. 한진의 눈빛은 날카로웠고, 소소옥의 눈빛은 진지했다.

점차 한진의 눈빛은 모호하게 변했고, 소소옥의 눈에는 망설이는 빛이 어렸다. 그녀는 자신의 판단이 틀리지 않았다고 생각했으나, 지금 그가 대체 무슨 생각을 하는지는 알 수 없었다.

한진, 내 마음속에 귀신이 사는 것 같아. 마침 당신 마음속에도 귀신이 살고 있는 것 같은데…… 이건…… 그냥 딱 맞아떨어지는, 딱 좋은, 뭐 그런 일 아닐까?

응?

고요한 가운데 소소옥이 갑자기 웃기 시작했다.

"한진, 정말이지……."

그녀는 '한진, 정말이지 공교롭게도 내 마음속에도 귀신이 살고 있다'라고 말할 생각이었다. 그러나 한진이 연장자 특유의 말투로 그녀의 말을 잘랐다.

"네 이 계집, 대체 무슨 허튼 생각을 하는 게냐? 네가 연공에 그만큼 힘을 썼다면 지금 이런 지경에 이르지도 않았을 것이다! 본존이 마지막으로 말하겠는데, 너 스스로나 잘 챙기도록 해라. 본존의 일은 네가 신경 쓸 일이 아니니! 부상도 아직 낫지 않았는데, 감히 한밤중에 약을 찾으러 나가? 게다가 여기는 현공대륙, 대진국도 아니란 말이다! 만약 너에게 무슨 일이라도 생기면 본존이 네 주인에게 할 말이 없지 않겠느냐!"

그래서, 당신이 나를 피한 게 아니라 그저…… 화가 났을 뿐이라고?

그리고 당신, 지금 변명이라는 걸 하는 거야?

소소옥은 한진과 꽤 오랜 세월을 함께 보냈다. 그리고 그가 변명을 위해 이리 많은 말을 하는 것은 처음 들었다.

소소옥은 목 끝까지 올라온 말을 간신히 집어삼켰다. 그녀는 계속 한진을 응시했다. 지금 그녀는 그를 믿고 있지 않았다.

한진이 그녀의 손에 들린 약을 받아 방 안으로 들어갔다. 소소옥은 미동도 하지 않고 계속 그를 바라보았다.

한진이 자리에 앉더니 제 두 손을 흘깃 보고는 소리쳤다.

"거기 서서 뭘 하고 있느냐! 어서 와서 약을 바르지 않고!"

그러니까, 열심히 변명을 늘어놓았으니 이제 피하지 않으시겠다?

소소옥은 바로 방 안으로 들어가 약 봉투를 풀어 헤치며 말했다.

"두 손을 탁자 위에 올리세요. 열 손가락은 쫙 펴시고요."

한진은 그녀의 말에 따랐다. 두 사람은 자연스럽게, 방금 아무 일도 없었다는 듯 굴었다.

그러나 약을 준비해 한진의 손에 바르려던 소소옥이 갑자기 움직임을 멈췄다. 그녀의 눈에 날카로운 빛이 스쳐 가는가 싶더니, 약을 내려놓고 한진의 손을 잡았다.

순간, 한진은 분명 손을 굳혔다. 소소옥은 그가 긴장하고 있다는 것을 눈치챘지만, 눈치채지 못한 척 제 작은 손으로 그의 손을 만지작거리기 시작했다. 마치 상처를 살피듯, 혹은 친밀하게 쓰다듬듯.

소소옥은 지금 그를 시험하고 있을 뿐 아니라 도전하고 있었다!

한진이 속으로 무슨 생각을 하는지는 알 수 없었지만, 그는 손을 그녀에게 얌전히 맡기고 있었다. 소소옥은 그를 너무 오래 괴롭히지 않고 재빨리 손에 약을 바르고 붕대로 감싸 주었다.

치료를 끝낸 그녀는 다시 한번 그의 손을 잡아끌어 살펴본 다음 내려놓았다.

"이 손으로는 말고삐를 잡을 수 없어요. 게다가 제 몸 안의 독도 아직 다 가라앉지 않았으니, 우리 하루 더 쉬고 내일 출발해요."

한진은 두 손을 거둬들이며 말없이 고개만 끄덕였다.

소소옥이 다시 그의 손을 흘깃 보더니 웃으며 말했다.

"좋아요. 그럼 우리 이제 좋은 스승과 제자처럼 있어 볼까요? 제가 하루 내내 시중을 들어 드릴게요."

한진은 그녀를 제대로 쳐다보지도 않고 말했다.

"가서 네 상처나 치료하도록 해라!"

소소옥은 사실 농담을 했을 뿐이었다. 죽을 만큼 피곤했던 그녀는 어깨를 으쓱하고 물러 나왔다.

한진은 직접 문을 닫은 후 문에 기대어 저도 모르게 안도의 한숨을 내쉬었다. 그리고 제 두 손을 내려다보며 깊은 생각에 빠졌다.

방으로 돌아온 소소옥은 목욕을 할 생각으로 걸음을 옮기다 놀라 거울 앞에서 멈춰 섰다. 옷이 바뀌어 있다는 사실을 그제야 인식했기 때문이다. 그녀가 정신을 잃고 있을 때 누가 갈아입힌 걸까?

소소옥은 얼굴을 붉혔다. 말로 표현할 수 없는 장면이 머릿속에 자동으로 재생되었다.

방 안 구석구석을 뒤져 보았지만 원래 입고 있던 옷은 찾지 못했다. 대신 새 옷 두 벌을 발견했다. 속옷부터 겉옷까지 완벽하게 갖춰져 있는 새 옷 두 벌을.

속옷까지 꼼꼼히 갖춰져 있는 것을 본 그녀의 머릿속에 한진의 차갑고 금욕적인 얼굴이 다시 한번 떠올랐다. 그녀는 그가 이 옷들을 준비했다고는 도저히 믿을 수 없었다. 하지만 그가 아니라면 또 누가 이 옷들을 준비했단 말인가?

소소옥은 생각에 잠겨 거울 속 자신을 한참 동안 바라보았다. 그리고 편안하게 목욕을 마치고 새 옷으로 갈아입었다.

그녀는 다시 거울에 자신을 비춰 보았다. 어딘가 어색하고 모자란 것만 같았다. 마침내 그녀는 머리 모양이 문제라는 결론을 내렸다.

그녀는 어린 시절부터 지금까지 똑같은 머리 모양을 고수했다. 양옆으로 머리를 만두처럼 땋아 올리는 형태였는데, 그 머리는 지금 그녀가 입고 있는 우아하고도 여성스러운 치마와는 영 어울리지 않았던 것이다.

소소옥이 머리를 꾸미는 법을 모르는 것은 아니었다. 예전에 주인의 머리도 항상 그녀가 빗겨 주었으니 어떤 모양이건 자유자재로 꾸밀 수 있었다. 그녀는 그저 지금까지 머리를 다르게 빗어 볼 생각을 해 본 적 없을 뿐이었다.

그녀는 빗을 들고 이리저리 움직여 보다가, 머리를 구름이 넘실거리듯 빗어 하나로 틀어 올리기로 마음먹었다. 그렇게 머리를 새로 빗고 나니 분위기가 달라 보였다. 얼굴은 전혀 달라진 점이 없었지만, 그래도 훨씬 아름다워진 것 같은 기분이 들었다.

가장 중요한 것은 그녀가 더는 어린 계집아이가 아니라 이미 성장을 끝낸 여인처럼 보인다는 사실이었다!

그러나 그녀는 거울 속 자신을 바라보며 별다른 기쁨을 느끼지 못하고 있었다. 오히려 어색하기만 했다. 그래도 그녀는 만족스럽다 생각하며 치마를 말아 올려 쥐고 한진의 방문을 두드렸다.

문을 연 한진은 소소옥을 보자마자 살짝 멈칫했다. 그러나 그는 곧 정신을 차리고 침착하게 물었다.

"무슨 일이냐?"

그러나 이어진 소소옥의 말에 그는 경악할 수밖에 없었다. 소소옥이 이렇게 물었던 것이다.

"당신이 내 상처를 치료하고 옷을 갈아입혔나요?"

한진이 재빨리 변명했다.

"본존은 의녀를 데려와 네 상처를 치료하게 했다. 겸사겸사 옷도 갈아입히라 일렀고."

소소옥이 실망하지 않았다면 거짓말일 것이다. 그러나 그녀는 침착하게 고개를 끄덕이며 다시 말했다.

"그 의녀는 옷을 참 잘 고르네요. 치수도 딱 맞고, 저에게 아주 잘 어울려요."

한진은 저도 모르게 그녀의 시선을 피하며 조금 퉁명스러운 말투로 물었다.

"또 다른 용무라도?"

그러자 소소옥이 순진한 표정으로 웃으며 물었다.

"거리에 나가 보려 하는데, 함께 가실래요?"

옥아 외전 **안 된다**

풍명산 지하 궁전에 있을 때, 소소옥은 곧잘 혼자 산 아래로 내려가 시장을 둘러보곤 했다. 그러나 한진에게 함께 가자고 청하는 일은 없었다. 물론 늙은 하인에게 같이 가자고 청하지도 않았다.

어쨌든 소소옥은 시장에서 돌아올 때면, 먹는 것이건 입는 것이건 상당한 양의 물건을 사서 그들에게도 주곤 했다.

함께 거리로 나가자고 한진이 초대받은 것은 이번이 처음이었다. 그는 소소옥의 순수한 미소를 보며 거절했다.

"가지 않겠다."

"가진 짐이 적어서 사야 할 물건이 좀 있어요. 게다가 돌아가는 길에 먹을 마른 음식들도 좀 준비해야 하고요."

소소옥의 말에 한진이 고개를 끄덕였다.

"조심해서 다녀오너라."

그러나 소소옥이 다시 덧붙였다.

"꼭 필요한 물건이 아니라면 저도 이렇게 부상을 입은 상태로 힘들게 나가려 하지는 않을 텐데 말이에요. 지금 저는 진기를 모두 잃어버렸으니, 현공대륙에서는 조심하려 해도 조심할 방법이 없지요. 어쨌든 누가 저에게 무슨 짓을 하려고 하지 않으면 저도 안전하겠지만…… 누군가 저에게 무슨 짓을 하려 하면, 뭐, 하늘의 뜻에 맡겨야겠지요!"

문을 닫으려던 한진은 이 말을 듣자 바로 멈췄다. 그는 조금 난처한 표정으로 말했다.

"마른 음식 말고 또 뭐가 필요하지? 내가 다녀오겠다."

그러나 소소옥은 단 한마디로 그의 말문을 막았다.

"여자만 쓰는 물건이죠."

이렇게, 한진은 소소옥을 따라 문밖출입을 하게 되었다.

그들은 먼저 포목점으로 향했다. 한진은 가게 안을 흘깃 본 후 들어가지 않고 기다리겠다는 듯 문가에 멈춰 섰다. 소소옥은 그를 억지로 끌고 들어가지 않고 저 혼자 성큼성큼 안으로 들어갔다.

이 포목점에서 파는 옷들은 한진이 그녀를 위해 새로 산 옷들과 비슷했다. 모두 상등품의 옷감으로 만든 것으로 무척 예뻤고, 여인 특유의 분위기가 물씬 풍겼다.

소소옥은 오늘 아침 거울에 제 모습을 비춰 보며 이런 옷을 좋아하게 되었다. 아무래도 이런 옷을 입어야 정말 어른이 된 것 같았던 것이다. 그녀가 예전에 입던 옷은 늙은 하인이 항상 말하던 대로 어린 소녀의 옷에 지나지 않았다는 걸 그녀는 깨달았다.

다양한 색감의 옷감이며 아름다운 옷을 살피고 있노라니, 안 그래도 기분이 꽤 삼삼하던 소소옥은 한층 즐거워졌다.

얼마 지나지 않아 그녀는 버들가지 같은 연둣빛 옷을 골랐다. 가슴 위로 띠를 묶는 이 긴치마를 입으면 키도 커 보일 뿐 아니라, 그녀에게 그동안 없던 단정한 분위기도 더해 줄 것 같았다.

포목점의 여사장은 계속 곁에서 칭찬을 늘어놓았지만, 소소옥은 한마디도 제대로 듣지 않았다. 그녀는 거울 앞에서 이리저리 모습을 살피고 몇 바퀴 돌아본 다음, 한진에게 달려가 물었다.

"어때요?"

어떠냐니? 무엇이 어떠냐는 말이지?

한진은 남자고 여자고 간에 누가 무슨 옷을 입고 있는지 유심히 살펴본 적이 단 한 번도 없었다. 그는 소소옥의 옷은 쳐다보지도 않고 그녀의 얼굴만 보고 있었는데, 이런 상황에 적응이 안 되는 모양이었다.

소소옥을 따라온 여사장이 다시 한번 소소옥을 추켜세우자 한진은 겨우 고개를 끄덕였다.

"괜찮다."

소소옥은 기쁘게 돌아가 다시 새 옷으로 갈아입었다. 그리고 여사장이 입을 다물 때까지 노려본 다음, 다시 한진에게로 달려갔다.

"어때요?"

한진의 표정은 방금보다 좀 더 자연스러워져 있었다. 그는 소소옥의 옷을 세심하게 살핀 후 다시 고개를 끄덕였다.

"괜찮다."

소소옥은 물론 그가 대충 장단을 맞추고 있다는 사실을 알아차렸다. 그녀는 가게 안으로 돌아가 다시 새로운 옷으로 갈아입었다. 그러나 이번에는 겉옷을 입지 않고, 가슴을 묶은 긴 치마가 겉으로 나오도록 한 다음 걸어 나왔다.

이번에는 소소옥이 대문 밖으로 나오기도 전에 한진이 미간을 찌푸리며 날카롭게 외쳤다.

"안 된다!"

소소옥은 그가 화를 내리라고 생각은 했지만, 이렇게 격렬하게 반응하리라고는 생각지 못했다. 그녀가 순간적으로 아무 말도 하지 못하는 사이, 한진이 그녀를 안으로 밀어 넣고 문을 닫았다.

멍한 표정으로 가게 안에 서 있던 소소옥이 곧 정신을 차리고 피식 웃었다. 그녀는 재빨리 겉옷을 입고 단정하게 띠를 맨다음 거울에 자신을 비춰 보았다. 그리고 여사장 앞에서 몇 바퀴 돌아 보았다.

"어때요?"

여사장이 또 한바탕 그녀를 칭찬했다. 이번에는 소소옥도 그녀의 말을 귀 기울여 들었다.

그녀는 머리를 정리한 다음 다시 문을 열었다. 문밖에는 한진이 곧은 자세로 앞을 보며 서 있었다. 그는 지금 무슨 생각을 하고 있을까? 그의 얼굴은 몹시도 엄숙해 보였다.

문이 열리는 소리를 들은 그가 소소옥을 돌아보았다. 소소옥은 그의 앞으로 다가가 즐거운 표정으로, 그러나 속으로는 긴장하며 같은 질문을 반복했다.

"어때요?"

한진은 이번에는 그녀를 제대로 쳐다보지도 않고, 괜찮다고 말해 주지도 않았다.

"본존은 건너편 찻집에서 기다리겠다."

소소옥이 재빨리 말했다.

"전 그냥 여쭤본 건데, 그렇게 진지하게 봐 주실 줄은 몰랐어요."

서너 걸음 걸어가던 한진이 발걸음을 멈추더니 또 변명하듯 말했다.

"옷을 그렇게 입고 다니면 체통이 어떻게 되겠느냐? 본존이 몇 번이나 말했지? 본존이 너를 궁으로 데려가기 전에는 허튼 짓하지 말라고 말이다!"

소소옥이 매우 직설적으로 말했다.

"마음에 걸리는 것이 없으면 피할 필요도 없고, 변명할 필요도 없지요."

한진이 다시 한번 발걸음을 멈췄다.

잠시 후, 그가 갑자기 몸을 돌려 다가오더니 성큼성큼 포목점 안으로 들어갔다. 소소옥도 재빨리 따라 들어갔다.

한진은 잘생긴 미간을 살짝 찌푸린 채 진지한 표정으로 옷을 고르고 있었다. 그 모습을 보고 있자니 과거 그가 소소옥에게 무학을 가르치던 모습이 떠올랐다.

그때와 아주 비슷했다. 그러나 또 온전히 비슷해 보이지만도 않았다. 그녀의 심경이 변했기 때문일까, 아니면 그 역시 변한 걸까?

한진은 정말로 열심히 옷을 고르고 있었다. 그는 한참을 고른 끝에 겨우 두 벌을 골라 소소옥에게 건넸다.

그의 얼굴은 평소처럼 차갑고 냉정해 보였다. 마치 방금 아무 일도 없었다는 듯, 지금 그들이 그 이상 정상적일 수 없는 어떤 일을 하고 있다는 듯.

소소옥은 한술 더 떠서 입가에 희미하게 미소마저 떠올렸다. 기분이 꽤 좋았던 것이다. 그녀는 옷을 받아 들고 재빨리 탈의실로 갔다.

옷을 갈아입은 그녀가 한진 앞으로 다가가 물었다.

"어때요?"

한진은 그녀를 살펴본 후 무표정한 얼굴로 말했다.

"괜찮다."

소소옥이 한 바퀴 돈 다음 다시 물었다.

"어때요?"

한진은 여전히 고개를 끄덕였다.

"괜찮다."

소소옥은 그제야 두 번째 옷으로 갈아입고 나왔고, 한진은 여전히 고개를 끄덕였다. 소소옥은 옷을 두 벌 더 골라 달라고 했고 한진은 그녀의 말에 따랐다.

소소옥이 한진이 고른 네 번째 옷을 입고 나왔을 때였다. 한진은 여전히 고개를 끄덕이며 말했다.

"괜찮다."

그러나 소소옥은 거울 앞에서 제 모습을 이리저리 살펴보더니 문득 물었다.

"제가 보기에는 너무 키가 작아 보이는데, 그렇지 않아요?"

사실 이 옷을 입은 소소옥은 키가 커 보였다. 소소옥의 말을 들은 여사장이 나서서 설명하려 했으나, 소소옥이 재빨리 그녀를 노려보았다. 여사장은 곧 뒷걸음질을 쳤고, 대신 한진이 말했다.

"그럼 다른 것으로 바꾸거라."

소소옥은 멀찍이 달려가 선 다음 진지하게 말했다.

"좀 제대로 봐 주세요."

한진의 눈가에 불쾌한 듯한 빛이 스쳐 갔지만, 그래도 그는 열심히 그녀를 살피기 시작했다. 그리고 이 순간, 그는 마침내 소소옥이 변했다는 사실을 깨달았다.

소소옥은 더 이상 어린 소녀가 아니라 호리호리 아리따운 여자가 되어 있었다. 잔잔한 미소를 머금고 기대하듯 눈을 반짝이는 그녀는 정말로 아름다웠다.

한진은 분명 소소옥이 성장하는 모습을 곁에서 지켜보았다. 그러나 이 순간 그는 무어라 표현할 수 없는 낯선 감정에 휘말리고 있었다. 소소옥이 너무나 멀리 있는 것처럼 느껴졌던 것이다. 그리고 왜인지 스스로도 설명할 수 없었지만, 그는 소소옥과의 거리를 가깝게 당기고 싶었다.

한진은 저도 모르게 시선을 피하려 했으나 소소옥이 다시 각도를 바꿔 가며 물었다.

"어때요?"

한진은 그제야 정신을 다잡고 말했다.

"키가 작아 보이기는커녕 오히려 커 보이는구나. 너에게 아주 잘 어울린다."

소소옥은 기뻐하며 다시 몇 벌 갈아입어 보았다. 한진은 이제 형식적으로 대답하지 않고, 그녀를 자세히 살펴보고 제 의견도 표시했다.

결국 소소옥은 꽤 많은 옷을 샀고, 즐거운 기분으로 포목점을 나왔다. 그녀는 제 물건을 들고 있는 한진을 돌아보며 꽃처럼 해맑게 웃었다.

"한진, 나 비녀를 사러 갈래요!"

한진은 대답하지 않았지만, 어쨌든 소소옥을 따라 걷기 시작했다……

한진은 소소옥과 함께 머리 장식을 파는 집으로 향했다. 이번에는 그도 문가에 서 있지 않고 자연스럽게 가게 안으로 들어갔다.

한진과 소소옥은 사실 나이 차이가 상당했지만, 한진의 외모가 전혀 늙어 보이지 않고 소소옥은 조숙하고 노련해 보이는 인상인지라 둘이 함께 서 있으면 어떤 위화감도 없었다. 소소옥을 한진이 새로 들인 애첩이라 해도 분명 대부분은 믿을 정도였다.

이 가게는 주로 비녀를 팔았는데, 완성품도 있고 손님이 여러 가지 재료를 사서 직접 비녀를 만들 수도 있었다.

용비야가 한운석에게 머리 장식을 선물할 때는 항상 상자 가득 선물했다. 그 두 사람의 시중을 오래 들었던 소소옥은 당연히 온갖 종류의 비녀를 보았고, 훌륭한 안목도 갖추고 있었다.

소소옥은 완성품 비녀들을 한 바퀴 둘러보았는데, 마음에 드는 것이 하나도 없었다.

궁에 있을 때는 아직 소녀였기 때문에 비녀니 떨잠이니 하는 것은 한 번도 사용해 본 적이 없었다. 풍명산으로 옮겨 온 후로도 마찬가지였다. 그러니 소소옥에게 있어 오늘이야말로 평생 처음으로 비녀를 구매하고 머리에 꽂아 보는 날이었다. 그러니 신중하게 고를 수밖에 없었다.

소소옥이 한 바퀴 돌아본 후 한진에게 말했다.

"모두 마음에 들지 않아요. 직접 하나 만들어야겠어요."

한진은 그저 말없이 고개를 끄덕였다.

소소옥이 흥이 돋은 듯 갑자기 한진의 손을 잡고 가게 안쪽 내실로 끌어당겼다. 한진은 망설이는 듯한 표정으로 그녀의 손을 바라보았다. 그러나 그가 마음을 정하기도 전에 소소옥이 그를 놓고 제멋대로 탁자 앞에 앉았다.

여사장이 연신 금, 은, 동, 옥 등 비녀를 만드는 재료며 온갖 도안을 가져왔다. 소소옥은 열심히 이것저것 물어보고 비교하며 물건을 골랐는데, 마치 한진을 아예 잊어버린 것 같았다.

한진은 랑종의 대종주였다. 운공대륙에서건 현공대륙에서건 언제나 존경받는 위대한 인물인데, 지금 그는 비녀 가게에서 냉대당한 채 멍하니 서 있는 처지였다. 만약 이 일이 밖으로 새어 나간다면 랑종 사람들은 물론이고 한운석과 용비야도 믿지 않을 것이다.

이 세상에서 그를 깊은 산속 지하 밀실에서 끌어내 이 시끌벅적한 거리 한구석에 멍하니 서 있게 할 수 있는 사람은…… 아마도 제자이기도 하고 아니기도 한 소소옥밖에는 없을 것이다.

다른 곳이라면 한진도 눈을 감고 수양을 시작했을 것이다. 그러나 여자들이나 오는 이런 곳에서는 그도 부자연스러울 수밖에 없었다. 그는 그대로 멍하니 서 있다가 저도 모르게 소소옥의 손에 들린 물건들이며 도안에 시선을 보냈다. 그리고 또 부지불식간에 여사장의 설명을 듣기 시작했다.

여사장이 대강 설명을 끝내자 소소옥은 알겠다며 고개를 끄덕였다. 여사장이 몸을 일으키다가 한진이 여전히 서 있는 것을 보고 재빨리 그에게 자리를 권했다. 그리고 직접 차를 준비해 준 후 내실에서 나갔다.

소소옥은 깊이 생각한 바가 있어 일부러 한진을 냉대하는 중이었다. 그녀는 한진이 제 곁에 앉기를 기다린 후에야 그를 돌아보며 물었다.

"이 도안 중에서 어떤 것이 예뻐 보여요?"

"네가 쓸 것이니 네가 고르면 되지 않느냐."

한진의 말에 소소옥이 진지하게 대답했다.

"그야 제가 쓸 것이긴 한데요, 이런 건 머리에 꽂았을 때 편한지 안 편한지보다는 보기에 예쁜지 예쁘지 않은지가 더 중요한 물건이라고요. 제 머리에 꽂아 봤자 저는 보지 못하니, 결국은 남들에게 보여 주려는 물건이잖아요. 지금 여기 저 말고 다른 사람은…… 밖에 없으니, 무엇이 예쁜지 같이 봐 주셔야죠. 보시기에 예쁘다 싶은 것을 골라 주시면, 전 아주 기쁠 거예요."

한진은 그제야 도안을 들여다보고 해당화 모양의 비녀를 하나 골랐다. 소소옥은 그 도안을 보자마자 바로 결정을 내렸다.

"좋아요! 제 인생 최초의 비녀는 이걸로 하겠어요!"

한진은 그제야 이것이 그녀가 성년이 된 후 처음으로 고르는 비녀라는 사실을 알아챈 듯 소소옥을 바라보았다.

소소옥은 손재주가 좋은 편이라 얼마 지나지 않아 해당화 비녀를 완성했다. 그녀는 예전에는 해당화 형태가 예쁘다고 생각한 적 없었으나, 지금은 보면 볼수록 사랑스러워 보였다.

소소옥이 한진에게 물었다.

"어때요?"

한진은 고개를 끄덕였다. 포목점에서의 형식적인 끄덕임에 비하면 꽤 성의 있어 보이는 모습이었다.

소소옥이 즉시 해당화 비녀를 그에게 건넸다.

"어서요, 어서 저에게 비녀를 꽂아 주세요!"

한진이 즉시 미간을 찌푸렸다. 아무리 봐도 그녀의 요구가 마음에 안 드는 모양이었다.

소소옥은 일부러 눈썹을 치켜세웠다. 그리고 마치 '내 머리에 비녀를 꽂아 주지 않으면 일부러 나를 피하는 줄 알겠다, 네 마음속에 귀신이 있다고 생각할 거란 말이다'라고 말하는 듯한 시선으로 한진을 바라보았다.

곧 한진이 그녀의 시선을 피했다. 그는 결국 비녀를 받아 들고는 몸을 일으켰다. 소소옥은 무척 기뻐하며 재빨리 돌아앉았다.

한진은 지금까지 여자의 머리에 비녀를 꽂아 주기는커녕 여자들이 머리에 무엇을 꽂고 있는지 제대로 쳐다본 적조차 없었다. 그는 소소옥의 머리 위에 손을 가져다 대었으나 도무지 무엇을 어떻게 해야 할지 알 수가 없었다.

사실 이런 일을 할 줄 모른다고 말하고 밖에 있는 여사장을 불러왔으면 될 일이었다. 그러나 그는 자신이 심혈을 기울여 소소옥을 피하지 않는 것이, 일부러 소소옥을 피하는 것과 본질에서 차이가 없다는 사실을 의식하지 못하고 있었다.

소소옥은 물론 그가 이런 일에 익숙하지 않다는 것을 알고 있었다. 그녀가 제 머리를 가리키며 말했다.

"여기, 여기요."

한진은 소소옥이 가리키는 대로 움직였다. 그러나 그가 쥔 비녀가 소소옥의 머리에 꽂히려는 순간, 소소옥이 갑자기 손을 뻗어 그의 손을 잡았다. 그리고 그의 손을 잡은 채 천천히 비녀를 꽂았다.

한진의 손은 그대로 굳어 버렸다. 그러나 그가 순간적으로 아무 반응도 보이지 못하는 것인지, 아니면 피하는 것처럼 보이지 않으려고 참고 있는 것인지는 알 수 없는 일이었다. 어쨌든 한진은 비녀를 다 꽂을 때까지 소소옥의 손에서 제 손을 빼려 하지 않았다.

소소옥이 아무 일도 없었던 것처럼 그를 돌아보며 달콤하게 미소 지었다.

"어때요?"

한진은 호흡마저 무거워진 것만 같았다. 그는 분명 참고 있었다. 그렇다. 그는 소소옥의 행동을 어떻게든 견뎌 내야 한다고 자신을 압박하고 있는 게 분명했다.

한진이 고개를 끄덕이며 말했다.

"괜찮다."

소소옥은 여전히 미소 짓는 얼굴로 한진을 바라보며 속으로 중얼거렸다.

'한진, 당신도 곧 알게 될 거야. 일부러 피하지 않는 것도 결국 마음에 걸리는 것이 있어서라는 사실을.'

그녀가 그를 끌고 시장으로 와 옷을 사고 머리 장식을 고른 것은 그에 대한 도전인 동시에 그를 시험하는 것이나 마찬가지였다. 그리고 그녀는 이제 답안을 확신할 수 있었다.

소소옥이 한참 동안 아무 말도 하지 않자 한진이 물었다.

"하나만 만들어도 되느냐?"

소소옥이 그제야 정신을 차리고 말했다.

"하나면 충분해요!"

그녀는 해당화 비녀를 머리에서 뽑아 조심스럽게 갈무리한 다음, 가게에서 판매하는 완제품 비녀를 하나 골라 머리에 꽂았다. 한진은 물론 그녀의 이런 모습을 지켜보고 있었으나, 아무 말도 하지 않았다.

가게를 나온 후 소소옥은 천천히 거리를 배회하기 시작했다. 탐색은 이미 끝났다. 그녀는 이미 서로의 마음이 어떠한지 알고 있었다. 그리고 이제는…… 그와 마주할 때가 아니라 자기 자신과 마주해야 할 때였다.

얻고 싶다면 강하게 요구해야 할 것이다. 그런데 그녀가 정말로 강하게 요구해도 괜찮은 걸까?

골똘히 생각에 잠긴 채 걷던 소소옥은 부지불식간에 꽤 멀리까지 걷게 되었다. 그녀의 뒤를 쫓아오던 한진이 마침내 참지 못하고 물었다.

"또 무엇을 살 생각이냐?"

소소옥은 그제야 정신을 차렸다. 그녀는 더는 한진을 괴롭히지 않고, 마른 음식을 산 후 객잔으로 돌아왔다.

짐을 정리하고 나니 이미 해가 서산으로 지고 있었다. 두 사람은 내일 아침 일찍 출발하기로 하고, 각자 쉬러 들어갔다.

소소옥은 생각에 생각을 거듭하고 있었다. 그녀는 자신에게 만족스러운 답을 내려 주지 못하고 있었을 뿐 아니라, 생각하면 생각할수록 어쩐지 기분이 나빠졌다.

그녀는 아래층으로 내려가 술 두 주전자를 시킨 다음 자작하기 시작했다. 그러나 그녀가 주전자 하나도 채 비우지 못했을 때 한진이 내려왔다. 그는 바로 그녀의 술잔을 빼앗으며 차갑게 외쳤다.

"방으로 돌아가거라!"

소소옥은 살짝 취한 상태였지만 의식만은 또렷했다.

"오후 내내 생각했어요. 그리고 밤에도 계속. 저, 함께 풍명산으로 돌아가고 싶어요. 다시 제 사부님이 되어 주실 수는 없나요?"

옥아 외전 **감히?**

그럴 수 있나요?

세상에 생각 하나로 결정되는 일이 과연 얼마나 될까? 하지만 아주 짧은 순간의 생각에 한 사람의 인생이, 아니 심지어 두 사람의 긴 인생이 결정되기도 하는 것이다.

살짝 취기가 오른 소소옥에게서는 평소의 날카로움이라고는 보이지 않았다. 그보다는 여자 특유의 여리여리한 느낌이 더해져 있었다. 게다가 오늘 차려입기까지 한 덕분에 정말로 사랑스러워 보였다.

한진은 그녀를 내쫓기로 했을 때 이미 굳게 결심을 한 상태였다. 그러니 대답을 망설일 이유가 없었다. 그러나 지금 소소옥의 모습을 보니 그는 생각하고 또 생각하고, 그리고 또 생각한 후에야 답을 내놓을 수 있었다.

그의 대답은 풍명산에서 그녀를 내쫓을 때 했던 말과 대동소이했다.

"너는 성격이 급해 너무 서두른다. 그게 자기 자신에게 해가 되었지. 네 그런 성격은 기를 수련하기에 적합하지 않다. 그리고 너는 이미 열일곱 살이지."

풍명산에서는 한진에게 반박하지 않았다. 소소옥이 참을 수 있었기 때문이 아니라 당시에는 그의 말이 옳다고 생각했기 때문이었다. 그러나 지금은 그의 말에 전혀 승복할 수 없었다. 그녀는 모든 것을 명백하게 보았고, 생각을 명확하게 끝낸 상태였다!

소소옥은 술잔 속 술을 입 안에 털어 넣고 몸을 일으켰다. 그러는 동안에도 그녀의 시선은 계속 한진의 눈을 향하고 있었다.

"당신은 대체 내 무엇이 마음에 들어 제자로 들였던 거죠? 내 나이가 어렸던 것? 아니면 재능? 그도 아니면 성격?"

만약 나이가 어려서 받아들였다고 한다면 말이 되지 않았다. 열세 살이라는 나이도 기를 수련하기엔 이미 너무 늦었으니까. 열세 살과 열일곱 살은 사실 그다지 큰 차이가 없었다.

재능 때문이었다고 말한다면 그것은 더더욱 말이 되지 않았다. 소소옥은 진기를 잃었을 뿐 재능을 잃은 것은 아니었다. 게다가 그녀의 재능이 뛰어나지 않다는 것은 그도 이미 알고 있는 사실이었으니까.

한진이 성격이라고 대답한다면 역시 말이 되지 않았다. 그녀의 성격이 어떠한지는 그도 원래 알고 있었으니까. 두 사람이 처음 만났을 때 그녀는 그가 한진이라는 사실을 모르고 그에게 한바탕 쏘아붙인 적도 있었다!

소소옥은 대답을 기다리지 못하고 재촉했다.

"말해 봐요!"

한진이 화제를 돌렸다.

"더 마시지 말고 들어가 쉬거라!"

소소옥이 웃기 시작했다. 그녀는 지금 한진을 조소하고 있는 것이 아니라 정말로 기뻐서 웃는 것이었다. 그녀는 그렇게 웃으며 물었다.

"그럼, 내 사부는 되지 말고…… 그냥 풍명산으로 데려가기만 하면 어때요?"

마침내 한진이 버티지 못하고 차갑게 외쳤다.

"대체 언제까지 제멋대로 굴 셈이냐?"

소소옥은 여전히 웃으며, 하루 내내 참고 있던 말을 쏟아 내기 시작했다.

"한진, 그거 알아요? 당신은 사내대장부잖아. 당신이 내 사부라 해도, 아니 내 아버지나 친오라비라고 해도…… 사내대장부는 여자가 여자 물건을 사러 다닐 때 따라다니지 않는 법이라고요! 그러니까 당신, 당신 마음속에도 귀신이 숨어 있는 거야. 그렇지 않다면 겨우 내 말 한마디에 피해야 할 것들을 피하지 않을 리 만무하잖아!"

한진의 안색이 변했다.

바로 이 순간, 그의 마음속에는 평생 겪어 보지 못한 좌절감이 몰아치고 있었다.

지금까지 그는 연공에 연공만을 거듭했을 뿐 이렇게 복잡한 일에 휘말려 본 일이 없었다. 설사 이런 일을 마주친다 해도 그에게는 휘말리지 않을 충분한 실력과 지위가 있었기에 그저 모르는 체하면 그만이었다. 그러나 소소옥과는……. 그는 함정에 빠진 후에야 겨우 깨달을 수 있었다.

그렇다. 그는 이제야 깨달았다. 진정으로 깨달았다.

그는 자신이 이런 상황에 빠지리라고는, 더구나 그 상대가 소소옥일 거라고는 더더욱 생각해 본 적조차 없었다. 일생의 계획이 모두 어긋나고 있는 기분이었고, 이미 정해진 궤도에서 벗어나고 있는 기분이었다.

단 한 번도 겪어 본 적 없는 이런 상황에, 그는 지금 어찌할 바를 모르고 있었다. 그래서 그는 그저 멍하니 소소옥을 바라보기만 했다.

소소옥은 이왕 말을 꺼낸 바에야 하고 싶은 말을 전부 다 하기로 마음먹은 상태였다!

그녀는 기쁜 표정으로 호쾌하게 말했다.

"한진, 정말 공교롭게도 말이에요, 내 마음속에도 귀신이 숨어들었지 뭐예요? 우리 두 사람 모두 귀신에게 홀린 셈이니, 귀신끼리 만나게 해 주는 건 어때요?"

한진이 한 걸음 뒤로 물러섰다. 그는 몇 번이고 하려던 말을 삼키고, 결국 몸을 돌려 위층으로 뛰어 올라가며 외쳤다.

"취해서 제정신이 아니구나! 내일 아침 제시간에 일어나지 못하면 너 혼자 알아서 돌아가야 할 게다!"

소소옥이 잠시 멈칫했으나 곧 그를 쫓아 올라갔다. 그녀는 한진이 방문을 닫기 직전 그를 잡고 진지하게 외쳤다.

"난 취하지 않았다고요! 그러니까 대답해 줘요!"

한진이 그녀의 손을 뿌리치며 노한 눈으로 외쳤다.

"방자하다!"

그러나 소소옥의 목소리가 그보다 훨씬 컸다.

"당신이 어떤 답을 내리건, 나는 모두 감수할 자신 있어요! 그런데 어째서 답을 주지 않는 거죠?"

한진이 바로 반복했다.

"본존은 이미 너에게 답을 주었다!"

소소옥이 한 걸음 또 한 걸음 그에게 다가갔다.

"당신 마음속에도 내가 있잖아! 그런데 왜……."

한진이 그녀의 말을 끊었다.

"없다!"

소소옥이 노한 소리로 외쳤다.

"있어!"

한진이 다시 한번 부인했다.

"없다!"

소소옥이 화가 나서 외쳤다.

"꼭 그렇게 스스로까지 속여야겠어요? 나에게 아무 이유라도 말해 보란 말이에요. 설사 당신이 감히 나와 함께할 엄두가 나지 않아 그러는 거라 해도, 난 받아들일 수 있어요! 그렇게라도 대답만 해 주면, 나는 다시는 당신이 나를 보지 못하게 해 줄 수도 있다고요!"

감히 엄두가 나지 않는다고?

한진이 갑자기 미간을 찌푸렸다. 그의 인생에서 '감히 할 수 없다'라는 말은 존재한 적이 없었다. 그렇기에 이 순간 그의 마음은 어지러운 상태였다.

소소옥이 다시 한번 그의 손을 잡아끌며 차가운 목소리로 외쳤다.

"말해 봐요, 뭐든!"

한진은 그녀를 잠시 바라보다가, 결국 이유는 말하지 않고 차갑게 말했다.

"알아서 돌아가거라!"

말을 마친 그가 소소옥을 밀어내고 성큼성큼 밖으로 향했다. 소소옥이 쫓아가려 했으나, 경공을 사용해 번개같이 객잔 밖 어둠 속으로 사라지는 한진을 따라갈 방법은 없었다.

그가, 이렇게 가 버리는 걸까?

소소옥은 절망한 얼굴로 어둠에 잠긴 거리를 바라보았다. 그러기를 얼마나 지났을까, 그녀는 문득 냉소하며 중얼거렸다.

"비겁해……!"

그때였다. 갑자기 등 뒤에서 익숙한 웃음소리가 들려왔다.

"감히 독누이의 친부를 비겁하다고 하다니. 이 계집애, 좀 컸다고 간도 커진 모양이지?"

소소옥이 돌아보니 붉은 옷을 입은 남자가 팔짱을 낀 채 나른한 자세로 문가에 기대어 있었다. 가늘고 긴 눈에 맺힌 웃음기가 요사스러울 정도로 아름다우니, 그야말로 경국지색이었다.

이 남자가 고칠소가 아니라면 또 누구일 수 있을까?

오랜 세월 만나지 못했는데, 뜻밖에도 이곳에서 만나게 될 줄이야.

그러나 소소옥은 놀라는 빛 없이 고칠소를 한번 훑어보고, 마치 그를 보지 못한 듯 다시 성큼성큼 걸어 객잔 안으로 들어갔다. 그러고는 원래의 자리에 앉아 객잔 직원에게 주문했다.

"여기 있는 술을 전부 가져와요!"

얼마 지나지 않아 탁자 위는 온갖 술로 가득 찼다. 소소옥은 잔을 사용하지 않고 아예 술 항아리째 마시기 시작했다.

고칠소가 그런 그녀를 잠시 지켜보다가 다가왔다. 소소옥 건너편에 앉은 그가 술 항아리 뚜껑을 열더니 냄새를 맡았다. 그리고 곧 못마땅한 기색을 내보이며 항아리를 바닥에 던져 버렸다.

소소옥은 물론 그의 그런 행동을 보았지만 아무 말도 하지 않고 계속 술을 마셨다.

고칠소는 정말로 술을 몇 잔 하고 싶었다. 그는 다시 다른 종류의 술이 담긴 항아리를 열어 보았지만 이 술도 그의 눈에는 들지 않았고, 바닥으로 내던져지고 말았다.

탁자 위 항아리를 훑어본 그는 다른 술이 두 종류 더 있다는 것을 알았으나, 흥이 다해 냄새조차 맡아 보기 귀찮아지고 말았다.

그는 무료한 상태였지만, 상대를 보고 행동해야 한다는 것은 알고 있었다. 만약 한진과 소소옥이 독누이와 관계있는 인물이 아니었다면, 그는 아마 이런 일에는 얼굴을 내밀지도 않았을 것이다.

"소소옥, 슬픔을 참아 보도록."

고칠소가 몸을 일으키며 사장에게 금화 한 주머니를 던졌다.

"이 여자분이 정신을 차리기 전까지 잘 살펴봐 주게나!"

말을 마친 그가 자리를 떠나려는 찰나였다. 이게 웬일일까, 소소옥이 갑자기 술 항아리를 집어 던지더니 그에게 다가왔다.

"대체 뭘 살펴보라는 거예요? 쓸데없는 참견이나 하고!"

고칠소는 검집 끝으로 소소옥의 어깨를 밀어 보았다. 소소옥은 취한 나머지 제대로 서 있지도 못하고 몇 번이고 뒤로 물러나 결국은 고칠소에게 길을 내주었다. 그러나 고칠소가 다시 그 자리를 떠나려 했을 때, 소소옥이 갑자기 큰 소리로 외쳤다.

"그가 내 주인님의 아버지란 것이 또 어때서요? 나와 그 사람 사이의 일이…… 주인님과 무슨 관계인데요? 관계가 있으면 얼마나 있다고?"

옥아 외전 **불공평**

고칠소는 감탄해서 말한 것이었을 뿐, 별다른 편견은 없었다. 그런데 소소옥이 이렇게 흥분하는 걸 보니 그도 호기심이 생겼다.

어쨌든 그가 보기에 한진, 기를 수련하는 데에만 푹 빠진 그자는 고칠소 자신보다 훨씬 괴상한 사람이었고, 세속의 규범이나 틀에 결코 구속당하지 않을 사람이었으니까.

고칠소는 문가에 기댄 채 팔짱을 꼈다. 아주 흥미진진하다는 태도였다. 그는 두어 번 혀를 찬 다음 말했다.

"소소옥, 자기 처지를 좀 살펴보는 게 낫지 않을까? 네 주인의 계모가 되겠다는 망상은 버리고 말이다!"

소소옥이 당황하여 외쳤다.

"그런 게 아니에요!"

고칠소가 키득거리며 물었다.

"네가 한진과 좋아 지내면 말이다, 바로 독누이의 계모가 되는 것 아니냐? 용비야의 장모가 되는 셈이기도 하고 말이다."

고칠소는 분명 농담이랍시고 건넨 말이었지만, 여기까지 말하고 나니 갑자기 모골이 송연해졌다. 아무리 노력해도 독누이와 용비야가 새파랗게 어린 소옥아에게 차를 대접하는 장면을 상상할 수가 없었다.

소소옥은 이제 당황을 넘어서 분노하고 있었다.

"그 입 다물지 못해요? 그래요, 그분을 좋아해요. 하지만 지위 같은 걸 바라서가 아니라고요! 나는…… 지위 같은 것 때문에 그분을 좋아하는 게 아니라고! 나는 그분의 부인이 될 생각도 없고, 첩이나 뭐 그런 것이 될 생각도 없다고요. 그저 그분 곁에 있고 싶어요. 그분과 함께 기를 수련하고 싶을 뿐이라고요! 계모? 장모? 아이고, 예왕 전하, 진심으로 말씀드리는데 전정말로 감히 그런 꿈은 꾼 적이 없다고요! 정말로 그런 생각은한 적 없어! 명분이 없어도 저는…… 저는 제가 바라서 그분 곁에 있고 싶은 거예요! 진심으로!"

고칠소는 소소옥의 뜻을 이해했다. 그러나 일부러 다시 물었다.

"지위가 필요 없다면, 대체 바라는 게 뭐지?"

두 주인을 제외하면, 소소옥은 지금까지 그 누구도 두려워한적이 없었다. 정신이 맑을 때도 고칠소를 흘겨보던 소소옥이니, 취한 지금은 말해 무엇할까?

고칠소의 질문에 더욱 화가 난 그녀는 손에 잡히는 대로 술병을 던지고는 노한 목소리로 물었다.

"당신은 우리 주인님을 좋아하잖아요! 당신은 그럼 바라는게 뭐죠? 말해 봐요!"

무엇을 바라느냐고?

당사자들은 종종 이런 문제를 전혀 고민하지 않곤 한다. 그러나 곁에서 지켜보는 사람들이 제일 먼저 궁금해하는 것은 언제나 이런 문제였다.

일부러 소소옥을 자극하던 고칠소는 그만 멍하니 굳어 버리고 말았다. 술에 취한 소소옥이 비틀거리며 다가왔다. 얼굴에는 노기가 가득했지만, 고칠소 앞으로 다가온 순간 갑자기 웃기 시작했다.

"제가 말해 줄까요? 즐거움이죠! 즐겁고 싶은 거야! 그렇죠?"

그녀를 바라보던 고칠소의 입매가 슬며시 위로 올라가기 시작하더니, 결국은 웃음을 터뜨리고 말았다.

"즐겁고 싶은 거라, 하하…… 하하! 그래, 나도 그저 즐겁고 싶을 뿐이다!"

소소옥도 웃었다. 그러나 웃고 또 웃던 그녀가 갑자기 멈추더니 중얼거렸다.

"하지만 지금 나는 하나도 즐겁지 않은걸!"

그녀는 고칠소를 바라보며 매우 진지하게 말했다.

"예왕 전하, 그분 마음속엔 제가 있어요. 제가 이미 알아냈다고요! 사실…… 사실 그분은 바보예요. 그것도 한번 시험해 보니 알겠던걸. 여하튼 그분 마음속에는 내가 있는데……!"

그녀는 마치 고칠소가 제 말을 믿지 않을까 두려운 듯 흔들리는 발걸음을 멈추더니 다시 한번 강조했다.

"정말이에요! 그분 마음속에 내가 있다고요!"

고칠소는 물론 그녀의 말을 믿었다. 소소옥과 한진이 나누던 대화를 모두 들었으니까.

고칠소가 미소 지으며 말했다.

"두 사람 모두 귀신에게 홀린 셈이니, 귀신끼리 만나게 해 주어야겠지?"

소소옥이 웃으며 연신 고개를 끄덕였다.

"물론이죠! 그렇고말고요!"

그러나 그녀는 또 웃다 말고 취한 얼굴을 찡그리며 말했다.

"하지만 그분은 무서워하는걸. 인정하지 않아요. 있잖아요, 그분은 대체 뭘 무서워하는 걸까요?"

고칠소는 고개를 저었다. 그건 그도 궁금한 바였으니까.

소소옥은 취한 나머지 제대로 서 있기도 힘든 상황이었다. 그녀는 다른 문턱에 기대어 살짝 딸꾹질을 하고는 계속 말했다.

"그분은 수십 년 동안 진기를 수련했잖아요. 그런데 그렇게 대단하게 수련한들 그게 뭐라고요? 마음 하나 인정하지도 못하면서, 그게 다 뭐야. 예왕 전하, 있잖아요, 나…… 그러니까 나 소소옥이 말이에요. 사람이 평생 살면서 두 가지 일만은 어떻게든 감당해야 한다고, 그러니까 용감하게 책임져야 한다고 생각해요. 하나는 사람을 사랑하는 일이고, 또 하나는 사람을 미워하는 일이죠. 만약 저지르고도 감당하지 못한다면…… 그건 비겁한 거야!"

고칠소가 짚이는 데가 있는 듯 고개를 끄덕이며 웃었다.

"독누이가 왜 그리 너를 아꼈는지 알겠다. 이제 보니 아주 재미있는 아가씨인걸."

소소옥은 고칠소가 무슨 말을 하는지 아예 귀에 담지도 않았다. 그녀는 취한 데다 기분이 별로 좋지 않았기 때문에, 그저 속에 담아 둔 말들을 통쾌하게 털어놓고 싶을 뿐이었다.

그녀가 말했다.

"내가 좋아하는 사람이 우리 주인님의 남자도 아니잖아요! 내가 좋아하는 남자는, 평생, 그러니까 지금까지 아내를 맞은 적도 없고, 마음으로 누군가를 좋아해 본 적도 없어요. 천심 부인과는 그저 사고였을 뿐이고……. 그러니까 무슨 문제가 있는 게 아니라고요. 말해 봐요, 내가 그분을 좋아하는 게 내 주인님과 무슨 관계인가요? 응? 무슨 관계가 있냐고요. 나는 주인님에게 숨길 생각 같은 건 없어요. 한진, 그분이 인정하기만 하면 나는 지금이라도 당장 주인님께 고하러 갈 거라고요!"

고칠소는 침묵했다. 그는 이미 문밖 어둠 속에 누군가가 서 있다는 사실을 깨닫고 있었다.

소소옥이 다시 말했다.

"그분이 그저 내 사부님이고, 나보다 나이가 조금 많은 것뿐이잖아요. 하하! 세상에는 나라의 원한이니 가문의 원수니 하는 것을 짊어진 사람들끼리도 연인이 되곤 하는데, 내가 그분과 함께한다고 안 될 것은 또 뭔가요? 문백, 그 늙은이는 대체 나에게 왜 그런 식으로 말하고……. 한진…… 한진, 그 사람은 대체 뭘 무서워하는 걸까?"

고칠소는 문밖을 흘깃 바라보고 가볍게 미소 지을 뿐 아무 대답도 하지 않았다.

이 순간 소소옥의 눈시울은 이미 붉어져 있었다. 하지만 술을 마셨기 때문인지 아니면 괴로워서인지는 모를 일이었다.

소소옥은 제 가슴을 가리키며 말했다.

"나, 소소옥은 무서워하는 남자가 제일 싫어! 나는 그분을 좋아하지만, 하지만…… 지금부터 싫어할 거예요! 아무 재미도 없으니까! 하하! 예왕 전하, 그분은 인정하지 않으니까……. 그리고…… 전하는 오늘 우리를 보지 않은 것으로 해 줘요."

말을 마친 그녀는 큰 소리로 웃으며 손을 내저었다. 그러나 그녀가 몸을 돌려 문밖을 바라보았을 때, 한진이 서 있는 게 보였다.

소소옥은 멈칫했다가 곧 냉소하기 시작했다. 그녀는 한진 앞까지 걸어간 다음 발걸음을 멈췄다. 그러더니 갑자기 발꿈치를 올리더니, 해당화 비녀를 꺼내 한진의 머리에 꽂아 주었다.

"이제 필요 없어, 돌려줄게요!"

말을 마친 그녀가 그 자리를 떠나려 했지만, 한진이 그녀의 손을 잡았다. 소소옥이 발버둥 치기도 전에 한진이 그녀를 제게로 끌어당기더니, 다시 그녀의 머리에 비녀를 꽂아 주었다. 그러고는 한마디 말도 없이 소소옥을 안아 들고 성큼성큼 방으로 향했다.

한진과 소소옥이 떠난 후, 주변은 다시 고요해졌다.

문가에 기대어 있던 고칠소는 갑자기 고독한 기분이 들었다. 그는 곧 웃으며 스스로에게 야유를 보냈다.

"하, 이럴 줄 알았더라면 나도 여제자를 들일 걸 그랬지."

밤이 깊었지만 그는 방으로 돌아가지 않고 객잔을 떠났다.

그는 백리명천과 이 객잔에서 만나기로 약속했었다. 그런데

이곳에서 아는 얼굴들을 만나게 될 줄이야. 그는 백리명천에게
제 신분을 알리고 싶지 않았기에, 약속 장소를 바꿀 예정이었다.

한진은 소소옥을 안아 들고 방으로 데려갔다. 소소옥은 처음
에는 발버둥을 쳤으나, 나중에는 힘을 낭비하기도 귀찮다는 듯
가만히 있었다.

한진은 그녀를 침상 위에 눕히고는 그녀를 등지고 앉았다.
소소옥은 이미 술기운이 잔뜩 올라온 상태였다. 그녀는 나른하
게 엎드린 채 마지막 한 오라기 의식을 붙들기 위해 노력하고
있었다. 그러나 이렇게 술을 많이 마신 건 처음이라 도저히 버
텨 낼 수가 없었다.

그녀는 한진의 곧은 등을 바라보다 점차 한진이 정말로 돌
아온 것인지, 아니면 자신이 꿈을 꾸는 것인지, 또 그도 아니면
제 눈앞이 흐려진 것인지 구분할 수 없게 되어 버렸다.

"하하, 정말이지……."

그녀는 웃고 또 웃다가 그렇게 정신을 잃었다.

다음 날, 소소옥은 정오 무렵에야 겨우 깨어났다. 목이 갈라
지는 것처럼 건조하고 머리도 깨질 듯이 아픈 상태였다. 그리
고 그녀가 전날 밤 무슨 일이 있었는지 기억해 내기도 전, 곁에
앉아 있는 한진이 눈에 들어왔다…….

제 옆에 앉아 있는 한진을 본 소소옥은 헛것을 보고 있다 생각했다. 그녀는 눈을 비벼 보았으나, 그녀를 돌아보고 있는 한진만 눈에 들어올 뿐이었다.

가 버린 게 아니었다고? 어떻게…….

소소옥은 열심히 전날 밤의 일을 떠올리기 시작했다. 그러나 한진이 갑자기 몸을 굽히더니 그녀의 턱을 잡아 올렸다.

두 사람의 눈빛이 마주치는 순간, 소소옥은 놀라고 말았다. 그녀는 지금까지 한진의 이런 눈빛을 본 적 없었다. 저것을 뭐라 해야 할까……. 진지하다고 할까, 아니면 엄숙하다고 할까. 아니, 두 가지 표현 모두 아니었다. 그가 저 멀리 높은 곳에서 그녀를 응시하며…… 지금 그가 드러내고 있는 것은…….

패기였다!

그는 언제나 그 누구보다 우위를 점할 만한 실력을 가지고 있었다. 그러니 지금 이런 패기를 보인다 해서 그녀가 놀랄 일은 아니었다.

그러나 이 순간의 패기는 평소의 그가 보여 주던 것과는 달랐다. 지금의 이 패기는…… 오로지 그녀 한 사람에게만 속한 그런 것이었다.

소소옥은 마침내 전날 밤 고칠소를 만났던 사실을 기억해 냈다. 그녀는 술에 취해 계속 한진에 대한 말을 늘어놓았다. 나중에 한진이 돌아왔지만, 그녀는 그가 자신의 말을 들었을까 두려워하지 않았다.

그런데 어째서일까. 그의 눈빛을 받는 이 순간, 그녀는 뜻밖에도 조금 겁을 먹고 있었다.

"뭐, 뭘 하시려는 거예요?"

소소옥은 한진의 손을 밀어 보았지만 아무리 해도 움직일 수 없었다. 그녀가 다시 말했다.

"가신 게 아니었나요? 무엇 때문에 돌아오신 거예요? 놓아주세요!"

한진은 한마디 말도 없이 소소옥의 작은 얼굴을 자세히 들여다보았다. 마치 그녀의 이 고집 세고 제멋대로인 얼굴을 명확하게 기억해 두려는 듯이.

소소옥은 미동도 하지 못한 채 화라도 낼까 생각 중이었다. 그러나 한진이 갑자기 그녀를 놔주더니 영패를 하나 건넸다.

소소옥은 이 영패를 잘 알고 있었다. 문백이 그녀를 내쫓을 때 보여 주었던 그 영패, 랑종의 가주령이었으니까. 이 영패를 보면 한진 본인을 만난 것처럼 행동해야 했다.

이 영패를 무엇 때문에 주는 걸까?

소소옥은 점점 더 의심스러운 표정이 되었다. 그녀는 영패를 받지 않았을 뿐 아니라, 오히려 그 기회를 틈타 조금 멀리 물러났다.

"무슨 뜻이에요?"

한진이 영패를 침상 위에 내려놓더니 하고픈 말을 몇 번이고 삼켰다. 그는 결국 소소옥에게서 등을 돌린 후에야 겨우 입을 열었다.

"어젯밤, 네 말을 모두 들었다."

소소옥은 입술을 비죽거리며 아무 말도 하지 않았다.

한진이 평소와는 달리, 그렇게 차갑지만은 않은 목소리로 이어 말했다.

"본존은 한마음 한뜻으로 무학을 수련했고, 세속과는 거의 연루되는 일이 없었다. 물론 세속에 구속당하는 일도 없었고. 그런데 네가 본존을 흔들어 놓았다. 본존은……."

한진이 말을 멈췄다.

소소옥의 눈빛이 순식간에 반짝이기 시작했다. 그녀는 상황을 이해할 수 있었다. 한진은 그녀에게 자신의 마음을 설명하기 위해 돌아온 것이다! 그러니까…… 그녀에게 희망이 있다는 뜻일까?

소소옥은 제 마음을 고백할 때에도 담담했다. 그러나 이 순간 그녀의 심장은 맹렬하게 뛰고 있었다.

그녀는 재빨리 침상에서 내려가 한진 앞으로 다가섰다. 그리고 고개를 들어 그를 바라보며 이어질 그의 말을 기다렸다.

한진은 난감한 듯 소소옥의 시선을 피했다. 그리고 큰 손으로 소소옥의 이마를 누르는가 싶더니 그녀를 밀어내고, 한옆으로 걸어가 자리에 앉았다.

소소옥의 입꼬리는 저도 모르는 사이에 살며시 올라가고 있었다. 그녀는 그를 돌아볼 뿐 그에게로 다가가지는 않았다. 그저 바라보고 또 바라보며 기다릴 뿐이었다. 그녀의 입가에 걸린 웃음기가 점점 더 짙어지고 있었다.

그러나 한진은 하던 이야기를 계속하지 않고 직설적으로 말했다.

"소옥아, 본존은 너에게 10년을 주겠다. 10년 안에 네가 현공대륙 고수방에 오를 수 있다면, 네 등수가 어떠하건 본존은 너를 아내로 맞이하겠다. 하나, 고수방에 오르지 못하면 우리는 사제 관계조차 아닐 것이다."

소소옥이 당황하여 멍한 표정을 지었다.

10년 내로, 고수방이라고? 천부적인 재능으로 기를 수련해 성취를 이룬 자들에게도 이것은 일종의 도전이었다. 하물며 그녀는 말해 무엇할까? 너무나 어려운 일이었다!

소소옥이 한참 동안 대답하지 않자 한진은 불쾌한 듯 돌아보며 차갑게 물었다.

"대답은?"

소소옥은 갑자기 한진 앞으로 날듯이 달려가 그의 눈을 바라보며 물었다.

"제가 흔들어 놓았다고 하셨어요. 그렇다면, 마음속에 귀신이 살기 시작했다는 것을 인정하시는 건가요?"

그가 '아내로 맞이하겠다'고까지 말했건만, 그녀는 여전히 그의 마음을 명확하게 묻고 싶었다.

한진은 아주 명쾌하게 대답했다.

"그렇다."

소소옥이 미소 지었다. 계속 심장을 억누르고 있던 바위가 순식간에 깨어진 것처럼, 너무나 편안한 기분이 들었다.

한진이 허공으로 손을 뻗자 침상에 있던 영패가 그의 손으로 날아왔다. 그는 다시 한번 그것을 소소옥에게 건넸다.

"수행하며 경험을 쌓도록 해라. 그게 너에게 가장 적합한 방법일 것이다. 너보다 실력이 한 단계 높은 사람을 찾아 계속 도전하는 것이 좋겠지. 이 영패가 최후의 순간에 네 목숨을 지켜주는 부적이 될 테니 신중하게 사용하도록 해라."

소소옥의 얼굴도 엄숙해졌다. 그녀는 일단 이 영패를 받으면 앞으로 수년 동안 그와 헤어져야 한다는 사실을 알고 있었다.

그녀는 문득 한진이 자신의 마음을 인정하면서도 그녀를 받아들이지 않았다는 사실을, 그저 그녀에게 기회를 주었을 뿐이라는 사실을 의식했다. 아니, 어쩌면 그는 그 자신에게 기회를 주고 있는 것인지도 모른다.

앞으로 10년은 그와 같은 고수에게 있어 지극히 중요한 시기였고, 그녀가 그를 방해해서는 안 될 말이었다.

수십 년에 걸쳐 욕심을 버리고 수련해 왔다. 아내를 맞은 적도 없던 그가 그녀 때문에 조금씩 마음이 움직이더니, 이미 결정되어 있던 인생의 길마저 바꾸기로 했다.

소소옥은 이해할 수 있었다.

그녀는 그를 너무 늦게 만났다고 원망하지는 않았다. 그저 자신이 너무 약해 그와 함께 수련할 수 없는 것이, 오히려 그에게 걱정을 끼치는 것이 한스러울 뿐이었다.

다행인 것은, 그는 그녀에게 노력할 기회를 주었다. 그녀는 계속 억지로 구해야 한다고 생각했는데, 이제 떳떳하게 '노력'할 수 있게 되었다. 세상에 이만큼 사람을 희망에 넘치게 하는 일이 또 있을까?

아쉬웠지만, 소소옥은 시원스럽게 영패를 받아 들고 고개를 끄덕였다.

"한진, 나는 당신이 나를 아내로 맞이하기를 바라는 게 아니에요. 10년 후, 내가 현공대륙 고수방에 이름을 올리면 나를 풍명산으로 데려가 주세요. 내가 이름을 올리지 못하면, 우리 이번 생에 다시는 만나지 말기로 해요!"

영패를 쥐고 있던 한진의 손에 힘이 들어갔다. 그러나 그는 결국 손에서 힘을 풀었다.

그가 몸을 일으키려는 순간, 소소옥이 갑자기 그의 입술에 입을 맞췄다. 이 순간, 시간마저 정지한 것 같았다. 수십 년이라는 차이가 이 순간 모두 흩어지고 있었다.

그렇게 모든 것이 정지한 듯한 시간이 지나간 후, 소소옥이 떠나려 했을 때였다. 한진이 그녀를 잡더니 가볍게 입을 맞췄다. 쪼는 듯 아주 가벼운 입맞춤을. 그리고 결국 그녀의 손을 놓았다.

마음에 꽃이 활짝 핀 듯 행복하기만 한 소소옥은 그의 귓가에 대고 속삭였다.

"사부님, 아니, 한진…… 저는 당신이 저를 데리러 올 날을 기다릴 거예요."

말을 마친 그녀가 한진을 꽉 끌어안았다. 그리고 잠시 후 그를 놓아준 후, 과감하게 몸을 돌렸다.

그녀는 고개 한번 돌아보지 않고 걷기 시작했다. 이제 그녀에게는 단 10년밖에 남아 있지 않았다. 그녀는 분과 초를 다투어 그를 기다릴 자격을 갖추어야만 했다!

한진이 쫓아 나갔으나 안타깝게도 소소옥의 그림자조차 보이지 않았다. 그는 문가에 선 채 가볍게 제 입매를 어루만지고 저도 모르게 웃기 시작했다. 뜻밖에도 따뜻해 보이는 그의 웃음은, 정말이지 하늘도 놀라고 땅도 감동할 만큼 좋았다.

"10년…… 옥아, 사부는 네가 어른이 되기만을 기다리마."

그는 전날 밤 제 마음속 귀신과 대면했다. 덕분에 냉정함을 되찾을 수 있었다.

방해가 된다거나 하는 얘기는 사실 핑계에 불과했다.

열일곱 살의 그녀는 이미 다 큰 아가씨였다. 장성했다 볼 수 있으나 결국 어른은 아니었고, 막 사랑에 눈을 뜨는 나이였다. 그런데 어떻게 그런 그녀를 평생 세속을 떠나 산속에 은거하게 할 수 있을까?

10년이라면 그가 난관을 몇 번이고 돌파하고, 랑종의 새로운 종주를 정할 수 있는 시간이었다. 그리고 그녀는……. 그녀도 어른이 되어야만 했다.

10년은…… 긴 시간일까?

10년이 긴 시간이라면 20년은 어떨까? 20년도 결국은 눈 깜짝할 새에 지나가 버리지 않았던가!

소소옥은 그저 어른이 된 것이 아니었다. 그녀는 이제 늙어가고 있었다. 삼십 중반의 나이에 여전히 꽃 같은 얼굴이었지만, 머리는 온통 하얗게 세어 버렸다.

그러나 한진은 그녀에게로 돌아오지 않았다. 그들이 약속한 10년이 되기도 전에 그는 빙해의 전투에서 죽었다. 그가 그녀에게 남긴 최후의 한마디는 '기다릴 필요 없다'였다.

하늘 가득 눈이 날리는 밤이었다. 소소옥은 객잔 앞에 말을 멈춰 세웠다. 기억 속에서 현실로 돌아왔으나, 그녀는 그저 얼굴이 차다는 생각만 할 뿐이었다.

얼굴을 쓰다듬어 보니 뜻밖에도 온통 눈물이었다. 고개를 든 그녀는 뜻밖에도 이 객잔이 그때의 그 객잔이라는 사실을 발견했다. 그동안 계속 길을 돌아가는 한이 있더라도 이곳에는 오지 않았는데, 오늘은 아무래도 귀신에게 홀린 모양이었다.

정말이지 잠시라도 한가하게 있어서는 안 될 모양이었다. 한가해지는 순간 그를 생각하게 되어 버리니까⋯⋯.

옥아 외전 **옛 땅**

　소소옥이 객잔 안으로 들어갔다.

　현공대륙에 폭풍우가 몰아친 지 수년, 그러나 이 객잔은 변한 게 아무것도 없어 보였다. 심지어 그때 그녀가 술을 마시던 자리마저도 그대로였다.

　모든 것이 그대로인데 사람만이 간데없었다. 모든 것은 그대로인데 사람만이…… 경치는 그대로인데 사람은 간데없으니, 모든 일이 끝났음이라 말을 하고자 해도 눈물이 먼저 흐르리니.[2]

　다시 한번 눈에 눈물이 차올랐다. 소소옥은 재빨리 눈물을 닦아 냈다. 그녀는 눈물 흘리는 것을 정말로 싫어했다.

　과거 한진이 두려워하고 있다고 오해하고, 마음이 아파 죽어 버리고 싶었을 때에도 그녀는 울지 않았다.

　한진을 떠나 힘들게 진기를 수련하며 상대를 찾아 힘을 겨룰 때에도, 아무리 괴롭고 억울한 일이 생겨도 눈물 한 방울 흘리지 않았던 그녀였다.

　심지어…… 심지어 영승에게서 한진이 그녀에게 남겼다는 그 말을 들었을 때조차 그녀는 울지 않았다!

　가장 견디기 힘든 순간조차 견디어 냈건만, '경치는 그대로

───────────────

2　이청조李淸照의 시 〈무릉춘武陵春〉의 한 구절.

인데 사람은 간데없는' 장면이 눈앞에 펼쳐지니 도저히 견딜 수
없었다.

예전에 술에 취했던 자리에 앉아 술을 주문했다. 이번에는
탁자 가득 늘어선 술을 전부 다 마셔도 취할 수가 없었다. 세월
이 흐르는 동안, 그녀의 주량은 이미 예전과는 비할 수 없이 늘
어 있었던 것이다.

소소옥은 울고 싶지 않았고, 그렇다고 취하고 싶은 것도 아
니었다. 그저 어쩌다 들르게 된 이곳에서, 저도 모르게 과거의
일을 반복하고 있을 뿐이었다.

시간이 거꾸로 흐를 수 있다면, 그날 밤으로 되돌아갈 수 있
다면…… 그렇다면 그녀는 죽는 한이 있어도 떠나지 않았을 것
이다. 10년의 약속이 다 뭐야. 현공대륙 고수방은 또 뭐고? 이
제 와 생각하면 그때의 고집이며 집착은 아무 의미도 없는 것
아닌가!

그녀는 분초를 다투어 가며 미친 듯이 무학을 수련했다. 심
지어 한진보다 더 무학에 미친 것처럼 보일 정도였다. 그녀는
멀리, 가장 위험한 현공대륙 북부까지 고수들을 찾아다녔다.
그녀는 정말로, 정말로 열심히 노력했다. 목숨마저 걸어 가며!

그러나 그녀가 아무리 노력해도 아무 소용이 없었다. 그녀는
10년 안에 고수방에 진입하지 못하면 그를 기다리지 않겠노라
약속했었다. 그러나 10년이 채 되기도 전에 영승이 그녀를 찾
아와 한진의 말을 전했다.

그녀는 과거 영승이 자신을 찾아와 한진의 말을 전했을 때의

놀라움과 기쁨을 영원히 잊을 수 없을 것이다. 그리고 더욱 잊을 수 없는 것은, 모든 사실을 알게 된 후 그 기쁨이 무너져 내리던 순간이었다. 마치 단 한순간에 천당에서 지옥으로 떨어지는 것 같았던 그 순간.

그 후로 그녀는 영원히 돌아갈 수 없게 되어 버렸다.

그녀가 어린 것이 문제였다면 그녀는 기다릴 수 있었다. 열일곱 살의 그녀가 30대의 그와 어울리지 않는다면, 스물일곱 살의 그녀는 40대의 그와 어울릴 수 있지 않을까? 그래도 안 된다면, 서른일곱 살의 그녀는, 마흔일곱 살의 그녀는 괜찮지 않을까?

그래도 안 된다면…… 그녀가 진기의 고수가 되어 그와 함께 백 살을 넘겨도 늙지 않는 외모가 된다면, 그래, 그러면 되지 않았을까?

그녀가 그의 제자라는 것? 정식으로 사제 관계를 끝내는 것도 그녀는 두렵지 않았다!

그가 그녀 주인의 부친이라는 것이 문제라고? 그러나 그녀는 어떤 지위나 명분도 바라지 않았다!

그들 사이에 극복하지 못할 문제는 없었다. 그런데 어찌 생과 사로 나뉘게 된 것일까?

세상에 노력할 기회를 영원히 잃는 것만큼 사람을 절망시키는 일이 또 있을까?

겨우 스물이 갓 넘었던 그녀는 하룻밤 사이에 머리가 온통 세어 버리고 말았다.

그 후 20년 동안 소소옥은 때때로 생각하곤 했다. 한진이 아직 살아 있다면 머리에 백발이 얼마나 섞였을까? 지금의 그녀가 그와 함께 선다면, 훨씬 더 어울려 보이지 않을까?

소소옥은 술 항아리를 들고 대문으로 걸어갔다. 그녀는 문틀에 기댄 채 문밖 어둠을 바라보았다. 그리고 저도 모르게 백발이 가득한 한진의 모습을 그려 보며, 터무니없는 생각을 하고 있었다.

마치 20여 년 전처럼, 그가 저 어둠 속에서 그녀에게로 걸어온다면…… 그렇다면 얼마나 좋을까.

"그대가 태어났을 때 나는 태어나지 않아, 내가 태어났을 때 그대는 이미 늙어 있었지요. 그대는 내가 늦게 태어남을 한탄하고 나는 그대가 일찍 태어남을 원망해요. 그대가 태어났을 때 나는 태어나지 않아, 내가 태어났을 때 그대는 이미 늙어 있었지요. 같은 날 태어나지 못한 것을 한탄합니다. 매일 그대와 함께 있을 수 없는 것을 원망합니다. 내가 태어났을 때 그대는 태어나지 않아, 그대가 태어났을 때 나는 이미 늙어 있었지요. 나는 그대를 떠나 하늘 저편에, 그대는 나에게서 멀어져 바다 저편에. 내가 태어났을 때 그대는 태어나지 않아, 그대가 태어났을 때 나는 이미 늙어 있었지요. 나비가 되어 꽃을 찾아가고 싶어요. 밤마다 향기로운 풀에 깃들고 싶어요……."[3]

---

3 1978년 후난 창사의 퉁관요 유적에서 발굴된, 당나라 시대 도자기에 쓰여 있던 작자 미상의 시.

고요한 밤, 눈꽃이 흩날리고 있었다. 소소옥은 머리에 꽂고 있던 해당화 비녀를 뽑아 만지작거리며 속삭이듯 노래하기 시작했다. 그녀의 노랫소리는 유난히도 애절하고 처량하게 들렸다.

그때 멀리 어둠 속에서 흐릿하게 움직이는 사람의 모습이 보였다. 소소옥의 심장이 사나운 기세로 뛰었다. 그녀는 재빨리 몸을 일으켜 밖으로 뛰어나갔다.

곧 객잔을 향해 오는 사람의 모습을 분명히 볼 수 있었다. 어둠 속의 사람은 그녀가 기다리던 사람이 아니라, 그녀와 비슷한 연령대의 남자였다.

그녀는 남자를 제대로 보지도 않고 몸을 돌렸다. 그런데 그 남자가 갑자기 외쳤다.

"소소옥?"

소소옥이 발걸음을 멈췄다. 현공대륙에서 그녀의 신분과 본명을 아는 이는 매우 적었다. 그러나 그녀는 상대를 알지 못했다. 그녀는 계속 가던 길을 가기로 하고 등 뒤의 사람에게 대답하지 않았다.

그런데 이게 웬일일까. 그 사람이 다시 외쳤다.

"소옥교!"

소소옥이 뒤를 돌아보았다. 그녀의 눈빛에 어려 있던 슬픔은 이미 사라지고 평소의 날카로움이 그 자리를 대신하고 있었다.

그녀는 눈앞의 남자를 응시했다. 잘생긴 얼굴에 존귀해 보이는 기질, 옷차림도 보통이 아닌 것을 보니 평범한 사람은 아니었다. 그러나 누구인지 도무지 기억이 나지 않았다.

소소옥이 차갑게 말했다.

"성명을 대라!"

남자가 다가오더니 그녀를 훑어보며 희미하게 웃기 시작했다.

"정말로 나를 알아보지 못하겠어?"

소소옥은 의심스러운 표정으로 남자를 살펴보았고, 문득 이 남자가 무척 눈에 익다는 사실을 깨달았다. 하지만 아무리 고민해 봐도 어디서 이 남자를 봤는지 생각이 나지 않았다.

그러나 모르는 사람이 눈에 익어 보이는 일은 늘 있는 일이니, 이 남자가 그녀를 속이려 하는 것인지는 하늘만이 알 일이었다.

소소옥이 퉁명스럽게 말했다.

"변죽은 그만 울리시지. 본 부인은 너를 알지 못한다!"

남자가 여전히 웃으며 대답했다.

"택봉동의 계장동이다."

소소옥은 그제야 이곳이 택봉동에서 무척 가깝다는 사실을 기억해 냈다. 정말 뜻밖의 일이었다. 이 남자가 계장동이라니. 진기가 사라진 현공대륙에서 흐른 20년의 세월은 한 사람의 외모를 바꾸어 놓기에 충분했다.

계장동이라면 옛 친구라고 할 수 있었다. 물론 과거에 친했던 사람은 아니었고, 심지어 작은 곡절도 있었던 사이였다. 그러나 오랜 세월이 흐른 후 우연히 다시 만나게 되면 놀랍고 기쁜 마음이 들기 마련, 관계도 좀 더 나아지기 마련이다. 최소한 계장동은 의심할 바 없이 그러했다. 그러나 소소옥은 20년 전과 마찬가지로 매우 냉정했다.

계장동은 그녀와 한진의 관계를 알고 있었으니, 한가보의 소부인이 소소옥이라는 사실을 짐작할 수 있었을 터였다. 그러니 소소옥은 계장동이 자신을 알아본 것에 놀라지는 않았다. 또한 계장동과 택봉동의 상황이 어떠한지도 궁금하지 않았다.

그녀는 계장동을 흘깃 바라보고는 차갑게 물었다.

"기억났어. 그 외 다른 용건이라도?"

계장동이 물었다.

"사부님은?"

소소옥이 반문했다.

"내 사부님께 무슨 용건이라도?"

계장동이 대답하려는 순간, 객잔 안에서 여자의 목소리가 들렸다.

"상공[4], 어찌 이리 늦게 돌아오셨나요?"

소소옥이 돌아보니 문가에 중년 부인의 모습이 보였다. 온화하면서도 고상해 보이는 여인으로, 새까만 머리카락을 단정하게 빗어 내리고 있었다. 설명을 듣지 않아도 이 여인이 계장동의 부인이라는 사실을 알 수 있었다.

계장동이 채 소개하기도 전에 부인이 먼저 물었다.

"상공, 이 부인께서는⋯⋯."

소소옥은 영원히 알 수 없을 것이다. 계장동이 그녀를 곁에

---

4 과거 부인이 자신의 남편을 높여 부르던 말.

두고자 했던 마음이 무엇인지, 또 계장동이 그녀를 평생 곁에 두고 싶어 했다는 사실을.

그때의 계장동도 앞날을 예측하지 못했다. 패기만만하던 자신이 결국은 부친에게 굴복하여 마음에도 없는 여인을 맞아들이고, 현공대륙에 폭풍우가 몰아치던 20년 동안 평온하고도 무기력한 삶을 살게 될 줄은.

사람이 살아가는 동안 본성을 바꾸지 않는 것만큼 어려운 일도 없고, 초심이 변하는 것만큼 유감스러운 일도 없다. 소소옥은 전자에 속하는 사람이었고, 계장동은 후자에 속하는 사람이었다.

계장동이 소개하려는 순간, 소소옥이 금화 주머니를 객잔 안 직원에게 던졌다. 그런 다음 한마디 말도 없이 말을 타고 떠났다. 그녀에게 있어 계장동과의 만남은 별일이 아닌, 그저 귀찮은 일에 불과했다.

계장동은 소소옥의 성격을 알기에 그녀를 쫓아가거나 하지 않았다. 대신 그의 부인이 소소옥의 뒷모습을 바라보며 물었다.

"상공, 저분이 대체 누구신가요?"

"성격이 아주 이상한 옛 친구지."

"정말 이상한 성격인가 봐요. 해당화 비녀를 택하다니."

해당화의 또 다른 이름은 애를 끊는다는 뜻의 단장화였고, 해당화의 의미는 결실을 맺지 못하는 사랑이었다. 사랑의 고통은 애를 끊는 것과 같으니…….

옥아 외전 **그의 이름으로**

해당화의 의미라면 소소옥도 예전에 들은 바 있었다.

한진은 그녀의 핍박을 이기지 못하고 해당화 비녀를 골랐다. 당시 그는 여전히 제 마음을 인정하지 않고 있었다.

그가 해당화의 뜻을 알고 일부러 그것을 골랐는지, 아니면 뜻을 알지 못하는 상태에서 골랐는데 공교롭게도 이리된 건지는 이제 알 수 없었다. 그리고 진실이 무엇이건 이미 중요하지도 않았다.

눈이 점점 많이 내리고 있었다. 그러나 소소옥은 쉴 곳을 찾지 않고 곧바로 성을 나와 빙해로 향했다. 그녀는 밤낮도 없이 달렸고, 마침내 섣달그믐 밤에 빙해에 도착할 수 있었다.

빙해를 보는 순간, 팽팽히 긴장해 있던 그녀의 신경이 순식간에 편안해졌다. 20년 만에 긴장을 푸는 건 처음인 것만 같았다. 그러나 바로 그 순간, 그녀는 말의 등에서 미끄러져 눈 쌓인 땅에 쓰러졌다. 너무나 지쳐 있던 그녀는 그렇게 정신을 잃었다…….

빙해안의 한기는 보통 사람이 견딜 수 있는 것이 아니었다. 얼마 지나지 않아 소소옥의 호체진기가 나타났다. 그리고 그녀를 감싸 한기를 막아 주었다.

광활한 천지에 눈보라가 흩날리는 가운데 얼음처럼 차가운 어둠이 내려앉았다. 소소옥 곁에 있는 작디작은 등불만이 이 세상을 비추는 유일한 빛이었다. 이 빙해에서 유일하게 따뜻해 보이는 그 등불이 그녀의 연약한 모습을 비추고 있었다.

얼마나 잠들어 있었을까. 깨어난 순간 소소옥은 계속 손에 쥐고 있던 비녀가 사라졌다는 걸 깨달았다. 그녀는 재빨리 몸을 일으켜 비녀를 찾기 시작했다.

그런데 이게 웬일일까. 어느새 한진이 비녀를 손에 쥔 채 그녀 뒤에 서 있는 것이 아닌가.

"한진……."

소소옥은 놀란 나머지 미동도 하지 못하고 있었다.

한진은 뜻밖에도 전혀 변하지 않은 모습이었다. 20년 전 그대로, 차갑고도 진중한 모습이었다. 머리에 언뜻 백발이 보였으나 전혀 늙어 보이지 않아, 마치 갓 서른을 넘긴 성숙한 남자가 연공 중 주화입마로 인해 백발이 생긴 것처럼 보였다.

소소옥의 온몸이 떨리기 시작했다. 그녀는 주변을 둘러보고 자신이 아직 빙해안에 있다는 것을 알아차렸다. 여전히 어두운 밤이었고, 여전히 바람이 불고 있었으며, 눈도 여전히 내리고 있었다. 모든 것이 여전했다. 여전하게 사실인 것만 같았다. 결단코 꿈을 꾸고 있는 것 같지 않았다.

그러나 사실인 것 같다는 이 느낌만으로는 안심할 수 없었다. 그녀는 한진을 바라보며 감히 움직이지도, 말 한마디 하지도 못했다. 언제라도 이 꿈에서 깨어나게 되는 것은 아닐까…….

그녀는 그렇게 두려움에 질린 채 멍하니 한진을 바라보았다.

어느새 그녀의 눈에 소리 없이 눈물이 가득 차고 있었다.

한진이 그녀에게 다가왔다. 그 차가운 표정조차 언제나의 그와 같아 보였다. 그는 해당화 비녀를 소소옥의 머리에 꽂아 주었다. 그 어색한 움직임이나 비녀를 꽂는 자리, 모두 예전에 그녀가 가르쳐 주었던 그대로였다.

소소옥은 제 가까이 다가온 그의 숨결을 느낄 수 있었다. 그의 존재도 점점 더 사실처럼 느껴졌다. 그러나 그녀는 감히 움직이지 못하고 눈물만 더욱 흘릴 뿐이었다.

소소옥의 머리에 비녀를 꽂아 준 한진은 자못 만족스러운 듯했다. 그는 떨리는 그녀의 두 어깨를 가볍게 어루만지며 말했다.

"소옥아, 그동안 잘 지냈느냐?"

소소옥은 마침내 견디지 못하고 울음소리를 내고 말았다. 그와 함께 그녀의 온몸이 격렬하게 떨리기 시작했다.

한진은 여전히 평온한 목소리로 말했다.

"소옥아, 너도 이제 다 자랐잖니. 울지 마라."

소옥아는 그래도 울었다. 계속 울었다. 그녀는 그의 품으로 뛰어들어 20년 동안 참아 왔던 눈물을 모두 흘렸다.

한진은 더는 권하지 않고 그저 그녀를 안은 채 눈물을 받아 주었다.

그리고 마침내 소소옥이 진정되었을 때, 그가 담담한 어조로 말했다.

"소옥아, 기다리지 마라."

기다리지 말라고?

소소옥은 소스라치게 놀라 한진의 품에서 고개를 들었다. 그리고 그 순간, 그녀는 튕기듯 일어나 앉으며 꿈에서 깨어나고 말았다.

그녀는 여전히 꿈속에서처럼 고개를 들고 있었다. 그러나 그녀는 한진을 볼 수 없었다. 볼 수 있는 것은 그저 희끗희끗 밝아 오는 하늘뿐. 새해 첫날의 하늘뿐이었다. 눈보라가 멈추고 해가 떠오르는 것이 보였다.

꿈이었구나!

그녀가 그리도 연약한 모습으로 그저 울기만 했던 것도 이상한 일이 아니었던 것이다.

소소옥이 쓰게 웃으며 저도 모르게 눈물을 닦으려 했다. 그러나 그 순간, 제 얼굴이 깨끗하게 말라 있다는 사실을 알아차렸다. 꿈속에서는 그리도 많이 울었건만, 현실의 그녀는 단 한 방울의 눈물도 흘리지 않았던 것이다.

소소옥이 잠시 멍하니 있다가 곧 정신을 차렸다. 그녀는 곁에 떨어져 있는 해당화 비녀를 쥔 채 몸을 일으켰다.

그동안 그를 그리도 그리워했건만, 단 한 번도 꿈에서 그를 만나지 못했다. 그러나 자신이 잠든 건지 정신을 잃은 건지도 알 수 없는 전날 밤에 뜻밖에도 그를 만났다. 섣달그믐 밤은 사랑하는 이들이 모이는 날이니, 그가 그녀를 만나러 온 것으로 생각해도 될까?

소소옥은 망망한 빙해를 바라보았다. 그녀의 얼굴에 드물게 보이는 미소가 떠오르고 있었다. 아름답고 순수한, 그런 미소가.

그녀는 저도 모르게 중얼거리며 꿈속의 질문에 대답하고 있었다.

"그동안…… 아무도 내게 비녀를 꽂아 주지 않았고, 술을 마셔도 타이르는 사람도 없고, 취해도 신경 써 주는 사람도 없었어요. 그것 외에는, 아주 잘 지냈어요."

그녀가 잠시 멈췄다가 다시 희미하게 웃기 시작했다.

"사부님……. 소옥은 다 자란 게 아니에요. 이제 늙었어요. 보세요, 머리가 전부 하얗게 세어 버렸는걸요."

그녀는 웃고 또 웃다 점차 고개를 숙였다. 그녀는 해당화 비녀를 꽉, 더욱 꽉 쥐었다. 비녀를 쥔 손에 힘이 들어갈수록 그녀의 모습은 더더욱 짙은 침묵에 휩싸이고 있었다.

동쪽에서 해가 서서히 떠오르더니 온 세상을 밝히기 시작했다. 황금빛으로 찬란한 태양이 소소옥의 아름다운 얼굴 윤곽을 그려 주며, 어둠에 싸여 있던 그녀의 얼굴을 밝게 비추고 있었다.

소소옥은 손에 쥔 해당화 비녀를 더욱 꽉, 한 번 또 한 번 힘주어 잡았다. 그리고 갑자기 고개를 들더니, 비녀를 매서운 기세로 빙해를 향해 던졌다. 비녀는 곧 아득한 운무 속으로 사라졌다.

비녀 하나에 20년, 20년을 기다렸다.

결실을 맺지 못하는 사랑? 그게 다 뭐야? 애를 끊는 고통은 또 무엇이고?

그녀는 인정할 수 없었다!

소소옥은 빙해를 향해 외쳤다.

"한진, 나는 당신을 기다릴 거야! 이번 생이 끝날 때까지, 그리고 다음 생에서도! 다음 생에는 절대로 해당화를 선택하지 말아 줘요. 내 마음에 안 드니까……. 다음 생에는 억지로 나를 당신의 제자로 맞이하려 하지도 말아 줘요. 나는 당신의 제자가 되고 싶지 않아! 다음 생에는 내 주인님을 인정하러 오지 말아 줘요. 나는…… 나는 당신의 아내가 되고 싶으니까……."

소소옥은 그리도 오랫동안 마음 깊은 곳에 눌러 두었던 감정을 전부 쏟아 낸 후, 숨을 헐떡이며 빙해를 바라보았다.

그때, 등 뒤에서 익숙한 목소리가 들려왔다.

"옥 소저, 왜 그리도 고집스럽습니까?"

소소옥은 놀라지 않았다. 아니, 심지어 돌아보지도 않았다.

그녀에게 다가온 이는 바로 계속 풍명산을 지키고 있던 늙은 하인 문백이었다. 이미 너무 늙어 거동마저 불편한 상태였지만, 섣달그믐이나 청명절, 중추절 같은 날이 되면 빙해에 와서 하루 이틀 머물며 한진의 제사를 지내곤 했다.

소소옥이 그를 돌아보지 않자 문백이 다가와 진지하게 권하기 시작했다.

"옥 소저, 그동안 충분히 괴로우셨으니 이제 스스로를 편하게 해 주십시오. 세상에는 억지로는 얻을 수 없는 것이 아주 많은 법입니다."

소소옥이 대답했다.

"어젯밤에…… 꿈에서 그를 만났어."

문백의 눈에 연민이 어리기 시작했다.

소소옥이 계속 말했다.

"이 세상에 괴로운 일이 그리 많은데, 내 이 집착이 뭐 그리 괴로운 일이라고? 사람의 인생에서 얻어 낼 수 있는 완벽한 것이 또 얼마나 많지? 모든 일이 완벽하기를 바랄 수 없으니, 그저 받아들일 수밖에. 그리고 내가 달갑게 받아들이는 한, 그것은 결코 고통이 아니야."

문백은 문득 소소옥이 예전과 달라졌다는 인상을 받았다. 그러나 어디가 달라졌는지는 그 역시 명백하게 알 수 없었다.

그때 소소옥이 고개를 돌렸다. 그리고 수년 만에 처음으로 웃는 얼굴로 문백을 바라보며 말했다.

"1년 후에 현공대륙 고수방이 재개될 거야. 문백, 한진을 대신해 이름을 올리도록 해."

문백이 이해할 수 없다는 듯 물었다.

"그, 그건……."

소소옥이 진지하게 대답했다.

"오늘부터 나 소소옥이 그의 이름으로 고수방에 참가하겠다. 그가 가지 못한 길을, 내가 대신 끝내러 가겠어."

문백은 한참 후에야 소소옥의 뜻을 이해할 수 있었다. 씁쓸한 가운데 슬픔과 기쁨이 교차했고, 안타깝기도 하고 감탄스럽기도 했다.

그가 보기에 소소옥은 정말로 다 자란 것 같기도 했고, 또 여전히 다 자라지 못한 것 같기도 했다. 그녀는 여전히 고집스럽고, 완강하고…… 또 제멋대로였다.

그리고 그날 소소옥은 빙해를 건넜다. 수년 동안 그녀가 단 한 걸음도 들이지 않았던 풍명산으로 가기 위해.

당정 외전 **아이를 재촉하다**

정역비와 당정은 혼인 전에는 그야말로 마른 장작에 불이 붙은 기세로 하루 내내 달라붙어 있지 못해 안달이었다. 그러나 혼인 후 두 사람은 약속이나 한 듯 일이 바빠져, 종일 같이 있더라도 서로 말 한마디 건넬 여유도 없는 경우가 많았다.

당정은 완성되지 않은 도안 무더기에 파묻혀 있었다. 그녀는 당씨 가문에서 실전된 암기 몇 가지를 복원하는 작업에 열중하고 있었다.

정역비는 기를 수련하고 무술을 연마하는 동시에 정씨 가문의 원래 가업을 다시 시작하고 있었다. 바로 무기 제조업을.

당씨 가문이 가장 뛰어난 분야는 암기였고, 그다음이 군사용 무기였다. 정씨 가문은 개인용 무기를 주문 제작했는데, 그중에서도 검이 가장 유명했다.

정역비는 가까운 시일 내에 보검을 만들어 당정에게 선물할 계획이었다. 그다음 같은 계열의 보검을 몇 자루 만들어 장래의 아이들에게 줄 생각이었다.

그들이 예전에 의논한 바를 생각하면 정역비는 아이들을 위한 무기를 최소한 네 개 준비해야 했다. 상등품의 무기 하나를 만들기 위해서는, 재료를 모으는 것부터 형틀을 잡는 것까지 최소한 3년이 필요했다. 당정의 말에 따르면 정역비는 앞으로

10여 년은 아이들을 위해 바쁘게 일해야 했다. 물론 이것은 당정의 우스갯소리였을 뿐이다.

정역비는 1년 동안 현공대륙 동쪽 명안성에 위치한 정씨 저택과 천하제일 검포인 정씨검포를 다시 수리했다. 그리고 다음 해 여름, 그들은 아예 명안성으로 거처를 옮겼다.

정역비는 직접 오랫동안 쌓여만 있던 귀한 재료들을 꺼내 용광로에 불을 붙이고, 정씨검포를 다시 열었다.

정씨 가문의 옛 대장장이들이 용광로를 지키고, 또 정역비의 제련 비술이 가세하니 정씨검포는 새로 문을 연 날부터 밀려드는 주문에 눈코 뜰 새가 없었다.

그 모습을 본 당정조차 부러워하고 질투할 정도였다. 어찌 되었건 당씨 가문은 한 번도 문을 열고 영업한 적이 없었기 때문이다. 그들은 오직 대진 황족을 위해서만 일했다.

오늘은 정역비가 광산에서 최상급의 재료들을 가지고 돌아오는 날이었다. 그는 대문 안으로 들어오기도 전부터 소리쳤다.

"당정! 당정!"

그러나 어디에서도 당정이 보이지 않았다. 대신 단정하게 앉아 있던 임 노부인이 얼굴을 굳히는 모습만이 보일 뿐이었다. 소리치며 들어오던 정역비는 모친을 보자 다급하게 물었다.

"어머니, 당정은요?"

임 노부인의 얼굴에 불쾌한 기색이 역력했다.

"그렇게 돌아올 때마다 아내부터 찾느냐? 네 아내가 세 살 아이라 잃어버릴 것도 아닌데 말이다."

임 노부인은 후사 문제로 마음이 조급했다. 그러나 정역비에게서 '유산' 관련한 거짓말을 들은 후 너무 놀라 오랫동안 그런 기색을 보이지 않았다. 그런데 마침내 참을 수 없는 지경에 이른 것이다.

임 노부인은 당정이 몸조리를 한 지 2년이 되어 가니 이제는 괜찮으리라 생각했으나, 또 완전히 확신할 수는 없어 감히 며느리의 기분을 거스를 만한 말을 할 수가 없었다. 그래서 당정 앞에서는 여전히 사근사근한 표정과 말투로 대할 수밖에 없었다. 그러나 아들 앞에서는 손주를 안고 싶은 마음을 억누를 생각이 전혀 없었다.

정역비가 건들거리듯 웃으며 물었다.

"그야 당정이 보고 싶으니까요. 당정은요? 밖에 나간 건 아니겠죠?"

임 노부인이 탁자를 내려쳤다.

"좀 제대로 듣지 못하겠니! 오늘 당정이 마침 집에 없으니 이 어미가 너와 이야기 좀 나눠 봐야겠다!"

정역비는 코를 비비며 도망칠 궁리를 했다. 그는 물론 어머니가 또 아이를 재촉할 생각이라는 걸 알고 있었다.

그와 당정은 아이를 많이 낳자고 얘기하기는 했지만, 그렇다고 아이를 갖기 위해 특별히 신경을 쓰거나 한 적은 없었다. 아이는 인연에 따라 낳게 된다고 생각했기에, 억지로 노력하거나 할 생각은 없었던 것이다.

특히 정역비는 당씨 가문이나 정씨 가문의 후사를 잇기 위해 아이를 낳게 되는 상황을 원하지 않아 특히 일부러 공을 들이려 하지 않았다.

정역비가 웃으며 화제를 돌렸다.

"오늘 아주 좋은 물건을 가지고 온지라 당정에게도 보여 주고 싶어서 그렇습니다. 당정이 집에 없다니, 일단 재료를 정리하러 가 봐야겠어요."

그가 몸을 돌리는 순간 임 노부인이 자리에서 일어나며 노성을 질렀다.

"게 서지 못하겠느냐! 정역비, 네 거기서 한 발짝이라도 더 나간다면 이 어미는 네 부친의 무덤을 지키러 갈 것이다!"

정역비가 발걸음을 멈췄다. 임 노부인은 그제야 다시 자리에 앉더니 진지하게 말했다.

"너와 당정 모두 나이를 먹을 만큼 먹지 않았느냐! 게다가 너희가 아이를 낳아도 첫째와 둘째는 당씨 가문으로 보낸다고 하지 않았느냐! 말해 보거라. 이 어미가 손주를 안으려면 대체 언제까지 기다려야 하는 게냐? 얘야, 내 이 늙은 몸은 이제 몇 년 버티지 못할 거다."

정역비는 어떻게든 얼렁뚱땅 이 상황을 넘기는 수밖에 없었다. 그가 솔직하게 제 마음을 털어놓으면 임 노부인은 정말로 무덤을 지키러 가 버릴 수도 있으니까.

그러나 임 노부인은 정역비의 형식적인 변명에 넘어가지 않았다. 그녀는 정역비가 늘어놓는 말을 딱 자르며 말했다.

"어미가 이미 신농곡 고 태부와 민 부인께 사람을 보냈다."

정역비가 흠칫 놀라며 물었다.

"뭐라고요?"

"아무래도 그때 이 어미가 너희 두 사람의 의견을 받아들여 사돈과 사부인께도 그 일을 숨겼던 게 잘못이었던 것 같다. 내 깊이 생각한 결과 이 방법밖에 없다는 결론을 내렸지. 안심하거라. 고 태부 부부에게 보내는 서신에 이 어미가 자초지종을 모두 적었지만, 고 태부 부부는 사리가 밝은 사람들이니 이 일이 밖으로 새어 나가는 일은 없을 게다. 당정은 네가 어떻게든 방법을 생각해 잘 위로해 주고, 아이를 다시 갖자고 권해 보도록 해라."

임 노부인의 말에 정역비는 당황하여 멍한 표정을 지었다. 그러자 임 노부인이 잠시 말을 멈췄다가 다시 의미심장하게 말했다.

"당정은 고 태부, 민 부인과도 잘 아는 사이니 부끄러워할 것 없다. 내가 서신에 모두 자세히 적어 보냈으니, 이 일은 이제 네가 한 일로 하자꾸나. 어미는 이 일에 대해 아무것도 모르는 게다. 고 태부와 민 부인이 도착하면, 말을 잘 맞추는 것을 잊지 말고."

정역비는 당혹스럽기만 했다. 고 태부와 민 부인이 서신을 받은 후 대체 무슨 반응을 보였을지…… 도저히 상상하기도 어려운 일이었다.

그 두 사람이야 물론 사리에 밝을 뿐 아니라 금방이라도 우화등선할 것 같은 그런 사람들이지만…… 그들이 정역비와 당정이 연기를 하고 있다는 사실을 알아차리지 못할 리 있을까? 과연, 거짓말을 하면 결국 그 대가를 치르게 되는 것이다!

정역비가 뭐라 대답해야 할지 몰라 망설이고 있자니, 이 어멈이 총총히 달려 들어와 흥분한 목소리로 외쳤다.

"마님, 부인께서 구역질을 하다 토하셨어요! 토하셨다고요!"

이 어멈은 정역비가 있는 줄 모르고 들어오다가 그를 보고 바로 입을 다물었다. 임 노부인은 이 어멈에게, 몰래 당정을 지켜보다가 임신의 징후라도 보이면 보고하라고 명을 내린 상태였다.

방 안은 잠시 고요해졌다. 그러나 곧 정역비가 다급하게 물었다.

"어찌 된 일이지? 당정은 대체 어디에 있고?"

이 어멈이 겁먹은 목소리로 대답했다.

"진기 식당에 계세요."

정역비가 두말없이 바로 밖으로 뛰어나갔다. 임 노부인도 마침내 정신을 차리고 다급하게 물었다.

"어찌 된 일이야? 어서 말해 보거라! 응?"

이 어멈이 대답했다.

"부인께서 외출하시면서, 최근 요리사가 바뀌어 그런지 음식이 입맛에 맞지 않으니 밖에서 드셔야겠다고 하셨어요. 저는 별생각 없이 부인을 따라갔지요. 부인께서는 평소 진기 식당의 음식을 제일 좋아하시는데, 오늘은 여러 종류의 요리를 시키시고도 영 젓가락질을 하지 않으시더라고요. 그러다 나중에 생선

탕이 나오니까 부인께서 비린내가 난다며 구역질을 하더니 토하셨어요. 식탁에 귤도 있었는데, 부인께서 단숨에 귤을 두 개 드시더니 겨우 정신이 든다고 하셨고요."

이 어멈은 말을 늘어놓으며 재빨리 귤껍질을 벗겼다.

"노부인, 어서 한번 맛을 보세요. 이 귤이 얼마나 신지 한번 보세요!"

임 노부인은 희망이 넘치는 표정으로 재빨리 귤 한쪽을 입에 넣었다. 그리고 다음 순간 헉, 숨을 멈추며 외쳤다.

"아이고, 내 이!"

정말…… 시구나!

이 어멈이 재빨리 임 노부인이 입을 헹굴 물을 떠 왔다. 그러나 임 노부인은 물은 쳐다보지도 않고 몸을 일으켰다. 그녀는 밖을 향해 달려가며 중얼거렸다.

"며늘아기가 평소에는 신 것을 잘 먹지 않았지. 그러니 분명해, 분명하다고! 십중팔구 임신이야!"

정역비와 임 노부인은 초조해하며 앞다투어 진기 식당을 향해 달려갔다. 그리고 그 순간, 진기 식당에 있던 당정은 민 부인에게서 도착한 밀서를 읽고 있었다…….

정역비가 예상한 대로 민 부인과 고 태부는 그와 당정의 작은 연극을 알아챘다.

어쨌든 민 부인은 당정을 치료해 주는 척, 연극에 동참하겠다는 의사를 밝혔다. 그 이후의 일은 정역비와 당정이 알아서 할 일이라며.

당정은 임 노부인의 행동에 할 말을 잃었지만, 그나마 노부인이 민 이모에게 서신을 보내서 다행이라 생각했다. 만약 전다다의 어머니에게 서신을 보냈다면…… 분명 부모님의 귀에도 이 일이 들어갔을 테니까.

"그래, 뭐, 잘된 일이지. 그리고 이번 기회에 이 일을 매듭지어야겠어!"

당정은 중얼거리며 밀서와 함께 도착한 꾸러미를 풀었다. 그녀는 이 꾸러미 속에 신농곡의 특산품이 들어 있으리라 여기며, 신농곡에서 그리 오래 지낸 저에게 태부와 민 이모가 굳이 예를 차려 이런 것까지 보낼 필요 없지 않은가 생각하고 있었다.

그러나 기름 먹인 포장지 안 물건을 보는 순간, 그녀의 눈이 밝아졌다.

안에 든 것은 말린 버섯이었다. 표고, 새송이, 차나무 버섯, 노루궁뎅이, 목이버섯 등등, 흔히 알려진 버섯은 물론이고 당정은 이름도 모르는 희귀한 버섯들도 있었다. 버섯 전체를 말린 것도 있었고, 편으로 썰어 놓은 것도 있었으며, 길쭉하게 찢어 놓은 것도 있었다.

이 버섯들은 햇빛에 말린 것이 아니라 특수한 처리 과정을 거친 것으로, 눈으로 보기에도 바삭바삭한 맛이 일품일 듯했다. 냄새를 맡아 보니 버섯 특유의 신선한 향이 은은하게 밀려왔다. 즉 이 말린 버섯은 요리 재료라기보다는 그대로 먹을 수 있는 주전부리였다!

당정은 최근, 시중에서 파는 간식에 물린 상태였다. 그녀는 지난달 비연과 전다다에게 서신을 보내 간식을 나누어 달라고 청했다.

그러나 비연과 전다다가 보내 준 간식 모두 그녀가 이미 물린 것이었다. 그런데 지금 버섯 특유의 신선한 향을 맡으니, 방금 토했다는 사실조차 잊을 지경으로 군침이 돌았다.

당정은 일단 말린 표고를 하나 입에 넣어 보았다. 바삭바삭한 느낌에 표고버섯 특유의 향, 입 안에 번갈아 돌아오는 짠맛과 단맛…… . 사라졌던 식욕이 순식간에 돌아왔다. 당정은 버섯을 한입 가득 넣고 먹기 시작했다.

시녀가 재빨리 물을 가져왔다.

"마님, 물도 드시지요."

당정은 무심하게 물잔을 받았다. 그러나 한 모금 넘기는 순간, 방금의 그 이유 모를 구역질이 다시 올라왔다!

당정은 입을 틀어막고 구역질을 참으려 했지만, 참는다고 참을 수 있는 구역질이 아니었다! 그녀는 방금 먹었던 것을 전부 토해 낸 다음에야 겨우 좀 편안한 기분을 느낄 수 있었다.

시녀가 다급하게 말했다.

"마님, 괜찮으세요? 어서 저택으로 돌아가셔서 의원에게 보이시는 편이 낫겠어요."

그러나 당정은 미간을 찌푸린 채 생각에 잠겨 아무 대답도 하지 않았다.

시녀가 다시 권했다.

"마님, 어서 돌아가시지요. 장군께서 하문하시면 저희는 올릴 말씀이 없습니다."

그러나 당정은 아무 소리도 들리지 않는 것처럼 계속 그대로 있더니, 갑자기 몸을 일으켜 밖으로 달려 나가며 외쳤다.

"진 의원을 저택으로 모셔 오너라!"

문밖으로 나간 그녀는 가마에 오른 다음, 지름길을 이용해 저택으로 돌아가자고 명령했다.

당정의 가마가 골목으로 들어설 때, 정역비는 진기 식당에 도착했다. 그는 진기 식당에서 당정을 찾지 못하자 잠시 고민한 끝에, 당정이 평소 즐겨 가던 곳을 찾아다니기 시작했다. 그리고 정역비가 떠난 지 얼마 되지 않아 임 노부인의 가마가 진기 식당에 도착했다.

정역비는 당정을 걱정하고 있었고, 임 노부인은 당정의 임신 여부를 알고 싶어 초조해하는 중이었다. 두 모자는 같은 뜻으로 조급해하는 것은 아니었지만, 똑같이 안달복달하고 있었다.

임 노부인이 하인에게 성 구석구석을 뒤져 당정을 찾아내라고 명령한 후, 자신은 일단 저택으로 돌아가기로 했다. 그리고 그 순간 정씨 저택에서는, 당정이 새 옷으로 갈아입고 잠시 휴식을 취한 다음이었고, 진 의원도 도착해 있었다.

당정은 어쨌든 예전에 연아에게 '허리가 아파서 침상에서 내려가지도 못하는 상황' 같은 '상식'을 설명해 준 적도 있었다. 그녀가 아는 것이 늘 옳은 것만은 아니었지만, 그래도 가끔은 옳은 것도 있었다!

그녀는 지금 자신이 아이를 가졌을지도 모른다고 생각하고 있었다. 그녀는 의원에게 제 상황을 대강 설명한 후 손을 내밀었다. 비록 아이를 가지려고 특별히 노력한 적은 없었지만, 그래도 이 순간 그녀의 마음은 아이를 갈망하는 다른 여인들과 매한가지였다.

그녀가 긴장한 것을 눈치챈 듯 진 의원이 웃으며 말했다.

"부인, 긴장을 푸십시오."

당정은 조금 민망한 듯 웃으며 고개를 돌렸다. 그녀는 의원이 제 손을 놓아준 다음에야 다시 의원을 바라보며 물었다.

"어떠한가?"

진 의원이 만면에 웃음을 띤 채 연신 두 손 모아 읍하며 외쳤다.

"부인, 아이를 가지셨습니다! 축하드립니다! 정 대장군께도 축하를 올려야겠습니다!"

당정은 기쁘고 감동한 나머지 어쩔 줄 몰라 하고 있었다. 곁에 있던 시녀 역시 무척 기뻐하며 말했다.

"장군님께서 분명 기뻐하실 거예요. 그리고 노부인 마님께서도요. 마님, 제가 노부인 마님께 가서 이 기쁜 소식을 알리겠습니다."

그러자 당정이 재빨리 시녀를 제지했다.

"잠깐!"

시녀는 그제야 자신이 너무 기쁜 나머지 예의를 잃었다는 것을 깨달았다. 그 모습을 본 진 의원이 참지 못하고 웃음을 터뜨릴 정도였다.

진 의원은 당정에게 주의해야 할 사항을 자세히 알려 주고, 입맛을 돌게 할 약선 요리의 처방을 적어 준 후 떠났다.

당정은 시녀에게 의원을 배웅하게 했다. 그리고 자신은 들뜬 마음에 잠시도 가만히 앉아 있지 못하고 대청으로 달려 나갔다. 그곳에서 정역비를 기다리려다가, 또 잠시 후 다시 방으로 돌아와 부모에게 이 기쁜 소식을 알리는 서신을 쓰고, 민 부인에게도 감사의 서신을 썼다.

하인에게 서신을 보내라고 이야기한 그녀는 잠시 생각하다가, 다시 붓을 들어 비연과 전다, 그리고 제 숙부와 숙모 등에게도 제 희열을 나누는 서신을 적었다.

당정은 바쁘게 서신을 다 쓴 후 다시 대청으로 향했다. 그녀가 막 대청으로 들어섰을 때, 임 노부인이 초조하고 불안한 듯 방 안에서 계속 서성거리고 있는 것이 보였다. 그 모습을 본 당정의 머릿속에 가장 먼저 떠오른 것은 광산에 간 정역비였다.

당정이 다급하게 외쳤다.

"어머니, 무슨 일이에요? 설마 정역비에게 무슨 일이라도 벌어진 건가요?"

임 노부인이 당정을 돌아보고 잠시 멍한 표정을 짓더니, 곧 고함을 질렀다.

"여봐라, 의원은 모셔 왔느냐? 어서, 어서 모셔 와라!"

당정은 여전히 영문을 알 수 없었다.

그때 등 뒤에서 정역비의 목소리가 들렸다.

"당정!"

당정이 돌아보니 정역비가 자못 엄숙한 표정으로 총총히 달려오는 것이 보였다. 그는 혼인한 후 그녀를 대할 때면 늘 건달처럼 건들거리거나 아니면 닭살이 돋을 정도로 다정하게 굴거나 했지, 이렇게 엄숙한 표정을 지은 적이 없었다.

당정은 점점 더 불안해졌다. 아무래도 큰일이 벌어진 것 같았다. 그녀는 임 노부인과 정역비를 번갈아 바라보며 물었다.

"대체 무슨 일인가요?"

정역비가 달려오더니, 그녀의 몸을 살피며 물었다.

"어찌 된 거야? 몸이 불편한데 왜 의원을 부르지 않았어? 아니면 나한테라도 말했어야지!"

설마…… 그가 알고 있는 걸까?

그때 임 노부인은 이미 문밖으로 달려 나온 상태였다. 그녀는 당정의 손을 잡고 방 안으로 들어가려다가 재빨리 손을 놓았다. 당정에게 감히 힘을 쓰거나 할 엄두가 나지 않는 모양이었다.

노부인이 재촉하듯 말했다.

"아가, 어서 안으로 들어가 앉자꾸나. 내가 진 의원을 청해
놓았으니."

설마, 시어머니도 알고 계신단 말인가? 하지만…… 대체 어
떻게 아신 거지?

당정이 의심 어린 표정을 지으며 방 안으로 들어가 앉았다.
임 노부인이 그녀 곁에 앉더니 그녀의 배를 뚫어져라 쳐다보았
다. 정역비 역시 그녀 곁에 앉더니 진지하게 물었다.

"언제부터 몸이 불편했어? 지금은 어때? 또 토하고 싶거나
하진 않아?"

당정의 눈이 점차 가늘어졌다.

"설마, 나를 감시하고 있었어?"

정역비는 걱정스러운 나머지 그녀의 말은 듣지도 않고 계속
물었다.

"몇 번이나 토했어? 뭘 먹기만 하면 토하고 그러는 건가?"

당정이 노한 소리로 외쳤다.

"설마 나를 감시한 거냐고!"

정역비가 난감한 듯 임 노부인을 흘깃 바라보았다. 임 노부
인은 그제야 들켰다는 사실을 깨닫고 재빨리 아들에게 눈짓했
다. 의심할 바 없이 그에게 대신 뒤집어쓰라는 이야기였다.

정역비는 비록 제 장인만큼 공처가는 아니었지만, 그래도 당
정이 화를 내는 것은 무서웠다. 그도 임 노부인에게, 돕고 싶어

도 도울 능력이 안 된다고 눈짓했다.

거대한 대청이 갑자기 조용해졌다. 그러나 바로 그 순간, 진 의원이 시녀의 손에 이끌려 총총히 안으로 들어왔다.

이 진 의원은 바로 방금 당정의 맥을 짚어 주었던 그 진 의원이었다. 그는 정씨 가문의 저택을 떠난 지 얼마 되지 않아 다시 불려 온 참이었다…….

당정 외전 **희망**

저택을 나서자마자 다시 불려 온 진 의원은 당정에게 무슨 일이라도 벌어진 모양이라 생각하고 초조해하고 있었다.

그러나 대청으로 들어와 보니 당정은 화난 얼굴로 멀쩡하게 앉아 있고, 정씨 가문의 두 모자가 그녀 양옆에 엄숙한 표정으로 앉아 있는 게 아닌가? 이게 대체 무슨 상황인지 도무지 이해할 수 없었다.

그러나 진 의원이 묻기도 전에 임 노부인이 벌떡 일어나며 말했다.

"진 의원, 어서! 어서 우리 며느리의 맥을 좀 짚어 주게나!"

임 노부인은 화제를 돌리고 싶기도 했지만, 정말로 다급한 기분이기도 했다.

정역비도 보기 드물게 모친과 같은 마음이었다. 그 역시 벌떡 일어나 제 자리를 양보하며 크게 말했다.

"진 의원, 여기 앉으시게! 그리고 어서 좀 이 사람을 봐 주게나. 점심을 잘 먹다 말고 갑자기 토했다고 하니!"

그러면서 당정에게도 진지하게 말했다.

"대체 어찌 된 일인지, 어서 의원에게 이야기해 봐. 가능한한 자세하게."

대강의 상황을 짐작한 진 의원이 정역비와 임 노부인을 바라보다 다시 당정을 쳐다보았다. 그리고 참지 못하고 큰 소리로 웃음을 터뜨렸다.

이 모습에 임 노부인과 정역비는 깜짝 놀랐다.

정역비가 물었다.

"진 의원, 대체 뭐가 그리 우스운가?"

진 의원이 그제야 읍하며 말했다.

"대장군, 축하드립니다!"

축하드린다고?

정역비는 영문을 모르겠다는 표정이었다.

임 노부인도 멍한 표정이었다가, 이내 환희에 찬 표정으로 바뀌며 흥분하여 외쳤다.

"진 의원, 설마 이미 맥을 짚어 본 건가? 그, 그러니까…… 정말인가?"

진 의원이 고개를 끄덕이며 말했다.

"노부인 마님, 제가 이미 소부인 마님의 맥을 짚어 보았습니다. 축하드립니다!"

이 말을 들은 순간 임 노부인이 당정을 바라보았다. 그녀의 눈빛은 그야말로 반짝반짝 빛나고 있었다!

"아이고, 세상에나! 이렇게 좋을 수가! 보살님께서 보우하심이야, 보살님께서 보우하셨다고!"

그녀가 두 손을 모으더니 모두가 보는 앞에서 무릎을 꿇었다. 그리고 문밖을 향해 연신 머리를 조아리며 절을 하기 시작했다.

당정은 당황하여 멍하니 그런 시어머니를 바라보았다.

정역비가 아무리 둔한 성격이라 해도 노모가 저러는 의미를 눈치채지 못할 리 없었다. 정역비는 임 노부인보다 더욱 반짝이는 눈으로 당정을 바라보았다.

그는 당정에게 달려오더니 두 손을 그녀가 앉아 있는 의자 손잡이에 얹었다. 그리고 그녀의 눈을 응시하는 그의 흥분한 눈빛에 점차 애정과 다정함이 어리기 시작했다.

이렇게 누군가는 하늘에 감사하고, 또 누군가는 깊은 정에 사로잡혀 응시하는 가운데, 진 의원은 한옆에 버려져 있었다.

진 의원이 임부의 맥을 짚은 게 천 번은 안 된다고 해도 수백 번은 족히 넘을 것이다. 그는 지금까지 이런 흥분과 희열의 현장을 아주 많이, 정말 많이 보아 왔다. 그러나 지금 정씨 가문 모자와 같은 반응은 본 적이 없었다.

당정은 자신의 임신 소식에 정역비가 어떤 반응을 보일지는 대강 짐작하고 있었다. 그러나 임 노부인이 이 정도로 흥분하리라고는 예상조차 하지 못했었다.

이 순간, 그녀는 정역비의 다정한 시선에 사로잡혀 있지 않았다. 감시당했다는 분노 역시 머리 뒤편으로 밀어낸 다음이었다. 그녀의 신경은 온통 절을 하며 감사하고 있는 시어머니에게 쏠려 있었다.

이런 모습을 보면 아무리 큰 다툼이라도 연기처럼 사라져 버릴 수밖에 없었다. 하물며 당정과 임 노부인 사이의 다툼은 정역비가 임 노부인과 함께 당씨 가문에 구혼하러 왔을 때 모두 사라진 것이나 마찬가지였다. 그리고 이 순간, 당정이 평소 지니고 있던 작은 불만이나 짜증도 모두 사라진 상태였다.

갑자기 정역비가 당정을 안아 올렸다. 당정이 그제야 깜짝 놀라 외쳤다.

"내려놔! 당신, 왜 이러는 거야?"

그 소리를 들은 임 노부인도 뒤를 돌아보다가, 정역비가 당정을 안은 채 빙빙 돌고 있는 것을 보고 다급하게 외쳤다.

"그게 무슨 짓이냐! 어서 며늘아기를 내려놓지 못해! 무슨 일이라도 생기면 절대 용서하지 않을 테다!"

정역비는 너무 기쁜 나머지 제정신이 아니었다. 모친과 부인에게 쌍으로 혼이 나고서야 겨우 냉정함을 되찾은 그는 조심스럽게 당정을 의자에 내려놓았다.

당정이 안도의 한숨을 쉬는 사이, 임 노부인은 재빨리 진 의원의 손을 잡아끌었다.

"어서, 태기가 괜찮은지 봐 주시게나!"

진 의원도 정역비 때문에 깜짝 놀란 상태였다.

다행히도 당정의 맥은 정상이었다. 당정이 화가 난 듯 정역비를 노려보았고, 정역비는 잘못을 인정한다는 듯 순순히 그 눈빛을 받았다.

임 노부인은 분명 아이를 낳아 보았음에도 불구하고 마치 이런 일을 처음 보는 사람처럼 진 의원을 잡고 이것저것 물어보았다. 그리고 정역비와 당정, 집사며 시녀들도 함께 진 의원의 말을 경청하게 했다.

그녀는 심지어 진 의원에게, 정씨 저택 안에서 살며 당정의 주치의가 되어 달라고도 요청했다. 다행히도 당정이 그런 시어머니를 말렸다.

진 의원을 배웅한 후 임 노부인은 또 이런저런 일을 벌이기 시작했다. 당정을 위해 경험이 풍부한 늙은 어멈들을 늘리고, 곁에서 지킬 시위의 수도 늘렸다. 그리고 당정을 위한 전속 요리사며 마부도 안배해 주었다. 뿐만 아니라 산파를 예약하고, 아이에게 필요한 물건까지 준비하기 시작했다……. 원래대로라면 정역비와 하인들이 처리해야 할 일까지 그녀는 전부 직접하려 했다.

임 노부인은 또 정역비에게 멀리 가는 것을 금지하고, 종일 검에 머리를 박고 있어서도 안 된다고 잔소리했다. 그녀는 아들로 하여금 종일 당정 곁을 지키게 하고 싶어 안달이었다.

물론 당정에게도 이런저런 주의 사항을 잊지 않았다. 그러나 정역비에게 명령하던 것과는 달리, 당정에게는 훨씬 다정하고 부드러운 목소리로 이야기했다.

마침내 임 노부인이 떠나고, 정역비는 겨우 당정과 둘만의 시간을 누릴 수 있게 되었다. 그는 다시 한번 두 손을 당정이 앉은 의자 손잡이 위에 올리고, 애정 어린 눈으로 그녀를 바라보았다.

당정이 그를 노려보며 말했다.

"어머니께서 가셨다고, 또 경망스럽게 행동할 생각인 건 아니겠지?"

정역비가 웃으며 당정의 배 쪽으로 시선을 옮겼다.

"언제부터 우리 어머니 편이 되었지?"

당정 역시 제 배를 바라보며, 일부러 의기양양하게 말했다.

"당신, 말해 두겠는데, 오늘부터 본 부인은 아주 귀한 몸이라고. 그러니까 본 부인에게 예의를 차리는 게 좋을 거야. 아니면 본 부인이 어머니께 일러바칠 테니까!"

정역비가 참지 못하고 큰 소리로 웃기 시작했다. 웃고 또 웃다가 갑자기 몸을 굽혀 당정의 입술에 패기 있고도 다정한 입맞춤을 남겼다.

"당정, 아기가 딸이었으면 좋겠어."

그러자 당정이 불쾌한 표정으로 반문했다.

"남자애건 여자애건 다 좋아야 하는 거 아냐?"

"물론 다 좋지. 하지만 여자애가 더 좋아!"

당정이 추궁했다.

"어째서?"

정역비가 다정한 눈빛으로, 그러나 조금은 놀리듯 웃으며 말했다.

"아마 당신을 좋아하기 때문이겠지. 그래서 당신이 조그만 당당이를 낳아 주면 좋겠어. 당신과 닮을수록 예쁠 거야. 나는 조그만 당당이를 만나는 순간부터, 내 생명이 다하는 날까지 그 애를 예뻐하고 지켜 줄 거야."

사람들의 말에 따르면, 남편이 아내를 지독히도 사랑하면 아내가 딸을 낳기를 바라게 되어 있다고 한다. 반대로, 아내가 남편을 지극히 사랑하면 아들을 낳고 싶어 하는 편이다.

당정은 정역비의 얼굴을 감싼 채 역시 다정한 눈빛으로 말했다.

"당신 말을 들으니, 왜 외숙이 아이를 바라지 않는지 알 것 같아."

정역비는 이해할 수 없다는 표정이었다.

당정이 진지하게 말했다.

"외숙은 우리 아버지와는 달라. 우리 아버지는 보기에는 말이 잘 통하지 않을 것 같아도 사실 딱히 원칙이 없는 사람이란 말이야. 하지만 외숙은 절대로 두말하지 않는 성격에 고집도 세지. 외숙모가 딸을 낳으면 외숙은 분명 딸이 어딘가로 끌려가는 걸 견디지 못하고 평생 곁에 두려 할 거야!"

정역비는 처음에는 진지하게 듣고 있었으나, '끌려간다'라는 말을 듣자 저도 모르게 눈을 가늘게 떴다.

정역비의 표정이 변하는 걸 본 당정은 자신이 실수했다는 것을 깨달았다. 그녀가 재빨리 웃으며 말했다.

"실수야, 실수라고!"

정역비가 멈추지 않고 말했다.

"그다음엔?"

당정은 일부러 간절하게 말했다.

"정 대장군, 미안해요. 미안하다고요."

정역비가 자못 만족스럽다는 듯 말했다.

"본 장군에게 한번 웃어 주면 듣지 않은 것으로 해 주지."

당정이 순진무구한 표정으로 웃으며 다시 말하기 시작했다.

"맞아! 나를 감시한 사람이 당신이야, 아니면 당신 어머니야? 언제부터 그런 거야? 따로 사람을 구했어? 아니면 내 주변 사람을 매수한 거야?"

정역비는 망설임 없이, 방금의 당정보다 더 간절한 목소리로 화제를 돌렸다.

"부인, 배고프지 않아? 뭐 먹고 싶은 거라도 없어? 내 남편 된 몸으로 직접 구해 오리다."

당정은 배고픔을 전혀 느끼지 않고 있던 참이었다. 그러나 정역비의 말을 듣자 정말로 배가 고파 왔다. 그녀가 배를 쓰다듬으며 말했다.

"배가 고프긴 하지만…… 입맛이 없는걸."

이 말이 끝나자마자 문밖에 있던 시녀들이 각종 간식을 들고 줄줄이 안으로 들어왔다.

당정이 물었다.

"어머니께서 보내신 건가?"

시녀들이 연신 고개를 끄덕였다.

"예!"

당정이 다시 물었다.

"어머니는 어디 계시지?"

한 시녀가 답했다.

"노부인 마님께서는 성 밖으로 외출하셨습니다."

정역비가 물었다.

"어머니께서는 성 밖으로 외출하시는 것을 좋아하지 않으시지 않나? 대체 어딜 가신 거지?"

그러자 시녀가 웃으며 대답했다.

"귤나무 숲을 하나 도급하시겠다며 나가셨습니다."

이 말을 듣는 순간 당정이 마시던 물을 내뿜고 말았다. 정역비도 입을 벌린 채 뭐라 말해야 할지 모르겠다는 표정이었다. 지금까지 자신이 모친을 잘 알지 못했던 건지, 아니면 모친의 성격이 변한 건지 알 수 없는 모양이었다.

"아니, 어머니도 정말이지…… 그 나이에도 활기차시다니까. 그러다 넘어지시기라도 하면 어쩌려고."

정역비가 몸을 일으키며 다시 당정에게 말했다.

"나도 따라가 보는 게 좋을 것 같아. 가는 김에 멧대추는 없는지 보고 올게. 당정, 귤이랑 멧대추 말고 또 먹고 싶은 거라도 있어?"

당정은 탁자 위 주전부리를 살펴보며 아무렇지도 않은 듯 방금의 화제를 이어 갔다.

"정역비, 보아하니 나를 감시한 사람이 바로 당신이었던 모양이지?"

정역비는 기회를 틈타 빠져나갈 생각이었지만 결국은 실패하고 말았다!

정역비는 당황했지만 곧 미소 지으며 당정에게 성실하게 대답했다.

"내가 한 일이 아니야."

당정이 막 대꾸하려 했을 때였다. 정역비가 다시 말했다.

"그런 일은 내가 한 게 아니고…… 우리 어머니만이 하실 수 있는 일이지! 하지만 내가 어머니를 대신해 사과할게. 당신도 봤잖아. 어머니께서는 약간 제정신이 아니신 것 같아. 그리고 나이도 드셨으니, 우리 젊은 사람들이 좀 참아 드려야지. 그래, 약속할게. 앞으로 어머니를 잘 지켜보다가, 무슨 상황이 벌어지건 내가 대처할게. 또 무슨 일이 생기면, 당신이 방법을 제시해. 내가 실행할 테니까. 우리 두 사람이 함께 힘을 합하면 설마 어머니를 이기지 못하겠어?"

당정이 말없이 정역비를 노려보았다. 그녀의 안색이 점점 더 차가워지고 있었다.

정역비가 여전히 웃으며 매실즙이 든 그릇을 골랐다.

"이거라면 입맛을 돋워 줄 거야. 일단 좀 마셔 봐. 그다음에 당신이 가장 좋아하는 옥수수 만두를 하나 먹는 거야."

그가 정성스럽게 매실즙을 한 숟가락 떠서 당정의 입가로 가져갔다. 그러나 당정은 미동도 하지 않았다. 얼굴 역시 여전히 차가웠다.

정역비는 인내심 있는 사람이 결코 아니었으나 당정 앞에서는 아예 사람이 바뀌어 버리곤 했다. 그가 몇 번이고 달래 보았지만, 당정은 여전히 꼼짝도 하지 않았다.

어떻게 하면 좋지?

계속 달래는 것 외엔 다른 방법이 없는 것 같았다.

그는 이번에는 칠채탕[5]을 골라 자신이 먼저 한 입 맛본 다음 감탄하며 외쳤다.

"이거 진짜 맛있는데! 당정, 당신도 맛 좀 봐."

"싫어!"

당정이 불시에 그의 손을 밀어냈고, 쨍그랑하는 소리와 함께 숟가락이 바닥에 떨어져 깨졌다.

당정은 바닥의 깨진 조각들을 보고도 아무 말도 하지 않았다. 시녀들은 깜짝 놀라 서로 얼굴만 바라볼 뿐이었다. 그녀들 모두 정씨 가문에서 오래 시중을 들었던 이들인지라, 정역비의

---

5 계란, 당근, 게살, 팽이버섯 등을 이용해 끓인 탕.

성격이 어떤지 잘 알고 있었다. 정역비가 제 아내를 아무리 사랑한다 해도, 이런 일을 당하고도 허허 웃으며 넘어갈 리는 없지 않을까?

그러나 정역비는 화를 내기는커녕 웃기 시작했다.

"그럼 우리 밖에 나가 먹을까?"

당정의 얼굴이 순식간에 환해졌다.

"그래, 그렇게 해!"

그렇게 정역비는 당정을 데리고 맛있는 것을 먹으러 나갔다. 물론 시녀에게 이 일을 노부인에게 알리지 말라고 이르는 것도 잊지 않았다.

시녀들은 모두 경악하는 동시에, 당정이 사랑을 받아 오만한 것에 불만을 품었다. 심지어 그들의 주인이 안됐다고 여기기도 했다.

그러나 정역비는 당정의 마음을 아주 잘 알고 있었고, 당정이 일부러 그러지 않았다는 것도 알고 있었다. 그녀는 그저 그의 손을 밀쳐 내려고 했을 뿐 일부러 숟가락을 깨려고 한 건 아니었다. 당정이 변명하지 않았지만, 그도 오해하지 않았다. 이것을 부부 사이에 존재하는 묵계라 불러도 좋을 것이다.

설사 당정이 일부러 그랬다 해도, 정역비가 계속 그녀에게 숟가락을 들이민 게 잘못이었다. 그녀를 사랑하는 사람이 그녀가 오만하다고 여기지 않는데, 주변 사람들이 대체 무슨 자격으로 그녀를 오만하다고 말할 수 있을까?

당정은 사실 자신을 감시한 사람이 임 노부인이라는 걸 이미 눈치채고 있었고, 이 일을 더 언급할 생각도 없었다. 그녀는 일부러 정역비를 놀린 것뿐이었다. 당정이 정말 화가 났다면, 그렇게 쓸데없는 말을 늘어놓지 않고 바로 짐을 챙겨 친정으로 돌아갔을 터였다.

사흘 후, 임 노부인이 돌아왔다. 그녀는 귤나무 숲을 하나 도급했을 뿐 아니라 당정을 위해 신선한 귤을 한 광주리 가지고 돌아왔다.

당정은 진 의원이 지어 준 약을 세 첩이나 먹었으나 입덧을 가라앉히는 데 별다른 효과를 보지 못하던 중, 새콤한 귤을 먹으니 꽤 효험이 좋았다. 식사 전에 귤 향기를 맡고, 식사 후에 두어 조각 먹기만 해도 구역질이 좀 가라앉았다.

그렇게 당정은 정씨 가문 두 모자의 성실한 배려를 받으며, 임부로서의 생활을 시작했다. 그리고 그녀가 쓴 서신들도 속속들이 그녀의 친척들에게 도착했다.

이 기쁜 소식을 가장 먼저 맞이한 사람은, 당정과 가장 가까이에 사는 비연과 군구신이었다. 서신을 다 읽은 비연은 흥분한 나머지 하마터면 펄쩍 뛰어오를 뻔했다. 그녀는 서재로 달려가며 외쳤다.

"아기! 아기! 마침내 아기를 가졌어!"

비연이 이리 흥분하는 것도 이상한 일은 아니었다. 모두가 알다시피 당 가주는 당정이 압박을 느낄까 걱정하여 딸에게 직접 아이를 재촉하지는 않았다. 대신 닷새에 한 번 비연에게 서신을 보내, 당정에게 아이를 낳으라 권하라고 다그치곤 했다.

그러다 보니 비연은 저도 모르게 아이에 대한 압박을 느끼던 참이었다.

당정에게서 기쁜 소식을 받은 지금, 비연은 정말로 자신이 임신한 것과 같은, 그리고 마침내 압박에서 벗어난 것 같은 착각을 느끼고 있었다.

비연의 목소리를 들은 군구신이 손에 들고 있던 붓을 내던지고 달려 나왔다. 비연이 그를 잡고 흥분하여 외쳤다.

"아이를 가졌어! 아이를 가졌다고!"

군구신이 영문을 모르겠다는 표정으로 물었다.

"아이를 가졌다고? 누가 아이를 가졌다는 거야?"

비연이 재빨리 외쳤다.

"내가 가졌지!"

순간 군구신이 멍한 표정을 지었다. 비연은 그제야 자신이 말실수했다는 것을 깨닫고 다급하게 서신을 내밀며 말했다.

"아니, 아니, 아니, 당정, 당정 언니가 아이를 가졌어!"

군구신도 짚이는 데가 있다는 듯 말했다.

"아……. 기쁘려다 말았잖아."

비연이 미안한 듯 웃으며 말했다.

"미안, 실수했어."

군구신이 천천히 비연에게 다가오더니 속삭이듯 물었다.

"내가 말한 '기쁨'은 보통 '기쁨'이 아니었어. 자, 실수한 것을 좀 벌충해야 하지 않겠어?"

비연은 즉시 뒷걸음질을 쳤지만 군구신의 움직임이 더 빨랐다. 그는 단숨에 그녀를 안았다. 그러나 그는 장난을 치는 것이 아니라, 오히려 점점 더 진지해지고 있었다.

"이렇게 늦었는데 어째서 아직 자지 않았지? 먼저 자라고 말했잖아?"

비연이 가련한 얼굴로 말했다.

"잠이 오지 않았어. 그러니까, 음……. 나를 서재에서 자게 해 줘. 나, 당신을 보고…… 보고 또 보다가 잠들고 싶어."

군구신은 그녀의 말을 믿지 않았다. 그녀가 자신과 함께 있고 싶어 한다는 것을 알고 있었으니까. 그는 어쩔 수 없다는 듯 웃으며 비연을 안고 서재로 들어갔…….

두 번째로 소식을 받은 사람은 흑삼림에 있던 전다다였다. 그녀의 반응은 비연보다 더 격렬했다. 그러나 그 격렬한 반응이 반드시 감동이라고 할 수 있는 것만은 아니었으니…….

당정 외전 **서신을 받다**

당정이 아이를 가졌다는 소식에 전다다 역시 무척 흥분했다. 그러나 그녀의 흥분은 비연과는 종류가 달랐다.

비연은 당정의 임신을 기뻐하는 동시에 일종의 해탈을 느끼고 있었다. 그러나 당 가주로부터 독촉 서신을 받지 않았던 전다다는 당정의 임신을 기뻐하는 동시에 일종의 깊은 위기감을 느끼고 있었다!

그녀는 흑삼림 전체를 가로지르며 목연을 찾아다녔다. 그리고 마침내 서편에서 목연의 뒷모습을 발견했다. 그녀는 그가 무엇을 하고 있는지 제대로 보지도 않고 흥분하여 소리쳤다.

"목연! 당정 언니가 아이를 가졌어! 임신했다고!"

그녀의 목소리가 어찌나 컸던지 숲에서 메아리가 돌아올 정도였고, 하마터면 목연이 막 진정시킨 맹수 여러 마리도 놀라 깨어날 뻔했다. 목연이 재빨리 전다다에게 조용히 하라고 손짓했다.

전다다는 바닥에 엎드려 있는 맹수들을 보고 나서야 조용해졌다. 그녀는 혀를 쏙 내밀며 목연에게 다가오라고 손짓했다. 그러나 목연은 그런 그녀를 쳐다보지도 않고 한참 동안 맹수 옆에 있어 준 후에야 전다다에게 다가왔다.

전다다가 다급하게 외쳤다.

"당정 언니가 아이를 가졌어!"

목연이 무표정하게 말했다.

"홍분한 네 모습을 보고 나는 네가 아이를 가진 줄 알았다."

전다다가 짜증을 냈다.

"너어!"

그러나 목연은 그녀를 상대하지 않고, 안심이 되지 않는다는 듯 잠든 맹수를 다시 바라보았다. 그는 이 맹수들을 진정시키기 위해 사흘 밤낮을 고생했는데, 방금 하마터면 전부 헛수고가 되어 버릴 뻔했던 것이다.

그러나 이 순간 전다다는 임신 생각에 푹 빠져 맹수가 어떤지는 눈에 들어오지도 않았다. 그녀가 입을 비죽이며 중얼거렸다.

"나도 아이를 갖고 싶단 말이야! 그런데 아이가 갖고 싶다고 가질 수 있는 것도 아니고……. 이런 일은 혼자 노력한다고 되는 게 아니니까."

목연이 바로 의미심장한 눈빛으로 그녀를 돌아보았다. 그들 사이의 일은…… 첫 경험을 제외하면 언제나 전다다가 용서를 구하며 끝나곤 했다.

목연이 아주 진지한 표정으로 물었다.

"전다다, 네 말은…… 내 노력이 충분하지 않다는 뜻이야?"

전다다는 아무 생각 없이 입에서 나오는 대로 중얼거렸을 뿐, 사실 별다른 뜻은 없었다. 그녀가 깜짝 놀라 재빨리 변명을 늘어놓았다.

"아니, 아니야! 넌 충분해! 네 노력은 충분하다고! 내 말은,

그러니까, 내가! 내 노력이 충분하지 않다는 뜻이야!"

그러나 이 말을 들은 목연의 눈빛은 더욱 모호해져 가고 있었다. 전다다는 그가 제 말을 믿지 않는다 싶어 재빨리 덧붙였다.

"나, 예전에 당정 언니와 약속했어. 나중에 우리가 아이를 낳으면, 둘 다 여자아이라면 자매로 인연을 맺어 주고, 남자아이와 여자아이라면 혼인을 시키기로. 그런데 언니가 아이를 가졌으니 우리도 뒤처지면 안 되는 거잖아."

아니, 그런 약속을 했다고?

목연은 깜짝 놀라 재빨리 전다다의 부모와 당정 부모 사이의 관계를 따져 본 다음, 직접적인 인척 관계가 없음을 확인하고 안도의 한숨을 내쉬었다.

목연이 갑자기 웃는 얼굴로 전다다에게 다가갔다.

"그럼, 네가 이제부터 어떻게 노력해야 하는 걸까?"

전다다는 목연의 이 말이 뭔가 이상하다는 생각이 들었다. 그러나 그녀가 말을 되새겨 보기도 전에 목연이 생각에 잠긴 듯한 표정으로 말했다.

"전아, 오늘 네가 먼저 이야기한 이상 나도 앞으로는 예의를 차리지 않겠어. 너는 확실히 노력이 부족하고, 네 남편은······ 충분히 만족하지 못하고 있으니까."

전다다가 마침내 목연의 말뜻을 알아차리고 주먹을 날렸다.

"눈 마비! 너무하잖아!"

목연이 경험에서 우러나온 동작으로 완벽하게 전다다의 주먹을 피하더니 큰 소리로 웃기 시작했다. 그는 정말로 이득이다 싶었는지 웃으면서 외쳤다.

"네가 직접 네 노력이 부족하다고 말했잖아!"

전다다가 그를 노려보았다.

"난 지금 농담을 하는 게 아니라고! 좀 진지해지면 안 되겠어?"

목연은 여전히 웃음을 참지 못하고 있었다.

"그래, 농담이 아니지, 아니고말고. 그럼 말해 보시지. 앞으로 어떻게 노력할 생각인지?"

전다다가 외쳤다.

"의원을 찾아야지! 예전에, 아이를 낳고 싶으면 날짜를 계산해야 하고, 먹는 것도 신경 써야 한다고 들은 적이 있거든. 내일 함께 숲을 나가 의원을 찾아보자."

목연은 상황을 온전히 이해할 수는 없었지만, 전다다가 한번 하겠다고 마음먹은 이상 그도 맞춰 주는 수밖에 없었다. 흑삼림은 너무 쓸쓸했고, 능씨 가문과 목씨 가문은 가족이 적어 그들은 아이를 많이 낳고 싶었다.

그러나 의원을 찾아간 두 사람은 전혀 예상치 못한 처방을 받았으니……. 바로 그들이 더 노력해야 하는 것이 아니라 오히려 힘과 정력을 비축해야 한다는 것이었다.

그 후 목연은 정말이지 죽고 싶을 정도로 힘든 나날을 보내게 된다. 물론 훗날의 이야기긴 하지만.

세 번째로 서신을 받은 이는 약왕곡에 은거하던 민 부인이었다.

고 태부가 화신월석 길을 만들어 준 후, 민 부인은 버섯 재배에 빠져들었다. 그녀는 화신월석 동굴 안 공터에 각종 진귀한 버섯을 키우기 시작했고, 또 약왕곡 안의 서늘하고 습윤한 숲속에도 식용 버섯을 심었다.

버섯으로 바삭바삭한 주전부리를 만들고 신선하고 향기로운 버섯탕을 끓이는 외에도, 민 부인은 고 태부와 함께 버섯의 약효를 연구하기 시작했다. 덕분에 그들 부부가 숲속에서 종일 시간을 보내는 일도 자주 있었다.

당정의 서신이 도착했을 때에도 그들은 버섯을 채집하고 있었다. 고 태부가 하인에게서 서신을 받아 민 부인에게 건네며 말했다.

"부인, 당정이 서신을 보내왔소."

민 부인이 진흙이 잔뜩 묻은 손을 들어 보이며 난감한 표정으로 미소 지었다. 고 태부가 그제야 서신을 열어 내용을 읽어 본 후 기뻐하며 외쳤다.

"아이를 가졌다고 하는군!"

"정말인가요?"

민 부인이 기뻐하며 재빨리 손을 씻고 와서 직접 서신을 읽기 시작했다.

고 태부가 감동한 듯 웃으며 말했다.

"어리게만 보이던 아이가 어머니가 된다니! 당리가 매일 손주 보고 싶다고 노래를 불렀지만, 아마 이 소식을 들으면 오히려 슬퍼할 것 같소."

민 부인이 웃으며 물었다.

"당정이 이번에 가진 아이는 나중에 당씨 가문 소속이 되는 거죠?"

고 태부가 잠시 멈칫하더니 곧 민 부인의 뜻을 알아차리고 말했다.

"둘째도 당씨 가문 소속이 될 거요. 그렇게 생각하니, 당리가 별로 슬퍼하지 않을 것도 같구려!"

민 부인이 키득거리며 물었다.

"북월, 우리 내기할래요?"

"무슨 내기?"

"영정이 당리를 막을 수 있을지 없을지를 내기해요. 당리는 분명 정씨 가문으로 가서 휘저어 놓을 생각일 텐데."

고 태부는 참지 못하고 웃기 시작했다.

"당신 생각은 어떻소?"

민 부인은 아주 단호하게 말했다.

"막아 낼 거예요! 하지만 당리는 정씨 가문까지 가지는 못해도, 어떻게든 휘저어 놓긴 하겠죠."

고 태부는 잠시 생각하다가 말했다.

"그럼 나는 영정이 막기는 막되, 당리가 몰래 빠져나갈 거라는 데 걸겠소."

두 사람이 이렇게 다른 이의 가정사를 이야기하는 것은 아주 드문 일이었다. 두 사람은 마치 나쁜 일이라도 저지르는 것처럼 서로 눈빛을 주고받으며 키득거리기 시작했다.

고 태부가 다시 물었다.

"그럼 무엇을 걸고 내기할까?"

"당신이 지면, 책임지고 올해 중추절에 모두를 초청해 줘요. 고칠소와 그의 제자를 포함해서 말이에요."

간단한 일이 아니었다. 오랫동안 소식이 끊긴 고칠소와 백리명천은 말할 것도 없고, 영승과 상관정아 역시 행적이 묘연해 서신을 보내면 몇 달 후에나 답이 오곤 했다. 그리고 용비야 역시 초청하기 쉬운 상대는 아니었다. 아니, 어쩌면 가장 고난도일지도 모른다.

그러나 고북월은 바로 승낙했다.

민 부인이 말했다.

"만약 내가 진다면…… 무엇을 할지는 당신에게 맡길게요."

고 태부가 웃으며 말했다.

"욕심을 좀 더 부려 보겠소. 부인께 생일 선물을 좀 더 부탁해 보기로 하지."

민 부인도 단박에 승낙했다.

고 태부와 민 부인이 예상했던 대로, 당 가주는 당정의 서신을 받은 후 처음에는 감동에 몸을 떨었다. 그러나 점차 슬픔이 몰려왔다. 물론 이 감정은 그리 오래가지는 않았다. 그는 곧 정씨 가문을 방문하기로 마음먹었다.

일단 늙은 어멈과 시녀들을 여럿 뽑은 다음 직접 영지니 설련이니 하는 귀한 물건들을 잔뜩 챙겼다. 그러고도 부족하다 싶었던 그는 짐을 내려놓고 붓을 들어 그의 형 용비야에게 서신을 쓰기 시작했다. 바로 조 할멈을 빌려 달라고 말이다!

딸의 임신 소식에 기뻐하고 있던 영 부인은 남편의 이런 모습을 보고 얼굴을 찌푸리기 시작했다. 그녀는 팔짱을 끼고 벽에 기댄 채 한마디 말도 없이 그런 남편을 지켜보았다. 그러다 당 가주가 모든 짐을 다 챙긴 후에야 말했다.

"당리, 이사라도 할 생각인가요? 아니면 저에게 미안한 일이라도 저질러 놓고 도망치는 건가요?"

당정 외전 **잠시**

당 가주는 그제야 부인이 자신을 바라보고 있는 것을 알아차렸다.

그는 다 쓴 서신을 봉투에 넣으며 재촉하기 시작했다.

"당신도 어서 가서 짐을 챙기는 게 좋겠소. 우리 오늘 밤 정씨 가문으로 출발합시다!"

딸을 보러 가고 싶은 마음은 사실 어머니인 영 부인이 당 가주보다 훨씬 컸다. 그러나 딸과 사위에게 귀찮은 상황을 만들지 않기 위해 참을 수밖에 없었다. 그녀는 당리라는 희대의 딸바보가 정씨 가문에 갔다가 임 노부인과 무슨 일을 벌이지 않는다고 자신할 수 없었던 것이다.

영 부인이 방 안으로 들어와 당리 손에 들린 서신을 빼앗은 다음, 잠시 말없이 허공을 바라보았다. 그리고 서신을 한옆으로 던지며 진지하게 말했다.

"당리, 우리 내기하도록 해요! 만약 당신이 이긴다면 내가 언제라도 당신과 함께 정씨 가문으로 가지요. 하지만 당신이 진다면, 이 일에 관련해서는 순순히 내 말을 듣는 거예요. 어때요?"

"무슨 내기를 하고 싶소?"

"용비야가 조 할멈을 빌려주지 않는다는 데 걸지요!"

이 말을 들은 당 가주는 얼마간 냉정함을 되찾고 중얼거렸다.

"그거야 상관없지. 방금 당당이의 시중을 들어 줄 늙은 어멈을 몇 명 뽑았으니, 그 정도면 충분할 거야."

영 부인은 도저히 참을 수 없어 큰 소리로 물었다.

"당 가주님! 참견이 너무 과하다고 생각지 않으시나요? 정씨 가문이 어떤 집안인데 설마 어멈이나 시녀가 모자라겠어요? 딸의 체면을 생각해서, 사돈댁에 갈 생각을 버리는 게 어때요?"

다른 사람이 이런 말을 했다면 분명 당리의 원한을 샀을 것이다. 그러나 부인 앞에서만은, 당리의 인내심은 결단코 바닥나지 않았다.

당리가 진지하게 설명했다.

"그야 나는…… 당당이가 적응을 못 할까 봐서 이러는 것 아니오?"

영 부인이 바로 반박했다.

"당당이는 어릴 때부터 적응력만은 최고였죠. 게다가 정씨 가문에서 이미 한참을 지냈는걸요. 적응 못 할 게 뭐 있겠어요? 게다가 적응을 못 한다고 해도, 그 애는 알아서 자기가 편해질 방법을 찾을 거라고요. 괜한 조바심 내지 말아요!"

당 가주가 들어도 부인의 말은 이치에 합당했다. 그가 고개를 끄덕이며 말했다.

"알겠소. 그럼 어멈과 시녀들은 두고 가리다. 이제 당신도 어서 가서 짐을 챙기시오."

영 부인이 이해할 수 없다는 듯 말했다.

"나는 갈 생각이 없어요. 당신도 사돈댁에 갈 생각은 말아요. 일단 첫 석 달이 지난 후에 가도 늦지 않으니까."

당 가주가 조급해하며 외쳤다.

"첫 석 달이 가장 중요하잖소! 안 돼……. 나는 도저히 안심할 수 없어! 그 임 노부인은 만만한 사람이 아니고, 또 우리 당당이는 너무 착해서……. 만약 두 사람 사이에 무슨 일이라도 생기면……."

영 부인은 도저히 더 들어 줄 수 없어 당 가주의 말을 잘랐다.

"당당이가 낳는 아이는 바로 정씨 가문의 아이라고요. 임 노부인은 기뻐서 제정신이 아닐 텐데, 무엇 때문에 며느리를 괴롭히겠어요? 게다가, 정역비는 뭐 꿔다 놓은 보릿자루인가요?"

당 가주는 그만 입을 다물고 말았다.

영 부인이 다시 말했다.

"당리, 당신은 어째서 나이를 먹어 갈수록 한 가문의 가주로서 지녀야 할 것을 점점 더 잃어가는 거죠? 좀 침착하고 냉정할 수는 없나요? 좀 더 대범해지란 말이에요. 나보다 더 장모인 것처럼 굴지 말고요!"

이 말을 들은 순간, 당 가주가 갑자기 힘을 주어 탁자를 내리쳤다.

쿵!

영 부인은 깜짝 놀라 순간적으로 아무 반응도 보이지 못했다. 당리가…… 당리가 내 앞에서 탁자를 내리쳤어?

그러나 당 가주는 곧 기쁜 표정으로 영 부인의 어깨를 안으며 감동한 목소리로 외쳤다.

"영정, 당신도 잊고 있었군? 당당이가 앞으로 낳을 아이 둘은 바로 우리 당씨 가문의 아이들이오! 우리 당씨 가문의 가업을 계승할 아이들이지!"

아무래도 당 가주가 탁자를 내려친 것은 제 허벅지를 내려친 것과 같은 종류인 모양이었다. 그러니까 대오 각성 했다는 뜻이었다.

당정과 정역비가 혼사를 치를 때 영 부인이 관심을 두었던 건 딸이 정말로 정역비에게 시집가고 싶어 하는지, 또 정역비가 딸에게 진심인지의 여부였다. 아이 문제에 대해서는 달리 신경 쓰지 않았던 그녀는 그제야 그 약속을 떠올리고는, 속으로 일이 잘 풀리지 않는다고 중얼거렸다.

아니나 다를까, 당 가주가 더욱 흥분했다. 그는 영 부인의 어깨를 잡고 외쳤다.

"갑시다! 우리 가서 당당이를 데려옵시다!"

영 부인이 슬며시 그를 노려보다가 바로 이마에 손을 얹고 말했다.

"어머, 왜 이리 어지럽지?"

당 가주가 재빠르게 반응했다. 그는 서둘러 영 부인을 자리에 앉히고 초조한 듯 물었다.

"괜찮소?"

영 부인은 당연히 연기 중이었다! 다투기 귀찮거나, 다투어도 이기지 못하겠다 싶을 때면 그녀는 언제나 몸이 불편한 척했다. 그러기만 하면 쉽게 남편의 관심을 돌릴 수 있었으니까.

영 부인이 말했다.

"왠지 모르겠어요. 갑자기 너무 어지럽네요."

당 가주는 즉시 하인에게 의원을 불러오라 명한 후, 직접 부인을 안고 방으로 돌아갔다.

청해 온 의원은 당씨 가문 소속으로, 영 부인과 협력한 경험이 풍부하다 할 수 있었다. 그는 영 부인이 안정을 취해야 한다고 단언하며, 얼마나 안정을 취해야 할지는 일단 회복되는 상황을 보고 결정하겠다고 말했다.

이렇게 영 부인은 병을 핑계 삼아 시간을 끌었고, 당 가주는 아픈 부인을 데리고 장거리 여행을 할 수도, 그렇다고 부인 혼자 가문에 남겨 둘 수도 없어 딸을 방문하는 일을 잠시 미룰 수밖에 없었다.

당 가주는 비록 조 할멈을 빌리겠다는 생각은 접었지만, 그래도 대진 황도에 기쁜 소식을 알리는 서신을 썼다.

이 서신은 영 부인의 명의로 한운석에게 날아갔다. 당 가주도 심사숙고하고 나니, 형 앞에서는 조금 신중한 편이 낫겠다는 생각이 들었던 것이다. 비연에게서는 아직 아이 소식이 없고, 또 예아는 지금까지도 아내를 맞지 못하고 있지 않은가!

대진 황도, 황궁 안 운한각이었다. 용비야와 예아가 정원에서 바둑을 두고 있었다.

용비야와 예아 모두 고요했고, 옆에서 보면 마치 똑같은 틀에서 찍어 낸 것처럼 닮았다. 똑같이 냉담하면서도 사람을 홀리게 만드는 얼굴이었다.

한운석은 돌의자에 기대앉아 두 사람을 바라보며 한가로운 시간을 보내고 있었다. 때로는 생각에 잠기고, 때로는 잔잔하게 미소 짓는 그녀의 모습은 억지로 꾸며 내지 않아도 고귀해 보였다.

용비야와 한운석은 이미 젊은 나이가 아니었지만 외모나 몸은 아직도 10년 전과 같으니 막 서른이 된 것이나 마찬가지였다. 서른은 젊지도 늙지도 않은 나이인 데다, 특히 남자에게는 세월이 부여하는 진중함과 그 깊이를 헤아리기 어려운 기질을 더해 주었다.

예아는 어린 시절부터 패기만만한 성격이었고, 어른이 된 후로는 곁에 있는 어른들마저 그 패기로 쉽게 제압하곤 했다. 그러나 그런 그도 부황 앞에서만은 갑자기 작아지는 것만 같았다. 분명 일국의 군주임에도 불구하고, 부황 앞에 선 예아는 아무리 봐도 말 잘 듣는 아이 같았다.

예아는 바둑돌을 든 채 고민하면서 한참 돌을 내려놓지 못하고 있었다. 용비야는 그런 그를 재촉하거나 하지 않았다. 아니, 심지어 눈을 들어 바라본다거나 하는 일도 없었다. 예아가 어렸던 때와 마찬가지로, 그는 항상 충분한 인내심을 가지고 기다려 주곤 했다.

그러나 곁에 있던 한운석은 무료해지고 있었다. 그녀가 막 몸을 일으켰을 때 조 할멈이 다가와 서신을 건네며 말했다.

"마마, 당씨 가문의 영 부인께서 서신을 보내오셨습니다."

한운석은 살짝 놀란 표정으로 서신을 열어 보며 말했다.

"이상하네. 아무래도 평소 영정의 서신과는 달라 보이는데."

그러나 곁에 있던 용비야와 예아는 여전히 바둑판만 들여다볼 뿐 미동도 하지 않았다.

한운석은 서신 속 내용을 보고 기뻐하며 용비야와 예아에게 외쳤다.

"좋은 소식이에요! 홍두가 아이를 가졌다네요!"

그제야 용비야와 예아 모두 한운석을 바라보았다. 용비야가 감동하는 표정을 지었고, 예아도 무척 기뻐하며 말했다.

"정말 잘됐습니다! 이제 당씨 가문도 시끌벅적해지겠군요. 저는 연아가 좀 더 빠르리라 생각했습니다만."

조 할멈이 이 기회를 놓치지 않고 끼어들었다.

"소주님, 이 늙은 노비는 소주님이 좀 더 빠르시리라 생각했답니다. 생각 좀 해 보세요. 소주님과 비슷한 나이대의 소주님들 모두 가정을 이루셨는데 소주님만 홀로 계시잖습니까. 두 분 주인님뿐 아니라 저도 마음이 타서 죽겠습니다."

예아가 조 할멈에게 혼사를 재촉당한 일은 처음이 아니었다. 그러나 부황과 모후 앞에서 재촉당한 것은 처음이었다.

부황과 모후 앞에서 조 할멈을 꾸짖는 것도 보기 좋지 않은 일이니, 예아는 그저 조 할멈에게 경고의 눈빛을 던지고 화제를 바꾸는 수밖에 없었다.

"부황, 계속하시지요."

용비야는 조정 일에 관여하지 않고 한운석과 함께 무술 수련에 전념하고 있었다. 그러나 최근 예아가 황족의 후손을 낳아야 한다는 상소문을 적지 않게 받고 있기도 했다.

물론 용비야는 그럴 때마다 초조해하거나 하는 일 없이 바로 한운석에게 상소문을 넘겼다.

한운석도 사실 조급한 마음이 없었기에, 예아에게 상소문 이야기를 하지 않았다. 그러나 오늘은 꽤 좋은 기회니, 한운석도 아들을 놀리고 싶은 마음이 들었다.

"예아, 너도 이제 나이가 어리지 않지. 언제쯤 아내를 맞이할 생각이냐? 혹시 몰래 마음에 둔 아가씨가 있는 건 아니겠지?"

모친의 질문에도 예아는 여전히 담담했다.

"모후께서 근심하시게 하다니 소자가 불효하였습니다. 혼사는…… 인연을 따라야 한다고 생각합니다."

한운석도 한번 입을 연 이상 쉽게 예아를 놓아줄 리 만무했다. 그녀가 예아 곁에 앉으며 자애롭게 미소 지었다.

"그럼 모후에게 말해 보려무나. 어떤 아가씨가 좋은지?"

예아는 저도 모르게 이마를 짚었다. 이 화제를 피하고 싶은 듯했으나, 또 그렇다고 피할 수도 없는 모양새였다.

"벼, 별로 특별히 좋아하는, 뭐 그런 건 없습니다. 역시 인연을 따르면 그만입니다."

한운석이 생각에 잠긴 듯 말했다.

"그래, 인연이란 건 딱 잘라 말하기 힘들지. 지금 이런 것을 좋아하고 저런 것을 싫어한다고 말해 봤자, 나중에 공교롭게도 좋아하지 않는 부분을 지닌 사람이 눈에 들어오기도 하고, 또 좋아하는 부분을 지닌 사람이 마음에 안 들기도 하니까."

예아가 찬성한다는 듯 고개를 끄덕였다.

"그래도 먼저 모후에게 어떤 사람을 좋아하지 않는지 말해 주지 않을래?"

한운석이 가볍게 아들의 얼굴을 쓸어내리며 말했다.

"나중에 네가 민망해할 일이 생길지 생기지 않을지, 그때 가서 보고 싶어서 그래."

듣기에는 아주 간단한 질문이었지만 예아는 정말 난감했다. 그는 한 번도 누군가에게 특별히 마음을 써 보거나, 어떤 아가씨가 좋다거나 하는 생각을 해 본 적이 없었던 것이다.

그는 오히려 부황이 예전에 어떤 아가씨들을 좋아했고, 또 어떤 아가씨들을 좋아하지 않았는지, 어떻게 모후에게 반하게 되었는지 궁금해졌다.

지금 이 자리에 연아가 있었다면 얼마나 좋을까? 예아 자신은 그저 은밀하게 궁금해할 뿐이지만, 연아라면 대담하게 물어보았을 테니 말이다.

참을성을 발휘해 기다리던 한운석이 손가락을 아들의 턱으로 미끄러뜨려 천천히 그의 얼굴을 들어 올렸다. 보면 볼수록 이 귀한 아들이 잘생겼다는 생각이 들었다.

그러나 그녀의 아들이 대답하기도 전에 용비야가 그녀의 손을 쳐 내며 차갑게 말했다.

"바둑이 끝나지 않았으니 방해하지 말도록."

이 말에 예아가 속으로 기뻐하며 재빨리 바둑돌을 들었다.

"두겠습니다."

한운석이 손등을 쓰다듬으며 화가 난 듯 용비야를 바라보았다. 그러나 안타깝게도 용비야는 그녀를 제대로 쳐다보지도 않고 있었다.

용비야는…… 아들을 곤경에서 구해 주려고 그런 걸까, 아니면 아들조차 질투했던 걸까? 아마 이 질문에 대한 답은 용비야 자신만이 알 터였다.

예아는 어쨌든 위기에서 벗어났지만, 방금까지와 같이 바둑에 전념할 수는 없었다. 일단 관심을 둔 이상 모후가 이 주제를 쉽게 끝내지 않으리라는 걸 알고 있었기 때문이다. 예아는 모후를 피할 방법을 고민하기 시작했다.

현공대륙에 한번 다녀올까? 당홍두가 잘 지내는지도 좀 보고, 겸사겸사 누이동생과 매부도 좀 만나고…….

바둑돌을 몇 개 내려놓았을 때 마침 태감이 달려와 궁 밖에 급한 청원이 있다고 알렸다. 안 그래도 이 자리를 빠져나가고 싶던 예아는 부모에게 인사를 고하고 도망쳤다.

한운석이 멀어져 가는 아들의 뒷모습을 바라보며 저도 모르게 감탄했다.

"용비야, 우리 아들이 예전 당신 못지않아요!"

용비야가 바둑판을 두드렸다. 함께 바둑을 이어 두자는 신호였다. 한운석은 자신만만하게 자리에 앉았으나 얼마 지나지 않아 용비야를 당해 내지 못하고 곤경에 빠졌다.

그녀가 중얼거렸다.

"아들도 봐주지 않고, 나도 봐주지 않고! 너무해!"

용비야가 새어 나오는 웃음을 참지 못하고 피식 웃더니, 말없이 자신의 바둑돌을 옮겼다. 이 동작은 표면상으로는 한운석에게 한발 양보하는 것 같았으나, 진심에서 우러나온 양보인지 아니면 또다시 함정을 파고 있는 것인지는 알 수 없는 일이었다.

한운석은 그와 몇 번이고 대국을 나누며 몇 번이고 함정에 빠졌고, 단 한순간도 소홀히 할 수 없었다.

한운석이 바둑돌을 든 채 바둑판을 응시하며 깊은 생각에 잠겼다. 용비야의 시선은 방금 예아와 바둑을 둘 때와는 달리 바둑판이 아니라 한운석의 얼굴로 향하고 있었다. 그는 그녀를 바라보고 또 바라보다가 손을 뻗었다.

그의 손이 한운석의 얼굴 윤곽을 따라 다정하게 미끄러져 내리더니, 곧 그녀의 턱에 닿았다. 그가 가볍게 힘을 주어 한운석의 턱을 들어 올렸다.

한운석이 그를 흘겨보며, 그가 방금 했던 말로 그를 질책했다.

"바둑이 끝나지 않았으니 방해하지 말아요!"

용비야가 웃으며 곁에 있던 복숭아를 집어 한운석의 입에 가져다 대었다.

"아예 솔직하게, 어디다 놓을지 알려 달라고 하지 그래."

한운석이 한입 베어 문 복숭아를 용비야의 입 안에 밀어 넣으며 말했다.

"그만해요!"

그가 정말 그녀에게 돌을 놓을 곳을 알려 주겠는가? 그녀의 생각을 어지럽히려고 일부러 저러는 게 분명했다.

용비야가 복숭아를 먹으며 자못 흥미진진하다는 듯 기다렸다. 그러나 한운석은 망설이며 결단을 내리지 못하고 있었다.

그녀가 몇 번이나 돌을 내려놓으려다 멈추는 걸 보고, 용비야가 참지 못하고 큰 소리로 웃기 시작했다. 그 누구라도 지금 그의 기분이 매우 좋다는 것을 알아챌 수 있을 정도였다.

소위 '전심전력으로 바둑판만을 바라본다'라는 이야기도 결국은 대상에 따라 달라지기 마련. 맞은편에 앉아 있는 사람이 한운석이 되자 대국은 바로 아내를 희롱하는 것으로 바뀌었다.

한운석은 용비야가 웃는 것을 보자 더더욱 승복하고 싶지 않아졌다. 그녀는 아예 바둑알을 통에 내려놓고 팔짱을 낀 채 열심히 고민하기 시작했다. 그녀는 자신이 용비야가 만들어 놓은 판을 깰 수 없으리라고는 생각지 않았다!

용비야가 나른하게 한 손으로 머리를 받친 채 그녀를 자세히 들여다보았다. 그의 눈빛은 예전과 마찬가지로 패기에 넘치고 있었다.

불어오는 바람에 떨리는 나뭇잎, 고요한 오후……. 모든 것이 20여 년 전 초여름으로 돌아간 것만 같았다. 당시 진왕부 운한각의 오후도 이렇게 고요했었다…….

현재 소식을 알 수 없는 고칠소와 백리명천을 제외하고, 가장 마지막으로 당정의 소식을 받은 사람은 승 회장과 상관 부인이었다.

모든 이들이 승 회장과 상관 부인이 현공대륙 각지를 유람 중이라 생각하고 있었지만, 사실 그들은 운공대륙으로 넘어온 지 오래였다. 그 의견을 낸 사람은 바로 승 회장으로, 그 이유인즉 운공대륙의 좋은 술들이 그립다는 것이었다.

그러나 운공대륙에 도착한 승 회장은 바로 술을 마시러 가지 않고 대신 옛날에 지내던 곳을 두루 돌아다녔다. 운공상회, 삼도 암시장, 과거의 장군부, 과거 그가 수비하던 천녕국 서쪽 변경 등등.

상관 부인도 운공대륙에서 성장하긴 했지만, 삼도 암시장을 제외하면 모두 처음이었다.

여정 내내 그녀는 기이할 정도로 조용했다. 승 회장조차 그런 그녀의 모습에 적응하지 못할 정도였다.

어느 날 밤, 승 회장이 궁금증을 참을 수 없어 물었다.

"정아, 혹시 무슨 계획이라도 세우고 있는 건가?"

상관 부인이 바로 고개를 저었다.

승 회장은 믿지 않고 경고하듯 말했다.

"조용히 있는 게 좋을 거야. 만약 우리 행적이 드러나기라도 하면……."

상관 부인이 그의 말을 끊으며 물었다.

"어쩔 건데? 다시는 나를 데리고 어딘가에 가 주지 않고, 그럴 건가?"

승 회장이 고개를 끄덕였다.

상관 부인이 웃으며 그의 어깨를 두드렸다.

"영승, 몰래 옛 저택을 살펴본다거나 술을 찾고 싶다거나 하는 건 다 핑계잖아? 그렇지? 사실 당신은 당신의 과거와 경험을 나와 나누고 싶은 것뿐이잖아. 후후, 부끄러워하지 마. 나도 다 아니까!"

승 회장은 더는 그녀와 이야기하고 싶지 않다는 표정을 지었다.

상관 부인은 그가 인정하건 인정하지 않건 상관없었다. 그녀 자신이 이렇게 생각하면 그것만으로도 족하니까.

다른 사람에게라면 그녀도 이러지 않을 것이다. 그러나 영승에게만은 이럴 수 있었다!

상관 부인이 다시 말했다.

"그래서 나도 조신하게 굴기로 했어. 당신을 귀찮게 하는 일 없이, 당신의 추억 여행에 동참하려고."

승 회장은 여전한 표정으로 그녀 마음대로 생각하게 내버려 두었다.

상관 부인은 영승이 이렇게 자신 때문에 난감한 표정을 지을 때가 좋았다. 그녀는 유쾌한 기분으로 영승의 목을 안고 말했다.

"당신이 마시고 싶은 술을 찾아내면, 내가 자란 곳으로 데려가 줄게!"

승 회장이 입을 열어 대답하려는 순간, 그녀가 재빨리 경고했다.

"가기 싫다면 그렇게 말해 보시든가! 그 후에 무슨 일이 벌어질지!"

승 회장이 다시 입을 열려는 순간, 그녀가 재빨리 그의 입을 막으며 노려보았다.

"말할 수 있으면 말해 보시든가!"

사실 승 회장은 거절할 의사가 없었다. 그러나 상관 부인에 의해 두 번이나 말문이 막히고 나니 더 변명하기도 귀찮아지고 말았다. 그는 아예 상관 부인을 밀어 넘어뜨린 후 제 입술로 그녀의 입술을 막아 그녀가 쓸데없는 말을 하지 못하게 했다.

밤새도록 전투를 치른 후 다음 날 오전, 아직 꿈을 꾸고 있던 승 회장은 상관 부인의 놀란 목소리에 잠에서 깨고 말았다.

"영승, 당당이가 아이를 가졌어! 아이라니! 당신은 외종조부가 되는 거야! 나는 외종조모가 되고!"

상관 부인은 승 회장에게 맛있는 아침을 차려 주려고 일부러 일찍 일어났다가 당정의 기쁜 소식을 받았다. 그녀는 기뻐하며 재빨리 위층으로 올라왔다. 딸을 낳겠다는 집념을 포기한 후, 그녀는 아래 세대가 딸을 낳아 주기를 기대하고 있었다.

승 회장은 여전히 졸린 표정이었지만, 상관 부인이 그를 잡아끌며 외쳤다.

"영승, 우리 일단 술부터 찾으러 가야겠어! 당정이 딸을 낳으면 현공대륙 풍속대로 당신이 외삼촌 역할을 해야 한단 말이야. 그러니까 새로 태어난 아기를 위해 땅에 술을 파묻었다가, 그 아기가 자라 시집갈 때가 되면 다시 꺼내 줘야 한다고."

영승이 그제야 상황을 깨닫고 몸을 일으키며 물었다.

"만약 남자아이를 낳는다면?"

당정 외전 **아쉬움**

당정이 남자아이를 낳으면?

상관 부인이 걱정스러운 표정으로 중얼거렸다.

"임 노부인의 그 성격을 생각하면…… 아무래도 고민깨나 하겠지."

사실 상관 부인이 걱정하는 바가 이미 벌어지고 있었다. 임 노부인의 고민이 시작됐던 것이다. 물론 남몰래 하는 고민이었다.

당정이 아이를 가진 다음 달, 임 노부인은 바로 병이 났다. 가슴이 답답하고 숨이 막혔으며 종종 어지럼증도 있었다.

의원은 대체 무슨 병인지 파악하지 못하고 그저, 최근 노부인이 너무 무리한 모양이라고만 말했다. 앞으로 너무 힘들게 움직이지 말고 잘 쉬면서, 화를 내거나 하는 일 없이 유쾌한 기분을 유지해야 한다고 했다.

정역비와 당정이 의원 몇 명을 더 불렀으나, 한결같은 처방이었다. 오늘 당정이 새로 부른 의원도 진료 후 비슷한 이야기를 늘어놓았다.

의원이 돌아간 후, 임 노부인이 의미심장한 어조로 말했다.

"당정, 내가 말했잖니. 넌 안심하고 배 속의 아이만 생각하면 된다고. 내 걱정은 할 필요 없다. 최근 며칠 동안 너무 많이 움직여 피곤했던 것뿐이지, 큰 문제는 없을 게야!"

그러나 당정의 생각은 달랐다. 그녀가 정씨 가문으로 시집온 이후, 임 노부인이 병이 들거나 했던 적은 한 번도 없었으니까.

그녀가 아는 한 노부인은 그야말로 튼튼 그 자체였다. 심지어 정역비가 그녀에게 구혼하기 위해 운공대륙으로 향했을 때, 그 산 넘고 물을 건너는 힘든 여정까지 노부인은 버텨 내지 않았던가!

당정은 임 노부인에게 몇 마디 좋은 말로 더 권한 다음, 시녀에게 노부인이 쉴 수 있도록 모시라 명했다.

임 노부인이 자리를 뜨자, 당정이 정역비에게 의심스럽다는 눈빛을 보냈다. 정역비도 자신의 모친에 대해서라면 당정보다 훨씬 더 잘 알고 있었으니, 모친의 이상한 점을 당연히 눈치채고 있었다.

정역비가 세심하게 문을 닫은 다음 말했다.

"분명 뭔가가 있어. 하지만 대체 무슨 일 때문에 저러시는지 알아보려면 시간이 좀 필요할 것 같아."

"진양성에 사람을 보내 실력 좋은 의원을 청해야겠어. 그래도 안 되면 약왕곡에 서신을 보내, 고 태부께 와 달라고 부탁드려야지."

당정의 말에 정역비가 어쩔 수 없다는 듯 고개를 저었다.

"어머니께서 일부러 편찮으신 척한다는 걸 알잖아."

"그러니까 의원을 불러와 폭로해야지."

정역비가 재빨리 소리를 죽이라고 손짓하며 말했다.

"쉿……. 당정, 그렇게 조급해하면 아이에게 좋지 않아. 이 일은 나에게 맡겨. 일단 나가자. 검포에 데려가 줄게. 내가 새로운 도안을 그렸는데, 어떤지 한번 봐 줘!"

비록 임 노부인이 모든 일을 내려놓고 집에서 착실히 몸이나 신경 쓰라고 당부했지만, 당정은 아무것도 안 하고 있을 수만은 없었다. 그녀는 여전히 바쁘게 일했다. 다만 움직일 때 예전처럼 거칠게 행동하지 않을 뿐이었다.

오히려 정역비가 적지 않은 일을 다른 이에게 맡기고, 더 많은 시간을 내어 당정 곁에 있어 주었다.

이와 관련해 임 노부인은 몇 번이나 투덜거린 바 있었지만, 그렇다고 아들과 며느리에게 뭔가를 강요하지는 않았다. 그래서 당정은 임 노부인이 이 일 때문에 아픈 척하는 게 아니라 다른 생각이 있는 것이 분명하다 생각했다. 다만 임 노부인이 대체 무슨 꿍꿍이인지 알 수 없을 뿐이었다.

당정은 정역비의 자신만만한 모습을 보며 고개를 끄덕였다.

"좋아, 어쨌든 진짜 편찮으신 건 아니니까. 나도 신경 쓰지 않을래!"

당정과 정역비가 문밖으로 나섰으나 임 노부인은 여전히 방 안에 숨어 있었다. 부채를 부치며 느긋하게 수박을 먹는 모습이 전혀 아파 보이지 않았다. 이 어멈이 대신 부채질을 해 주려 했지만 임 노부인이 필요 없다고 손을 저었다.

그녀는 확실히 아픈 척하고 있었고, 그 이유는 간단했다. 한바탕 기뻐한 후 생각해 보니 정역비와 당정의 첫아이를 당씨 가문에 주어야 한다는 것이 떠오른 것이다.

246

며칠 고민하다가, 지금부터 아이가 태어날 때까지 아픈 척하면서, 일종의 고육책을 사용해 당씨 가문에게서 아이를 빼앗기로 마음먹었다.

이 어멈이 말했다.

"마님, 제가 드리고픈 말씀이 있는데…… 이 말씀을 올려도 될지 잘 모르겠네요?"

임 노부인이 불쾌한 듯 말했다.

"무슨 못 할 말이 있다고! 할 말이 있으면 해 보거라!"

이 어멈이 조금 겁을 먹은 듯 말했다.

"제가 보기에 소부인 마님께서 눈치를 채신 것 같습니다."

임 노부인이 깜짝 놀랐다.

"정말이냐?"

이 어멈이 서둘러 말했다.

"그, 그저 제 생각일 뿐입니다! 소부인 마님께서 눈치채셨다고 확언할 수는 없습니다."

임 노부인이 서둘러 물었다.

"너는 대체 왜 그렇게 생각하게 되었지?"

이 어멈이 한바탕 제 생각을 늘어놓았고, 임 노부인은 점점 더 불안해졌다. 그녀는 아픈 척하기로 한 후 그런 세세한 일까지는 마음에 두지 않았던 것이다. 그런데 지금 이 어멈의 말을 들으니, 의심이 밀려오는 것을 어쩔 수 없었다.

"그럼 어떻게 해야 하지?"

이 어멈이 권했다.

"마님, 아기씨께서 태어날 때까지는 아직 시간이 남아 있습니다. 일단은 이대로 버티시면서 다른 방법을 생각해 보시는 것은 어떨까요?"

임 노부인은 더욱 초조해하며 물었다.

"그럼 말해 봐라. 또 다른 방법이 무엇이 있을지?"

이 어멈이 말했다.

"마님, 차라리 몰래 소야와 함께 의논해 보시면 어떨까요? 소부인 마님께서 정씨 가문에 시집오신 이상, 아무리 생각해도 첫 아기씨는 정씨 가문에 남는 것이 온당한 것 같습니다. 처음부터……."

임 노부인이 제 허벅지를 치며 흥분한 듯 외쳤다.

"그렇고말고! 처음부터……."

그녀는 말을 하다 말고 멈추고, 결국은 길게 탄식했다.

이 어멈이 그녀의 말을 이어 말했다.

"마님, 처음부터 소야께서 소부인 마님의 유산과 관련한 일로 마님을 협박하시다시피 하지 않았다면, 마님께서도 소야의 이런 무리한 요구를 받아들이지 않으셨겠지요! 아, 소야께서 어찌 그리도 당씨 가문에 양보하셨는지……. 어쨌든 이미 엎지른 물이지요. 소야께서 그때 그리 양보하지 않으셨다면, 당씨 가문이 어찌……."

임 노부인이 이 어멈의 말을 잘랐다.

"그만! 나도 당정을 탓할 생각은 없다. 일단 나와 역비가 그 애에게 미안해해야 하는 일은 맞으니까. 탓하려면 나를 탓하는 것이 옳지. 아⋯⋯. 만약 오늘 같은 날이 올 줄 알았다면 내가 그때⋯⋯ 내가⋯⋯ 내가⋯⋯."

이 어멈이 재빨리 그녀를 위로했다.

"마님, 너무 자책하지 마세요. 마님 심정은 제가 다 압니다, 알고말고요! 마님은 아기씨가 눈에 밟히셔서, 정씨 가문에서 키운 다음 나중에 보내고 싶으신 거잖아요. 태어날 아기씨는 어찌 되었건 정씨 가문의 핏줄이고, 만약 소야라면 적장손 아닙니까! 게다가 약조에는 둘째 아기씨도 당씨 가문으로 가게 되어 있으니⋯⋯. 소부인 마님께서는 이미 연치 어리지 않으시잖아요. 셋째 아기씨며 넷째 아기씨는 언제야 낳으실 수 있을는지요?"

임 노부인은 마음속 아픈 부분을 찔리기라도 한 양 연신 고개를 끄덕였다.

"어서, 어서 방법을 생각해 보거라."

그러나 이 어멈이라고 바로 방법이 생각날 리 만무했다. 이 어멈은 그저 임 노부인을 위로하는 수밖에 없었다.

"마님, 아직 시간이 있습니다. 그러니 급하게 생각하지 마시고 천천히 고민해 보시지요. 천천히!"

이렇게 임 노부인은 계속 꾀병을 부리며 방법을 고민하기 시작했다. 그러나 며칠 후, 임 노부인이 이 어멈과 함께 외출하려던 찰나였다. 저택 앞에 약재를 가득 실은 마차 한 대가 멈추는 광경을 보게 되었다.

임 노부인이 물었다.

"역비가 사들인 약재라더냐? 아니, 어찌 저리 많이 샀다지? 약을 밥처럼 먹을 수 있는 것도 아닌데."

이 어멈이 맞장구를 치려는 순간, 마부가 달려오며 물었다.

"정씨 가문 노부인 마님이십니까?"

임 노부인이 고개를 끄덕이자 마부가 재빨리 말했다.

"소인은 가주님의 명을 받아 대소저께 드릴 보약을 가져왔습니다."

임 노부인은 그대로 멍하니 굳어 버리고 말았다. 불길한 예감이 밀려왔다. 그녀는 저도 모르게 중얼거렸다.

"좋지 않아……."

다시 열흘쯤 지났다. 임 노부인이 막 자리에서 일어났을 때, 이 어멈이 총총히 달려와 외쳤다.

"마님! 밖에…… 밖에 어멈 두 사람에 시녀 넷이 와 있어요! 당 가주가 소부인 마님 시중을 들라고 보낸 사람들이라 합니다."

경악한 나머지 임 노부인은 하마터면 넘어질 뻔했다.

"아니, 바깥사돈……. 이건……."

다시 보름여가 지난 깊은 밤. 고요하던 정씨 저택이 갑자기 시끌벅적해졌다. 등불이 하나하나 밝아지더니 발걸음 소리가 점차 많아졌다. 임 노부인이 졸음이 가시지 않은 목소리로 외쳤다.

"이 어멈! 이 어멈! 무슨 일이냐?"

바깥채에서 밤을 지키던 이 어멈도 막 깨어나 외쳤다.

"마님, 기다리세요! 제가 가서 살펴보겠습니다!"

이 어멈은 곧 새파랗게 질린 얼굴로 되돌아왔다. 그리고 숨마저 헐떡이며 말했다.

"마님, 그, 그게……. 그게……."

임 노부인이 다급하게 외쳤다.

"대체 무슨 일이냐?"

"당 가주와 영 부인께서 오셨습니다!"

사돈과 사부인이 왔다고?

임 노부인의 안색이 순식간에 하얗게 질렸다.

딸이 아이를 가졌으니, 그 부모가 딸을 만나러 오는 것은 지극히 정상적인 일이었다. 그러나 위기감을 느끼고 있던 임 노부인에게는 전혀 정상적인 일로 보이지 않았다!

임 노부인이 다급하게 침상에서 내려와 밖으로 나가려 하자 이 어멈이 재빨리 제지했다.

"마님, 아직 옷을 갈아입지 않으셨어요!"

옷을 갈아입은 노부인이 이 어멈과 함께 총총히 응접실로 달려갔다. 정역비와 당정이 당 가주와 영 부인을 대접하고 있었다.

영 부인은 아픈 척하며 석 달을 끌었지만, 그 이상은 시간을 끌 수 없게 되어 당 가주와 함께 오는 수밖에 없었다. 그녀는 당 가주가 약재며 시중들 사람들을 정씨 가문에 보낸 사정을 아직도 전혀 모르고 있었다.

응접실 안, 당 가주와 영 부인이 당정을 위아래로 살펴보며 웃는 얼굴로 이야기하고 있었다. 정역비 역시 곁에서 틈틈이 한두 마디 끼어들었다. 그야말로 화기애애한 분위기 그 자체였다.

그 장면을 본 임 노부인은 저도 모르게 문가에서 잠시 멈칫했다가 겨우 입을 열었다.

"사돈, 사부인, 오랜만입니다!"

모두가 돌아보는 가운데 영 부인이 바로 앞으로 나섰다.

"사부인, 깊은 밤에 실례했습니다. 너그러이 이해해 주시기 바랍니다."

당 가주가 재빨리 변명했다.

"이 성안에 객잔이 몇 곳 없는 것 같더군요. 성을 몇 바퀴나 돌았지만 머물 만한 곳을 찾지 못했습니다. 제 안사람이 막 병석에서 일어난 참이라 휴식이 필요합니다. 그래서 결국 실례를 무릅쓰고 찾아왔습니다."

임 노부인이 대답하기도 전에 정역비가 끼어들었다.

"장인어른, 그게 무슨 말씀입니까! 장인어른과 장모님께서 명안성까지 오셔서 객잔에 머무르시다니요. 이 이야기가 밖에 퍼지면 사람들이 다 비웃지 않겠습니까."

임 노부인은 자신이 아픈 척했던 것을 떠올리고, 영 부인이 막 병석에서 일어났다는 이야기에만 골몰하고 있었다. 임 노부인이 웃으며 말했다.

"역비의 말이 옳습니다. 사돈과 사부인이 우리 명안성에 오셨는데 객잔에 머무르신다면, 그건 우리 정씨 가문을 무시하는 행사지요!"

영 부인이 변명했다.

"우리는 그저 역비에게 예를 잃거나 당당이를 방해할까 걱정이 되었을 뿐입니다. 보세요. 지금 모두 저희 때문에 시끄러워 잠에서 깨지 않았습니까."

당정은 양쪽의 인사치레에서 전투의 기운을 느꼈지만, 자신이 너무 예민한 것인지, 아니면 정말로 그런 것인지 판단할 수 없었다.

어쨌든 당정도 그만 고민하기로 했다. 이런 무료한 일을 자꾸 생각하면 귀찮기도 하거니와, 괜히 정신만 소모하는 일이라는 생각이 들었던 것이다.

그녀는 영 부인의 손을 잡고 애교 부리듯 말했다.

"어머니가 딸을 방해한다니, 그게 무슨 소리세요? 게다가 어머니께서는 얼마 전에야 병석에서 일어나셨다면서요. 흥! 계속 그렇게 서먹하게 예의를 갖추실 거라면 앞으로는 오지 마세요! 지금 당장 가시란 말이에요!"

이건 축객령이 아닌가!

영 부인은 딸의 심사를 알아챘기에 즐거운 마음이 되었다. 그리고 당 가주, 이 딸 바보는 더더욱 딸의 위협이 무슨 뜻인지 알고 있었다.

당 가주와 영 부인 모두 난처한 빛 없이 웃기 시작했다. 그러나 정역비는 당정을 노려보며 말했다.

"말을 그렇게 하면 안 되지."

임 노부인은 조금 난감한 기분이었지만, 당정의 부모 앞에서 당정에게 한마디 하는 것도 좋지는 않을 것 같았다. 그녀는 결국 껄끄러운 표정으로 함께 웃을 수밖에 없었다.

어쨌든 깊은 밤이었으니, 모두 잠시 대화를 나눈 후 쉬러 가기로 했다. 당정이 별다른 말을 하지 않아도 정역비는 알아서 장인과 장모를 자신들 거처의 사랑방에 머물게 했다.

등불이 하나하나 꺼졌고, 정씨 저택도 점차 고요해졌다. 당정은 조금 흥분한 상태로 침상에 누워 정역비에게 내일 부모님을 모시고 검포에 가자는 이야기를 소곤거렸다. 그녀는 아버지에게 태어날 아기를 위한 검의 이름을 지어 달라고 할 생각이었다.

정역비 역시 기쁜 표정이었다. 일단 당정이 기뻐하니 그도 기뻤고, 또 그동안 고민하던 몇 가지 문제를 장인어른에게 직접 물어볼 수 있어서 기뻤다. 그렇게 두 사람은 즐겁게 속살거리다가 잠이 들었다.

그러나 임 노부인은 잠을 이루지 못하고 있었다. 그녀는 계속 엎치락뒤치락 잠들지 못하다가 그예 이 어멈을 불러들였다.

"네가 보기에 영 부인이 막 병석에서 일어난 모습 같더냐?"

이 어멈이 재빨리 대답했다.

"방금 저도 계속 몰래 살펴보았습니다. 이치대로라면 장거리를 이동한 데다 한밤중에야 도착했으니, 막 병석에서 일어난 사람이 아니라 해도 피로한 기색인 것이 당연하지 않겠습니까. 그러나 영 부인의 기색은…… 당 가주보다 훨씬 좋아 보이더군요! 저…… 저로서는 판단을 내리기 어렵습니다. 다만…… 다만……. 아아, 무어라 말씀드려야 할지 모르겠어요!"

임 노부인은 영 부인이 아픈 척하는 것은 아닌지 의심하던 참이었다. 그런데 이 어멈마저 이렇게 말하니 의심이 짙어질 수밖에 없었다.

임 노부인은 망설이며 한참 동안 아무 말도 하지 않았다. 그런 그녀를 곁눈질하던 이 어멈이 결국 다시 물었다.

"마님, 영 부인께서도 설마…… 꾀병을 부리신 것은 아니겠지요?"

임 노부인이 초조해하며 물었다.

"말해 보아라. 저들이…… 저들이 설마 지금 당정을 데려갈 생각으로 온 건 아니겠지?"

이 어멈은 차마 대답하지 못했다.

임 노부인은 더욱 다급하게 외쳤다.

"아, 아……. 안 돼! 역비, 역비와 이야기를 나눠야겠다!"

이 어멈이 재빨리 제지했다.

"마님, 충동적으로 행동하시면 안 됩니다. 아직 그분들이 아무 말씀도 없으셨잖아요. 두 시진이면 날이 밝을 테니, 내일 다시 상황을 보고 움직여도 늦지 않습니다!"

임 노부인은 그제야 조금이나마 냉정함을 되찾을 수 있었다. 그러나 이 어멈은 감히 방에서 나가지 못하고 계속 임 노부인 곁에 머물렀다.

임 노부인은 한참 침묵하더니 마침내 눈시울을 붉히며 이 어멈에게 물러가라고 손짓했다.

이 어멈이 말했다.

"마님, 제가 곁에서 모시겠습니다. 어서 잠자리에 드시지요."

임 노부인이 더 참지 못하고 울먹거리며 물었다.

"이 어멈, 노장군께서 계셨다면 이 일을 어찌 처리하셨을 것 같은가?"

이 어멈이 위로하듯 말했다.

"마님, 너무 괴로워 마세요. 이러다 몸 상하시겠어요."

"차라리 정말로 병이 났으면 좋겠구나!"

이렇게 임 노부인은 밤새도록 이 어멈과 함께 대책을 의논했다.

당 가주와 영 부인은 임 노부인이 이리 극단적인 반응을 보일 거라고는 꿈에도 생각지 못하고 있었다. 그러나 당 가주는 정말로 딸을 당씨 가문으로 데려갈 생각으로 온 참이었다.

그는 원래도 기분이 꽤 괜찮은 상태였지만, 포동포동하게 살이 오른 딸을 보니 더 기분이 좋았다.

짐 정리를 끝낸 당 가주가 물었다.

"정정, 팥죽 생각이 나지 않소? 내가 가서 끓여 오지."

영 부인이 피식 웃으며 말했다.

"됐어요. 자신이 손님이라는 자각을 좀 가질 수는 없나요? 한밤중이잖아요. 다른 사람들이 쉬도록 좀 내버려 둬요."

그러나 당 가주는 제법 진지했다.

"아무도 방해하지 않으면 그만이지. 밖에 나가 적당한 식당을 찾아 주방을 잠시 빌려 쓰고 오겠소."

영 부인이 재빨리 그를 잡아끌었다.

"먹고 싶지 않아요. 피곤하니 어서 자도록 해요."

당 가주가 다시 물었다.

"그럼 내일 아침에 먹고 싶은 거라도?"

당씨 가문에서 정씨 가문으로 천 리 길을 오는 동안, 당 가주는 영 부인이 한데서 자거나 식사를 거르는 일이 없도록 철저히 챙겼다.

젊은 시절부터 아내를 아끼던 당리였다. 나이가 든 지금도 그의 열정은 사그라지지 않았을 뿐 아니라, 아예 습관적으로, 또 일상적으로 아내를 챙기고 있었다.

영 부인이 눈썹을 치켜세우며 말했다.

"당리, 이곳은 정씨 가문이에요. 그리고 지금 이 가문을 관리하는 사람들은 당신 딸이나 당신 사위의 사람들이 아니라 사부인의 사람들이라고요. 다시 한번 말하겠는데, 스스로가 손님이라는 자각을 가지도록 해요! 우리가 임 노부인과 평소 살갑게 연락을 주고받은 것도 아니니, 내일 임 노부인이 식사로 무엇을 준비하건 우린 그냥 그걸 먹어야 해요. 뭐 지적하거나 할 생각은 하지 말고, 또 어디 가서 부엌을 빌릴 생각은 더더욱 하지 말아요!"

그러고도 영 부인은 끝내 참지 못하고 결국 한마디 덧붙이고 말았다.

"당신은 어째서 나이를 먹어도 점점 더 어린애가 되어 가는 걸까?"

당 가주는 겁을 먹은 듯 더는 아무 말도 하지 않았다.

어쨌든 다음 날 모두 식탁 앞에 모였을 때, 식탁 가득 산해진미가 차려져 있는 것을 볼 수 있었다. 산해진미 중 삼분지 일은 당정이 좋아하는 것이었고, 삼분지 일은 영 부인이 좋아하는 것이었다.

영 부인은 마침내 당 가주가 전날 밤 왜 그런 질문을 했는지 깨달을 수 있었다. 당 가주는 이미 정씨 가문에 사람들을 파견했고, 그들이 이미 정씨 가문의 주방을 점령한 상태였던 것이다.

영 부인은 당 가주에게 경고하는 듯한 시선을 던졌지만 일단 그 자리에서는 추궁하지 않기로 했다.

모두 자리에 앉았으나 임 노부인이 보이지 않았다. 영 부인이 물었다.

"역비, 어머님께서는?"

임 노부인은 일찍 일어나는 편이라, 평소라면 이미 식사를
마쳤을 시간이었다. 게다가 손님도 있으니 더욱 일찍 일어나야
옳았다.

정역비가 말했다.

"일단 식사를 하십시오. 제가 가서 뵙고 오겠습니다."

정역비가 당정과 눈빛을 교환했다. 두 사람 모두 마음에 짚
이는 게 있었던 것이다.

당정은 재빨리 당 가주와 영 부인에게 식사하라고 말했지만,
당 가주와 영 부인은 정역비와 당정보다 더 영리한 사람들이었
다. 두 사람은 정역비와 당정의 태도를 보고 상황을 눈치채기
시작했다.

정역비가 떠난 후, 당 가주가 바로 물었다.

"당당, 어찌 된 일이냐? 설마 우리에게 숨기는 일이라도 있
는 건 아니겠지?"

당정이 입술을 비죽이며 말했다.

"제 곁에 사람을 몇 명이나 보내셨는지 잊으셨나요? 대체 아
버지에게 무슨 일을 감출 수 있겠어요?"

당 가주가 난처해하며 영 부인을 돌아보았지만 그녀도 이미
그를 노려보고 있었다. 그는 즉시 딴청을 부리기 시작했다.

어쨌든 영 부인도 남편에게 따질 계제가 아니었다. 그녀가 딸을 바라보자, 당정은 대체 이 일을 어디서부터 이야기해야 할지 몰라 망설이고 있었다. 당정도 임 노부인이 무슨 꿍꿍이인지 알 수 없었으니까.

그녀는 결국 난처한 얼굴로 말했다.

"어머니, 일단 식사를 하고 정역비가 돌아오면 다시 이야기해요."

당정은 직접 영 부인에게 음식을 집어 주기도 했다. 그 모습을 본 당 가주도 젓가락을 들었으나 영 부인이 그의 손을 치며 속삭였다.

"기다려요!"

그때 정역비가 임 노부인의 방에 도착했다. 임 노부인은 병색이 완연한 얼굴로 침상에 기댄 채 의원에게 손목을 내밀고 있었고, 이 어멈도 시녀 둘과 함께 곁에서 기다리고 있었다.

정역비는 모친이 또 꾀병을 부린다는 사실을 알고 있었지만, 그래도 이런 장면을 보니 마음이 좋을 수는 없었다. 그는 재빨리 안으로 들어가 물었다.

"어머니, 어디가 편찮으십니까?"

임 노부인이 깜짝 놀란 표정으로 이 어멈에게 물었다.

"어찌 된 일이냐? 내가 역비에게는 알리라 하지 않았더냐?"

"사람을 보냈는데⋯⋯. 부, 분명 무슨 착오가 생긴 모양입니다!"

이 어멈이 재빨리 설명하기 시작했다.

"소야, 마님께서는 어젯밤 방으로 돌아오신 후 잠을 이루지 못하시더니, 오늘 아침 그 괴이한 병이 다시 찾아왔습니다. 의원도 막 도착한 참입니다. 제가 아침 일찍 소야께 하인을 보냈으나, 어찌 된 일인지……."

정역비는 손을 들어 이 어멈의 말을 끊었다. 그런 다음 직접 노부인의 소매를 걷어 준 뒤 의원 곁에서 조용히 기다리기 시작했다.

임 노부인은 그런 아들을 흘깃 보더니 다시 몰래 이 어멈을 바라보았다. 아무래도 하고픈 말을 참고 있는 듯했다.

잠시 후, 의원이 몸을 일으키더니 말했다.

"마님께서는 소화가 안 좋으신 데다가 감기가 드셨습니다. 수면도 부족하고, 피로도 누적된 상태이시니…… 열도 좀 있으시고요. 제가 일단 약을 몇 첩 지어 드리겠으니 때에 맞춰 드십시오. 아마 사나흘이면 다 나을 것입니다. 그리고 그 괴이한 질병은……."

의원은 정역비에게 눈짓한 다음 이어 말했다.

"아마 너무 피로하신 나머지 걸리신 것 같습니다. 더위를 피하고 잘 요양하시면서 유쾌한 심정을 유지하시면 별문제는 없으실 듯합니다."

정역비가 고개만 끄덕일 뿐 별다른 질문은 하지 않았다.

의원이 약방을 쓰자 정역비는 약을 지어 오라고 하인을 보냈다.

정역비는 홀로 임 노부인을 간호할 생각이었지만, 임 노부인은 어서 가서 손님을 대접하라고 재촉했다.

정역비가 말했다.

"당정이 있으니 그쪽은 별문제 아닙니다. 일단 제가 주방에 이야기해 죽을 끓이게 하겠습니다. 어머니, 당분간은 편안히 휴식을 취하시고 다른 일에는 신경 쓰지 마십시오."

임 노부인이 고개를 끄덕였다.

"지금 어미는 손주를 안을 때를 기다릴 뿐, 다른 일에는 아무 관심도 없구나. 오, 그래, 사돈과 사부인은 딸을 너무 예뻐하는 경향이 있으니 네가 곁에서 잘 살펴야 한다. 그 애가 혹시라도 소란을 피우거나, 먹으면 안 될 것을 먹거나, 또 가서는 안 될 곳에 가는 일이 없도록 말이다!"

정역비가 웃으며 대답했다.

"장모님께서는 응석을 받아 주지 않는 성격이십니다."

임 노부인도 웃으며 말했다.

"그렇구나. 내가 그건 또 몰랐구나."

정역비는 잠시 망설이다가, 결국은 진지하게 물었다.

"어머니, 최근 편찮으신 것은 아마도 마음의 병이신 듯한데, 혹시 아들에게도 말씀 못 하실 걱정이라도 있으신지요?"

임 노부인이 초조한 표정으로 말했다.

"네가 철이 든 후로 이 어미는 너에게 아무것도 숨긴 적이 없다. 애야, 어미가 이 나이가 되어 너에게 말하지 못할 일이 또 뭐가 있겠니?"

정역비가 한 번 더 물으려는 순간, 임 노부인이 그를 재촉했다.

"너는 어서 가서 장인, 장모께 내가 아프다고 말씀드려라. 혹시라도 오해 사는 일이 없도록 말이다. 어서."

정역비는 더는 억지를 부리지 못하고 물러 나왔다. 그러나 그는 당정에게 하인을 보내 상황을 알리고, 자신은 총총히 의원을 쫓아 나갔다.

그가 의원에게 노부인의 병세에 관해 물어보려 했을 때, 의원이 먼저 이야기하기 시작했다.

"정 대장군, 이 늙은이가 의원 노릇을 한 지 오래입니다만, 노부인 마님과 같은 증세는 본 적이 없습니다. 마님의 병은 마음의 병인 듯싶습니다. 마님의 체면을 생각해 이 이상 이야기하지 않겠습니다. 다만 마음을 잘 위로해 드리지 않으면, 혹시라도 좋지 않은 일이 생기지 않을까 걱정됩니다."

정역비가 한참 동안 고민해 보았지만, 대체 어머니가 무엇 때문에 마음의 병이 생긴 것인지 이해할 수 없었다. 이치대로라면, 당정이 아이를 가졌으니 기분이 지극히 좋아야 정상 아닌가!

의원이 물었다.

"정 대장군, 잘 생각해 보십시오. 마님께서 언제부터 편찮으셨는지요? 또 편찮으시기 전에 무슨 일이 있었는지요?"

정역비가 대답했다.

"안사람이 아이를 가진 것 외에 별다른 일은 없었소만."

그리고 의원이 다시 묻기 전에 정역비가 갑자기 외쳤다.

"알았다!"

의원이 재빨리 물었다.

"무슨 일입니까?"

정역비가 난처한 듯 웃으며 대답했다.

"별다른 일은 아니니……. 어쨌든 마음의 약은 내게 있소!"

의원이 기뻐하며 말했다.

"그거 잘된 일입니다! 잘된 일이고말고요!"

정역비는 의원을 배웅한 후 양손으로 머리를 감싼 채 길게 한숨을 쉬었다. 그러나 그는 곧 고개를 들고 어쩔 수 없다는 듯 웃으며 다시 임 노부인에게로 향했다.

정역비가 진지한 표정으로 말했다.

"어머니, 우리 대화를 좀 해 보지요."

임 노부인이 의심스러운 표정으로 물었다.

"어쩐 일이냐?"

정역비가 단도직입적으로 말했다.

"어머니, 아이와 관련된 일이라면 예전에 이미 이야기를 끝내지 않았습니까. 지금 와서 후회하시는지요?"

임 노부인이 정역비를 잠시 바라보더니 홀연히 놀란 듯 물었다.

"그, 그게 무슨 말이냐?"

정역비가 대답했다.

"의원이 어머니의 병은 마음의 병이라 했습니다. 아무리 생각해 보아도 이 일 외에는 편찮으실 이유가 없습니다."

임 노부인은 아들에게 제 맺힌 구석을 알리고 싶기도 했지만, 또 동시에 인정하고 싶지 않기도 했다.

"애야, 너는 대체 네 어미를 어떤 사람이라 생각하는 게냐? 나는 그저…… 그저……."

정역비는 말없이 임 노부인의 말을 기다렸다.

임 노부인이 울먹이기 시작했다.

"됐다. 네가 이왕 물어보았으니 어미도 너를 속이지 않으마! 어미가 악몽을 꾸었단다. 그 악몽이 계속 마음에 걸리는구나!"

정역비가 깜짝 놀라 물었다.

"악몽을 꾸셨다고요?"

임 노부인이 눈물을 닦으며 답했다.

"당정과 아이가 모두 사라지는 꿈을 꾸었지 뭐냐. 어미는 너와 함께 사방으로 찾아다녔지만, 아무리 찾아도 찾을 수가 없었어. 후에 네 아버지가 오시더니 나를 탓하시더구나! 네 아버지가!"

정역비가 바보가 아닌 이상 이 꿈의 의미를 알아채지 못할 수는 없었다. 그는 어떻게든 참아 보려 노력했지만 얼굴빛이 변하는 걸 막을 수는 없었다.

어머니가 솔직하게 과거의 약조를 후회한다고 하면 그도 어머니를 성실하게 설득할 생각이 있었다. 그러나 어머니가 이렇게 자신의 마음을 암시하는 동시에 인정하지 않는 태도를 취한다면…… 그도 수동적인 위치에 처할 수밖에 없었다.

그는 화가 나는 것을 꾹 참으며 형식적으로 몇 마디 말을 건넨 후 그 자리를 떠났다. 물론 정역비는 정말로 임 노부인의 거처를 떠난 게 아니었다. 그는 지붕으로 뛰어올라 어머니 침실의 기왓장을 하나 뜯어낸 다음 몰래 엿듣기 시작했다.

그가 생각한 대로였다. 임 노부인은 당씨 가문에 아이를 빼앗길까 두려워하여 미리 고육책을 사용하여 그와 당정을 곤란하게 만들고 있었던 것이다. 몸에 난 열은 노부인이 이불을 덮어 억지로 나게 한 것이었다.

정역비는 화가 나서 그야말로 피를 토할 지경이었다. 그는 한참 동안 이야기를 엿듣다가, 이 어멈이 방을 나가는 것을 확인하고는 자신도 임 노부인의 거처를 떠났다.

그러나 정역비가 임 노부인의 거처에서 나온 지 얼마 되지 않아 당정 등과 마주치게 되었다. 임 노부인이 아프다는 말을 들은 영 부인이 문병을 가겠노라 고집을 부렸던 것이다. 그리고 어머니를 말릴 수 없었던 당정이 함께 임 노부인의 거처로 오던 참이었다.

당정이 다급하게 정역비에게 눈짓했다. 정역비는 그녀의 뜻을 알아채고 완곡한 어조로 물었다.

"장모님, 어머니께서는 지병 때문에 지금 쉬고 계십니다. 차라리 저와 당당이 안내해 드릴 터이니, 검포를 구경하러 가시는 것은 어떨까요?"

영 부인은 사위의 체면을 생각해 거절하지 않았다.

그 후 반나절 동안 정역비는 당 가주와 영 부인을 안내하느라 당정과 둘이서만 이야기할 기회가 전혀 없었다. 저녁 무렵

이 되어 저택으로 돌아왔을 때야 정역비는 겨우 당정과 이야기
할 수 있게 되었다고 생각했다.

그러나 이게 웬일인가. 임 노부인이 정역비와 함께 당정의
거처로 옮겨 와 머무르기로 했다는 소식이 그들을 기다리고 있
었으니…….

당정 외전 **함정**

임 노부인이 자신들의 거처로 옮겨 오자 당정과 정역비는 그저 멍한 표정을 지을 뿐이었다. 당 가주와 영 부인은 너무 놀라 분노하기까지 했다. 그들 모두 노부인이 수상쩍다고는 생각했지만, 이렇게 막무가내일 줄은 몰랐던 것이다!

노부인은 이런 방법으로 정역비가 당 가주와 영 부인을 그들의 거처에 머물게 한 불만을 표시한 것이다. 이는 모두 앞에서 정역비의 체면을 깎는 일일 뿐 아니라, 당 가주와 영 부인에게 무례한 일이기도 했다.

정말이지 사람을 업신여겨도 분수가 있지, 이건 일부러 도전하는 것이라 해도 틀린 말이 아니었다!

당정 등 네 사람은 정원에 서 있었고, 임 노부인은 문가에 서 있었다. 시녀들을 시켜 짐을 나르던 이 어멈이 그 모습을 보고 멈춰 섰다. 넓은 정원이 순식간에 고요해졌다.

정역비가 어느새 주먹을 쥐었다. 간신히 분노를 억누르고 있는 게 분명했다. 당정이 몰래 그의 옷자락을 잡아끌지 않았다면, 정역비는 모두가 보는 앞에서 노부인과 다툼을 벌였을지도 모른다.

당 가주의 분노는 정역비보다 더 컸다. 그러나 그의 손은 영 부인에게 잡혀 있었다.

임 노부인이 어색하게 웃으며 말했다.

"모두 돌아오셨군요. 제, 제가 오늘 종일 침상에 누워 있느라 대접이 소홀했네요. 사돈과 사부인께서 이해해 주셨으면 합니다. 제가 하인들에게 만찬을 준비시켰답니다. 그걸로 대신 사죄하도록 하지요."

그녀가 정역비를 보며 재촉하듯 말했다.

"얘야, 거기 서서 뭘 하는 거니. 어서 가서 술을 꺼내 오지 않고?"

정역비는 아무 대답도 하지 않았고, 대신 당정이 나섰다.

"모두 가족이나 마찬가지잖아요. 그러니 그렇게 예의 차리실 필요 없어요. 부모님은 오늘 너무 오래 돌아다니셔서 피곤하신지라, 쉬셔야 할 것 같습니다."

그렇다. 당정은 정역비를 말렸을 뿐 아니라 임 노부인에게도 왜 함부로 옮겨 왔느냐고 묻지 않았다. 그렇다고 해서 또 임 노부인에게 대단한 예의를 갖출 생각도 없었다. 그녀가 두려워하는 기색을 보인다면, 멀리서 온 부모님 앞에 어떻게 고개를 들 수 있겠는가?

당정은 그 이상 노부인을 상대하지 않고 당 가주와 영 부인에게 말했다.

"아버지, 어머니, 일단 방으로 돌아가 쉬세요. 하인을 시켜 식사를 방으로 갖다 드릴게요."

영 부인 역시 당정과 같은 태도였다. 그녀는 노부인과 다투지 않았으나, 그렇다 해서 노부인의 체면을 세워 주는 어떤 행동도 하지 않았다. 영 부인은 임 노부인을 제대로 한번 보지도 않고, 오히려 정역비에게 시선을 던졌다. 그리고 아무 말 없이 당 가주와 함께 방으로 돌아갔다.

부모님이 방으로 들어가는 것을 본 당정이 정역비의 손을 놓고 방으로 향했다. 이제 정원에는 하인을 제외하면 정역비 모자만 남았다.

정역비는 조금이나마 냉정함을 되찾은 상태였다. 그는 결코 어머니와 다툴 생각이 없었다. 그럴 생각이었다면 아마 아침에 벌써 크게 난리가 났을 것이다.

정역비도 아들인 이상, 아주 부득이한 상황이 아니라면 어머니와 척을 지고 싶지 않았다. 그리고 또한 남편인 이상, 그는 모든 것을 당정에게 솔직하게 말하고 그녀의 의견을 구해야 했다.

"어머니, 식사는 혼자 하십시오. 저희를 기다리시지 말고."

말을 마친 정역비가 몸을 돌려 방 안으로 들어가려 했다. 그러나 임 노부인이 날카로운 소리로 제지했다.

"거기 서거라!"

정역비는 잠시 서 있다가, 다시 몸을 돌려 임 노부인에게 다가와 속삭였다.

"어머니, 제 체면을 생각해서라도 그만하십시오. 아침에 이야기하신 일은 제가 조금 늦게 답해 드리겠습니다."

그러나 임 노부인은 선수를 치기로 작정한 전날 밤부터 마음을 단단히 먹고 있었다. 그녀가 목소리를 높여 물었다.

"애야, 이건 대체…… 대체 어찌 된 일이냐? 설마 아침에 내가 대접이 소홀했다 해서······."

이 말을 들은 정역비는 불안한 기분이 들었다. 그러나 그가 입을 열기도 전에 노부인이 울먹이기 시작했다.

"애야, 이 어미가 아침에 말하지 않았니. 이 어미 마음속엔 병이 있는데, 오직 당정만이 치료할 수 있는 병이라고 말이다! 종일 며늘아기를 보지 못하니 마음이 텅 빈 것 같고, 낮잠을 잘 때 악몽도 꾸었단다. 이 어미는 네게 뭔가를 번복하라고 이러는 게 아니다. 설마 이 어미를 오해하는 것은 아니겠지? 나에게 여기로 옮겨 오라고 말한 것도 바로 너잖니? 내가 당정을 조금이라도 더 많이 보고, 마음에 안정을 찾을 수 있도록 말이다. 그, 그런데 지금 그 태도는 대체 무엇이냐?"

이 말에 정역비가 멍한 표정을 지었다. 내가 어머니께 옮겨 오시라 했다고? 언제?

노부인의 목소리는 작지 않았다. 분명 방 안에 있는 당정, 그리고 당 가주와 영 부인이 들으라고 하는 목소리였다.

당 가주는 임 노부인의 말을 듣자 바로 뛰쳐나가려 했으나 영 부인에게 다시 한번 제지당했다.

영 부인이 속삭였다.

"당리, 사부인이 일부러 우리를 자극하고 있다는 걸 모르겠어요? 사부인은 우리가 말다툼을 벌이러 나오길 기다리고 있다고요. 당신이 나간다면 사부인 뜻대로 되는 거예요!"

그러나 당 가주는 이미 요점을 파악하고 있었다.

"영정, 지금 저게 무슨 말인지 모르겠소? 사부인은 우리가 당당이를 데려가려는 걸 막으려고 하는 거요! 게다가 정역비저 녀석은 대체 뭐 하고 있는 거지? 대체 우리에게 뭘 속이고있는 거야?"

영 부인도 당연히 노부인의 의도를 알아차린 상태였다. 그러나 그녀는 정역비가 노부인을 옮겨 오게 했다고는 믿지 않았다.

"사부인은 지금 아들마저 함정에 빠트리고 있는 거예요! 일단 상황을 좀 지켜봐요. 어쨌든 이 일은 당당이와 정역비, 두사람의 사정이니까. 아이가 어느 가문의 아이가 될지는 우리건노부인이건 모두 번복할 수 없어요! 하지만 당당이와 정역비는아이의 부모니 언제라도 번복할 수 있지요. 당리, 냉정해지도록 해요. 일단 사위를 마지막으로 시험한다고 생각하고, 응?"

영 부인의 말을 들은 당 가주는 조금이나마 냉정함을 되찾을수 있었다. 게다가 영 부인이 몸으로 문을 막고 있어 힘을 쓸수도 없었기에, 기다리는 수밖에 없었다.

그리고 그 순간, 당정 역시 문틈으로 정역비의 뒷모습을 바라보고 있었다. 그녀는 임 노부인이 무슨 악몽을 꾸었는지, 또무슨 마음의 병이 있는지 알지 못했다. 그러나 노부인의 말에서 노부인 마음의 병이 무엇인지는 감 잡을 수 있었다.

물론 당정은 영 부인보다도 훨씬 더 상황을 명확하게 꿰뚫어보고 있었다. 지금 시어머니는 제 아들을 함정에 빠트리는 중이었다!

당정이 심호흡을 해 분노를 억제한 뒤 정역비의 말을 기다렸다.

그러나 정역비는 폭발하고 있었다. 그는 어머니를 노려보며 한참 동안 아무 말도 하지 않았다. 다만 그의 그 눈빛은 소름이 끼칠 정도였다.

임 노부인은 감히 아들을 마주 보지 못하고 그저 당정과 당 가주 부부가 뛰어나오기만을 기다렸다.

그녀가 아들을 함정에 밀어 넣은 것은 당정과 당 가주 부부의 한계를 시험하기 위해서였다. 일부러 소란을 피워 모두를 나오게 한 다음, 정역비로 하여금 그녀의 병이며 악몽을 공개하게 할 생각이었던 것이다.

좀 더 솔직하게 말하자면 아들을 나쁜 사람으로 만들고 자신은 약자가 되어, 당정과 당 가주 부부가 이 일을 처리할 방법을 고민하도록 핍박할 생각이었다.

그녀는 심지어, 최악의 경우 당 가주가 어떻게든 딸을 데려가려 한다면 계속 아픈 척을 하며 그들과 함께 당씨 가문으로 갈 각오까지 하고 있었다.

어쨌든 그녀는 정씨 가문에 홀로 덩그러니 남을 생각은 없었고, 정씨 가문의 혈육이 이 저택을 떠나는 모습을 눈 뜨고 지켜볼 생각도 없었다. 그래서 그녀는 기다리고 또 기다렸다.

당정과 당 가주 부부는 정역비가 입을 열기를 기다렸으나 정역비는 침묵했고, 임 노부인은 당정과 당 가주가 달려 나오기를 기다렸으나 아무도 나오지 않았다. 정원 안이 무서울 정도로 고요했다.

마침내 정역비가 밖을 향해 소리쳤다.

"여봐라!"

하인 몇 명이 즉시 달려왔다. 정역비가 그들을 바라보며 차갑게 말했다.

"한 시진 후 출발할 수 있도록 마차를 준비해라. 본 장군은 부인과 함께 진양성으로 돌아가 출산을 기다릴 것이다. 앞으로 계속 진양성에서 머물 생각이니, 챙겨야 할 짐은 모두 챙기도록! 그리고 어머니께서는 편찮으시니, 이 저택에 남아 요양하실 것이다. 본 장군이 부재중이라 해도 마님을 정성껏 모셔야 한다."

이 말은 설마…… 임 노부인을 연금하겠다는 의미일까?

임 노부인이 경악하여 중얼거렸다.

"얘야, 네가……. 네가……."

정역비가 말했다.

"어머니, 제가 이미 의원에게 물어보았습니다. 어머니의 병은 확실히 마음을 치료하는 약이 필요합니다. 의원이 말하기를, 어머니께서 너무 긴장하신 나머지 병이 된 것 같다 하더군요. 당정이 순조롭게 아이를 낳고 나면 어머니의 병도 자연스레 회복될 거라 하였습니다. 그리고 제가 어머니께 이곳으로 옮겨 오시라 한 것은 당정을 좀 더 자주 보시라는 의미가 아니라, 이곳이 겨울에 따뜻하고 여름에는 시원하여 요양하기에 적당하기 때문입니다. 그러니 이곳에서 편안히 머무시기를 바랍니다!"

정역비는 일부러 한 걸음 앞으로 다가가 나지막한 목소리로 속삭였다.

"그리고 어머니, 아무래도 잊고 계신 듯합니다만, 당정은 아주 힘들게 아이를 가졌습니다. 정말로 손주를 안아 보고 싶으시다면, 적당한 시기에 멈추시는 게 좋을 겁니다."

말을 마친 정역비가 몸을 돌려 성큼성큼 방으로 향했다. 임노부인은 멍한 표정으로 그 자리에 못 박혀 있을 뿐이었다.

그러나 곧 당 가주의 노한 목소리가 울려 퍼졌다.

"정역비, 그게 무슨 말이냐? 당씨 가문으로 가는 게 아니라, 진양성으로 가겠다고?"

당정 외전 **반성**

당 가주는 안 그래도 분노가 머리끝까지 치밀던 참이었다. 그런데 정역비의 이런 말까지 들으니 더욱 화가 나고 말았다.

그는 제 손을 잡고 있던 영 부인의 손마저 뿌리쳤다. 그러나 영 부인이 불시에 사나운 기세로 그의 등을 걷어차며 차갑게 명령했다.

"물러나요!"

당 가주가 돌아보니 영 부인의 차가운 눈동자가 보였다. 제 어를 잃고 있던 그의 분노도 순식간에 사그라들고 말았다. 그는 심지어 말 한마디 하지 못하고 얌전히 뒤로 물러섰다. 그리고 마치 벌이라도 서듯 허리를 세운 채 그 자리에 가만히 서 있었다.

영 부인은 여전히 바깥의 동정을 살피고 있었다. 임 노부인이 이 어멈의 부축을 받아 방으로 돌아간 후 더는 소란을 피우지 않는 것을 보고 그녀는 겨우 안도의 한숨을 내쉬었다. 그녀는 당 가주를 흘깃 바라본 다음 자리에 앉아 차를 마시기 시작했다.

당 가주가 도저히 참을 수 없어 중얼거렸다.

"영정, 당신은 늘 내가 당당이를 너무 예뻐한다고 하지만, 내가 보기엔 당신이야말로 그렇소."

영 부인이 그를 노려보았다.

"자, 이 이상 아무 말 하지 말고! 기다려요!"

당 가주는 입을 비죽거렸으나 결국 더는 아무 말도 하지 못했다.

그때 정역비와 당정의 방에서는 정역비가 당정이 앉은 의자 손잡이에 두 손을 얹은 채 저간의 사정이며 앞으로의 계획을 설명하고 있었다. 분노가 아직 다 사라지지 않은 그의 표정이 무척이나 엄숙해 보였다. 평소의 건들거리는 모습과는 다른 마치 딴사람 같았다.

그리고 당정은 예전에는 보인 적 없던 황홀한 눈빛으로 그를 바라보고 있었다.

설명을 끝낸 정역비가 물었다.

"어때?"

당정이 해맑게 웃으며 힘차게 고개를 끄덕였다.

"좋아!"

마침내 정역비도 마음을 놓은 듯 웃기 시작했다. 그는 당정의 이마에 입을 맞춘 후에야 물러났다.

당정이 재빨리 몸을 일으키더니 그의 손을 잡았다.

"어서, 어서 아버지께 상황을 설명해 드리자. 그러지 않으면 아버지는 당신을 죽일 마음을 품으실지도 몰라."

정역비가 난처한 표정으로 웃었다.

영 부인이 기다리던 사람은 바로 당정과 정역비였다. 물론 영 부인은 당 가주의 체면을 세워 주기 위해, 딸과 사위가 들어오기 전에 당 가주의 벌을 풀어 주었다.

당 가주는 옷차림을 점검하고, 단정한 자세로 앉았다. 침묵을 지키는 그의 모습은 마치 도를 닦는 문파의 문주처럼 보였다. 영 부인은 그런 그의 모습에 처음 그와 만났던 때를 떠올리고는 저도 모르게 따뜻한 눈빛이 되었다.

곧 당정과 정역비가 안으로 들어왔다. 당정은 아버지의 엄숙한 모습을 보고도 별일 아니라 생각하며 자리를 찾아 앉았다. 그러나 정역비는 마음에 걸리는 일이 없음에도 불구하고 장인의 엄숙한 태도에 조금 겁을 먹은 상태였다. 그는 자리에 앉지 않고 공손하게 두 손 모아 읍한 다음 사정을 설명하기 시작했다.

그가 당정과 진양성으로 가겠다고 결정한 것은 과거의 약조를 어기기 위해서가 아니라, 당정과 함께 가정을 꾸리고 싶은 마음 때문이었다. 그들의 아이들은 일단 그들만의 가정에 소속된 다음, 다시 당씨 가문이나 정씨 가문에 소속되어야 했다.

그와 당정은 직접 아이들에게 암기를 제조하는 법과 병기를 만드는 법을 가르치고, 때에 따라 아이들을 당씨 가문이나 정씨 가문으로 보내 가업을 배우게 할 생각이었다. 그러나 몇 번째 아이건 간에 아이들은 그들만의 가정에서 자라야 했고, 성년이 된 후 정식으로 당씨 가문과 정씨 가문의 가업을 이어야 했다.

정역비가 진지하게 말했다.

"장인어른, 장모님, 안심하십시오. 저는 당정을 잘 보살필 것이고, 오늘 같은 촌극은 다시는 벌어지지 않을 것입니다. 진양성의 정 장군부는 언제라도 두 분을 환영합니다."

영 부인이 매우 만족스러워하며 연신 고개를 끄덕이다 당 가주를 바라보았다. 그는 멍한 표정으로 눈시울을 적시고 있었다. 영 부인이 가볍게 기침을 한 후 말했다.

"상공, 저는 찬성입니다. 상공께서는 어떠하신지요?"

당 가주는 그제야 정신을 차린 모양이었다. 그는 웃는 얼굴로, 영 부인의 위압에 밀려서가 아니라 마음 깊이 달가운 심정으로 양보했다.

"그럼 어서 짐을 챙기거라. 본 가주가 직접 너희들을 진양성까지 호위해 주마!"

정역비가 기뻐하며 다시 한번 읍했다.

"감사합니다, 장인어른, 장모님!"

아버지가 눈시울을 적시는 것을 본 당정은 재빨리 몸을 일으켰다. 그리고 정역비 곁에 서서 함께 몸을 굽혀 절했다. 당 가주가 다급하게 그런 당정을 말렸다.

"조심해야지, 조심! 애야, 절 같은 거 할 필요 없다!"

당정은 그만 참지 못하고 웃음을 터뜨렸고, 영 부인도 웃었다. 당 가주는 난처하기 짝이 없었다.

정역비도 물론 당 가주의 이상한 모습을 알아챈 다음이었다. 문밖으로 나온 그가 당정에게 속삭였다.

"당정, 내가 설마 장인어른을 난처하게 한 것은 아니겠지?"

"아니야!"

정역비가 다시 물었다.

"그런데 장인어른이…… 어딘가 이상한 느낌이 드는데."

당정이 소곤소곤 말했다.

"아마 아버지가 어머니를 너무 사랑하셔서 그러신 걸 거야. 다른 사람들은 우리 아버지를 딸 바보라 부르지만, 사실 아버지는 아내 바보, 그러니까 팔불출이라고. 아버지가 나를 사랑하시는 것도 사실은 어머니를 사랑하시는 것의 연장선이야."

방 안에서는 당 가주가 영 부인의 손을 잡은 채 가볍게 두드리며 침묵에 잠겨 있었다. 영 부인이 그의 어깨에 기대며 담담하게 물었다.

"무슨 생각을 하고 있어요?"

"반성 중이오."

당 가주의 대답에 영 부인이 웃기 시작했다.

"잘못한 걸 알았어요? 자기가 싫은 것은 남에게도 강요하면 안 된다는 걸 이제 알겠죠?"

지금 모친 때문에 고생하는 정역비의 모습은 바로 20여 년 전 당 가주의 모습 아닌가?

당시 영 부인은 당정을 낳은 후 더는 아이를 낳을 수 없는 몸이 되었다. 당씨 가문의 어른들은 당씨 가문에 후계자를 만들어 제사가 끊기는 일이 없어야 한다며 적잖이 소란을 피웠다. 그리고 그 시절 영 부인은 지금의 당정 같은 행운을 얻지 못했다. 영 부인은 병든 당 문주를 간호하며 홀로 그 모든 압력을 상대해야 했으니까.

당 가주가 난처한 듯 웃더니 영 부인을 꽉 끌어안았다.

"정아, 배고프지 않소? 팥죽이 먹고 싶지는 않고? 내가 가서 끓여 오리다."

저녁 식사 후, 모두 잠시 휴식을 취한 후 출발했다.

임 노부인은 방 안에 홀로 멍하니 앉아 있었다. 그녀는 더는 어떻게 해 볼 엄두도 내지 못하고 있었다. 정역비가 비록 극단적으로 말하지는 않았지만, 임 노부인은 당정이 아이를 낳기 전에는 자신이 명안성을 떠나서는 안 되리라는 것을 깨닫고 있었던 것이다.

이 어멈이 달래듯 말했다.

"마님, 어쨌든 도련님께서는 진양성으로 가셨잖아요. 당씨 가문으로 가신 것이 아니니, 조금 넓게 생각해 보세요. 아이가 태어나고 나면, 마님께서 진양성으로 가실 수도 있지 않을까요."

임 노부인이 중얼거렸다.

"밤늦게 출발하는 데다 이리 먼 길을 가야 하니……. 며늘아기가 혹시 중간에 배가 고프기라도 하면……."

여기까지 말한 그녀는 갑자기 아들의 경고를 떠올리고 자조하기 시작했다.

"아이고, 내가 정말 너무 마음이 급해 멍청한 짓을 했구나! 다행히도 그 이상 소란을 피우지 않았기에 망정이지. 아이고……."

후회막급인 듯 계속 탄식하는 임 노부인을 향해 이 어멈이 다시 말했다.

"마님, 제가 시녀 두엇을 뽑아 진양성으로 보낼까요?"

그러자 임 노부인이 손을 내저었다.

"됐다, 됐어. 그보다는 내일 사당에 갈 터이니 그 준비나 하도록 해라. 돌아가신 장군께 잘못을 인정하고 반성해야겠다!"

그날 밤, 당정 일행은 명안성을 떠나 밤을 새워 진양성으로 향했다. 당 가주는 이미 부인이며 딸을 챙기는 데 이골이 난 사람이었고, 거기에 정역비까지 있으니 가는 길 내내 야단법석이 따로 없었다.

그들은 밤늦게 마차에 올랐지만, 다음 날부터는 유람하듯 천천히 움직이며 때때로 쉬기도 했다. 덕분에 마차를 오래 타는 피곤함보다는 오히려 한가로운 여행의 즐거움을 느낄 수 있었다.

혹시 풍경이 좋거나 맛있는 음식이 있는 곳을 지날 때면 아예 그곳에 며칠 머물기도 했다. 그리고 음식이 입맛에 맞지 않는 곳을 지날 때면 당 가주와 정역비가 서로 요리를 하겠다고 다퉜고, 모두 그 소란을 보며 웃음을 터뜨렸다.

진양성까지 가는 내내 당정은 마르기는커녕 오히려 토실토실 살이 올랐고, 영 부인도 마찬가지였다.

원래 명안성에서 진양성까지는 보름이면 될 여정이었으나 그들은 장장 한 달 반이나 걸려 진양성에 도착했다. 당정의 배도 살짝 부풀어 있었다.

그들이 마침내 진양성에 도착한 저녁, 네 사람이 막 자리를 잡았을 때였다. 비연과 군구신이 소식을 듣고 달려왔다……

당정 외전 **천금**

군구신과 비연은 원래 명안성으로 가서 당정과 정역비를 만나 볼 생각이었다. 그러나 떠나기 직전 정역비가 진양성으로 돌아온다는 소식을 듣고 출발을 취소했다. 그리고 오늘 그들에게 환영회를 열어 주기 위해 황궁의 주방장까지 데리고 찾아온 참이었다.

당정과 영 부인은 연아를 둘러싸고 이야기꽃을 피웠고, 정역비와 당 가주 역시 군구신과 함께 차를 마시며 한담을 나누었다.

마침내 날이 어둑어둑해지자 만찬이 시작되었다. 당 가주는 재빨리 탁자 위 음식을 살펴보며 임신부가 먹기에 적합한지 판정을 내렸다. 정역비 역시 장인만큼 대놓고는 아니었지만, 역시 남몰래 음식을 살펴보고 있었다.

그 모습을 본 당정과 영 부인은 무척 난처한 표정이 되었고, 비연은 저도 모르게 웃음을 터뜨렸다.

"숙부, 정 장군도 여기 있잖아요. 숙부가 그렇게 신경 쓰실 것 없다고요."

그녀는 다시 정역비를 바라보며 물었다.

"음식은 모두 다 살펴봤어요? 당당 언니가 먹으면 안 될 거는 없죠?"

정역비는 당황스러운 표정으로 자신도 모르게 군구신을 슬쩍 바라보았다. 당 가주는 예의범절을 따지지 않는 사람이었지만, 정역비는 그래도 예의를 꽤 따지는 사람이었던 것이다.

군구신도 마침 정역비를 바라보던 참이었다.

"보아하니 정 대장군은 아버지가 될 준비를 단단히 한 모양이군. 나중에 나도 가르침을 받아야겠어."

정역비가 연신 말했다.

"별말씀을 다 하십니다. 황송합니다."

그러나 당정이 가볍게 코웃음을 쳤다.

"정왕, 어쨌든 의원 가문의 자식인데, 정역비에게 가르침을 청할 필요가 있나요?"

그러자 군구신이 눈썹을 치켜세우더니 웃으며 놀리듯 말했다.

"그렇다면…… 연아를 누님께 보내 가르침을 청하도록 하지요."

이 말을 듣는 순간 비연은 저도 모르게 당정이 과거 그녀에게 '침상에서 내려가지도 못할 정도로' '허리가 망가지는' 일에 대해 가르쳐 준 것이 생각났다. 당정 역시 같은 일을 떠올린 듯, 약속이나 한 듯 비연과 동시에 얼굴을 붉혔다.

비연이 화제를 돌려야겠다고 생각하고 있는데, 당 가주가 그녀의 배를 바라보며 매우 진지하게 물었다.

"연아, 너는……. 너도 소식이 있어야 할 텐데?"

연아는 이제 막 당 가주의 '간접 재촉'에서 벗어난 참으로, 이렇게 바로 '직접 재촉'이 시작되리라고는 생각지도 못하던 참이었다.

그녀는 재빨리 결단을 내려 외쳤다.

"곧! 곧 소식이 있을 거예요!"

그러나 이 말을 입 밖에 낸 순간 그녀는 바로 후회했다!

"곧이라고?"

군구신을 포함, 방 안에 있던 모두가 그녀를 바라보았다. 심지어 계속 아무 말도 없던 영 부인마저 의심스러운 눈길로 그녀를 쳐다보았다.

당 가주가 군구신을 바라보며 짚이는 데가 있느냐는 듯 물었다.

"곧이라고?"

임신이란 건 했으면 한 것이고, 하지 않았으면 하지 않은 것인데 어찌 '곧'이라는 것이 있을 수 있을까? 군구신도 순간적으로 어찌 대답해야 할지 알 수 없는지 그저 입술만 가볍게 벌릴 뿐 아무 말도 하지 못하고 있었다.

비연은 이 상황을 타개해야겠다는 생각에 재빨리 외쳤다.

"우리 준비 중이거든요! 네네, 준비 중이에요!"

그 순간 모두 그녀의 뜻을 이해했다. 당 가주도 매우 자애롭게 웃으며 군구신의 어깨를 두드렸다.

"열심히 준비해 보도록 하게! 암, 열심히 준비해야지!"

안 그래도 붉어져 있던 비연의 얼굴이 이 순간 더욱 붉어지고 있었다. 군구신 역시 귀까지 새빨갛게 달아올라 어색하게 고개만 끄덕였다.

모두 상황을 깨닫고 아무 말도 하지 않았다. 고요하던 분위기에 애매한 기운이 섞였다. 그 상황에서 계속 말할 수 있는 사람은 당 가주뿐이었다.

"그래, 자네와 연아 모두 이제 나이가 어리지 않아. 혼사를 치른 지도 몇 년 지났으니 힘을 내야지! 암!"

비연은 이마에 손을 짚은 채 고개를 돌렸다.

정역비와 당정은 새어 나오는 웃음을 간신히 참고 있었다. 당정은 일부러 정역비에게 눈짓하며 그를 웃기려 했고, 정역비는 참지 못하고 밥을 먹는 척 고개를 푹 숙였다.

군구신은 여전히 아무 말 없이 그저 슬며시, 아주 슬며시 고개만 끄덕일 뿐이었다.

영 부인이 당 가주를 바라보며 속으로 중얼거리고 있었다.

'당리, 어휴, 당신…… . 용비야가 이 자리에 있었으면 분명 당신 입을 막아 버렸을 텐데.'

그리고 당 가주의 손은 여전히 군구신의 어깨 위에 놓여 있었다. 그의 말은 아직도 끝나지 않은 것이다!

당 가주는 가볍게 탄식하더니 의미심장한 표정을 지었다. 그는 비연에게 서신을 보내 자기 대신 당정에게 아이를 재촉해 달라고 부탁하며, 아이를 서둘러 낳아야 하는 이유를 전부 다 늘어놓은 바 있었다. 비연은 물론이고 군구신도 이제 당 가주가 무슨 이야기를 할지 알고 있었다.

마침내 영 부인이 당 가주를 해결하기로 마음먹은 듯 앞으로 나섰다.

"그만, 그만. 이제 식사하도록 하지요! 당신은 배가 고프지 않은지 몰라도 애들은 다 배가 고플 거라고요!"

물론 그녀는 이 말을 하는 동시에 탁자 아래로 당 가주를 걸어차는 것을 잊지 않았다.

모두 탁자 아래에서 벌어지는 일은 꿈에도 모르는 가운데, 군구신의 구원을 청하는 눈빛을 받은 비연이 기지를 발휘해 외쳤다.

"맞아요! 모두 배가 고프니까 일단 식사를 해요! 숙부, 사실 숙부는 저를 재촉하실 필요가 없어요. 제 생각엔 저보다는 저희 오라버니를 재촉하시는 게 옳을 것 같아요! 우리 오라버니는 지금 마음에 둔 사람도 없다는데……. 부황과 모후께서도 아마 오라버니 때문에 더 조급해하고 계실 거예요."

당 가주는 걷어차인 다리의 고통을 참으며 고개를 끄덕였다.

"그렇구나, 그래! 네 오라비부터 재촉해야 옳지! 내가 운공대륙으로 돌아가면 황궁부터 한번 들르마. 자, 모두 어서 식사하지. 식사하자고!"

마침내 이 화제가 끝났다!

그리고 이 순간, 헌원예는 그들이 있는 방의 문밖에서 발걸음을 멈춘 채 잘생긴 미간을 찌푸리고 있었다.

그는 모후의 질문을 피해 현공대륙으로 도망쳐 나온 참이었다. 오늘에야 겨우 진양성에 도착한 그는 일단 궁으로 가서 여동생과 매부를 찾았으나, 두 사람 모두 정씨 가문 저택에 갔다는 사실을 알게 되었다.

그런데 누가 이럴 줄 알았겠는가? 동생 부부를 찾아 정씨 가문 저택에 발을 들인 순간 듣게 된 이야기가 바로 비연의 '저희 오라버니를 재촉하시는 게 옳을 것 같아요'였으니.

잠시 그 자리에 서 있던 헌원예는 몸을 돌려 진양성을 떠났다. 그는 일단 약왕곡에 가서 태부와 민 부인을 만난 후, 당 가주가 운공대륙으로 돌아가면 그때 다시 진양성으로 돌아오기로 마음먹었다.

방 안에서는 모두 한담을 나누며 음식을 먹고 있었다. 당정 일행이 진양성으로 오는 동안 보고 들은 것이며, 군구신과 비연이 지난 수개월 동안 현공대륙을 어떻게 다스렸는지 하는 이야기 등등.

비록 아이를 재촉하는 말이 다시 화제에 오르지는 않았지만, 식사를 끝낸 군구신과 비연은 재빨리 그 자리를 빠져나왔다. 그리고 마차에 오른 두 사람은 약속이나 한 듯 안도의 한숨을 내쉬었다.

비연은 나른하게 몸을 기댔다. 온몸의 힘이 쭉 빠진 것이, 마치 전쟁이라도 치른 느낌이었다. 군구신은 그런 그녀를 보며 참지 못하고 피식 웃었다.

비연이 눈을 흘겼다.

"뭐가 그리 웃겨?"

군구신이 속삭였다.

"곧이라고?"

비연은 분명 찔리는 구석이 있었지만, 억지로 담담한 표정을 지으며 몸을 곧게 폈다. 그리고 군구신이 당 가주 앞에서 그랬던 것처럼, 난처하고도 어색한 표정으로 살짝 고개를 끄덕였다.

그 모습을 본 군구신이 단숨에 그녀를 잡아끌었다. 비연은 바로 발버둥을 쳤으나 두 사람은 곧 서로와 뒤엉켰고, 결국은 군구신이 비연을 위에서 내리누르는 자세가 되었다.

비연이 노려보자 군구신은 다시 한번 참지 못하고 피식 웃었고, 비연도 결국 큰 소리로 웃기 시작했다. 그러나 곧 군구신이 그녀에게 입을 맞춰 웃음을 멈추게 했다.

그가 다정하게 물었다.

"곧이라는 거, 정말이야?"

비연은 그가 갑자기 이렇게 진지해질 거라고는 생각지 못하던 차였다. 그녀의 '곧'이라는 대답은 결국 상황을 모면하기 위해 외쳤던 것에 불과했으니까.

비연이 물었다.

"당신은?"

"네 뜻에, 그리고 인연에 따를 거야. 하지만 만약 네가 곧을 원한다면…… 아마…… 아마도 가능하겠지."

그는 잠시 말을 멈췄다가 비연의 귓가에 대고 속삭였다.

"내가 좀 더 힘을 내 볼 테니까."

비연의 귀가 불에 데기라도 한 것처럼 뜨거워졌다. 분명 이 이상 익숙할 수 없을 정도로 친숙한 군구신인데, 어쩐지 부끄러웠다. 그녀는 그의 품에 얼굴을 묻은 채 한참 동안 고개를 들지 않았다.

그날 이후, 비연과 군구신은 약속이나 한 듯 당 가주를 피했다. 비연은 당정과 영 부인이 그리웠지만 정씨 가문 저택에 갈 엄두가 나지 않아 대신 당정을 궁으로 초청했다. 다행히도 영 부인이 있으니 당 가주도 그 후로는 언행을 신중하게 했다.

당 가주는 원래 당정이 아이를 낳을 때까지 머물 생각이었으나, 보름 후 영 부인의 손에 끌려 마차에 올랐다. 마침내 정역비와 당정은 두 사람만의 시간을 갖게 되었다.

정역비의 세심한 보살핌으로, 당정은 임신 기간 내내 편하게 지낼 수 있었다. 그러나 이게 웬일일까? 그녀가 아이를 낳는 날 놀라운 일이 벌어졌다.

산파가 막 태어난 여자아기를 안고 나와 문밖의 정역비에게 보여 주었다.

"장군님, 천금을 얻으심을 축하드립니다!"

바로 그 순간, 방 안에서 다른 산파의 고함이 들려왔다.

"어서! 어서 다들 들어와요! 아이가 하나 더 나오고 있으니까! 부인께서 버티실 수가 없을 것 같아!"

당정 외전 **자매**

아이가 하나 더 나온다고?

이 말을 들은 순간, 정역비는 무척 놀랍고 기뻤다. 그러나 기쁨은 곧 공포에 잠식되어 버렸다!

당정은 전날 저녁부터 진통을 시작해 하루 밤낮을 꼬박 고생한 참이었으니, 이미 기운이 다 빠진 상태일 것이다!

그는 잠시 멈춰 서 있다가 갑자기 산방으로 들어갔다. 어찌나 재빠른지 산파며 하인들은 순간적으로 반응할 여유조차 없을 정도였다.

방 안에서는 당정이 고통을 견디고 있었다. 온몸에 땀을 흘리고 있는 그녀는 흐트러진 머리카락이 볼에 달라붙어 있어 매우 낭패한 몰골이었다. 두 눈 역시 충혈되어 있었으나, 단호한 의지로 반짝이는 것이 마치 전사와도 같아 보였다.

당정은 정역비가 들어온 것을 알아차렸으나 그에게 신경을 쓸 여유도 없이, 온 힘을 다해 산파의 말에 맞춰 힘을 주었다.

정역비의 눈시울이 순식간에 붉어졌다. 얼마나 자랑스러운 여자인가! 지금까지 그녀가 이렇게 엉망인 모습을 본 적이 없었다. 그러나 이렇게 감동적인 그녀의 모습 역시 처음이었다!

원래 정역비는 마음의 준비를 끝내고, 당정에게 건넬 위로며 응원의 말도 준비했었다. 그러나 이 순간, 그 모든 것이 머릿속에서 날아가 버리고 말았다.

그는 침상 곁으로 다가가 한쪽 무릎을 꿇었다. 그리고 이불을 꽉 쥐고 있던 당정의 손을 감싸 쥐었다. 그러자 당정이 갑자기 이불을 놓더니 정역비의 손을 꽉, 아주 꽉 잡았다!

정역비와 당정 모두 아무 말도 하지 않았지만, 서로의 손을 잡는 것만으로도 이미 충분한 위안이 되었다! 이 위안은 정역비가 당정에게 건네는 것일 뿐 아니라, 당정이 정역비에게 건네는 것이기도 했다.

두 사람이 평생을 가야 다 걸을 수 있는 기나긴 길을 함께 걸을 때 신분이며 재물, 권세, 능력 같은 것은 아무 도움도 되지 않았다. 그들에게 진정 필요한 것은 바로 마음의 힘이었다.

두 사람 중 한 사람의 마음만 강하다면, 그 사람은 결국 지치게 된다. 그러나 두 사람 모두 강한 마음을 지니고 있다면, 아무리 힘든 상황일지라도 일종의 쾌락이 될 수 있었다.

방 안에서는 정역비가 당정과 함께 사투를 벌이고 있었고, 밖에서는 성 밖에서 달려온 비연과 군구신이 있었다. 그들은 하인에게서 상황을 전해 듣고 긴장감에 싸여 있었다.

비연이 물었다.

"약은 언제 썼지?"

그녀는 통증을 억제하고 체력을 키워 주는 약을 당정에게 지어 주었다. 그러나 그 약의 효과 지속 시간은 길지 않았고, 단 한 번만 쓸 수 있었다. 그러니 당정처럼 진통이 길어지는 상황에서는 큰 도움이 되지 않을 터였다.

시녀가 대답했다.

"아침에 드셨습니다. 약효는 이미 지나갔어요. 방금 기력을 북돋는 인삼탕을 드셨습니다."

비연이 다시 물었다.

"양수는 언제 터졌고?"

"어젯밤입니다."

비연이 두 손으로 주먹을 꽉 쥔 채 아무 말도 하지 않았다.

군구신이 미간을 찌푸리더니 한참 후에야 물었다.

"다른 방법이 없는 건가? 계속 이렇게 기다리는 수밖에 없는 거야?"

비연이 고개를 저으며 말했다.

"이렇게 버틸 수 있다면 좋은 거야. 아직 힘을 낼 수 있다면…… 지금 걱정되는 건 언니가 기운이 없을 것 같아서…… 그리고 아이가 버티지 못할까 봐…… 그게 걱정되는 거야."

군구신이 그녀의 손을 꽉 쥔 채 그 이상 아무것도 묻지 않았다.

기다림은 유난히도 길게 느껴졌다.

얼마나 지났을까. 다시 한번 커다란 울음소리가 방 안에서 들려왔다. 비연과 군구신이 서로를 바라보며 미소 지었다. 너무 기쁜 나머지 말조차 나오지 않았다.

당정은 마치 종이로 만들어진 사람처럼 창백한 얼굴로 기운 없이 누워 있었다. 그러나 그녀의 입매는 살며시 올라가 있었다. 그렇다, 그녀는 웃고 있었다.

정역비는 울고 있었다. 그는 당정의 두 손을 잡은 채 그녀 곁에 얼굴을 묻고 있었다. 산파가 아이를 안은 채 그에게 축하의 말을 건넬 때도 그는 미동조차 하지 않았다.

"또 천금이십니다. 부인, 축하드립니다. 장군님, 축하드립니다!"

당정이 정역비를 바라보았다. 그녀의 손이 온통 그의 눈물로 젖어 있었다. 그녀는 차마 그를 재촉하지 못하고, 그저 조용히 그를 바라보고만 있었다.

이미 울음을 그쳤던 아기는 아무리 기다려도 기대했던 관심을 얻지 못하자 갑자기 와앙, 울음을 터뜨렸다. 그리고 울음을 그치고 조용히 있던 언니 역시 동생의 울음소리를 듣자 함께 울기 시작했다. 두 자매는 마치 누구 울음소리가 더 큰지 내기라도 하듯 점점 더 매섭게 울었다.

당정이 결국 웃고 말았다. 정역비가 마침내 정신을 차린 듯 고개를 들었다. 눈물로 가득한 그의 얼굴을 본 순간, 당정의 웃는 얼굴이 그대로 굳어 버렸다. 그녀는 마음이 아파 견딜 수가 없었다.

"바보, 난 아무 일 없는걸."

정역비가 하려던 말을 멈추고 눈물을 닦더니 당정의 눈썹에 입을 맞추었다. 그러고 나서야 두 딸을 바라보았다. 산파가 재빨리 다시 한번 외쳤다.

"장군님, 두 아기씨 모두 따님이십니다! 천금을 얻으심을 축하드립니다!"

정역비의 입꼬리도 점차 올라가고 있었다. 그저 기쁜 정도가 아니라, 행복했다!

그는 딸들을 안아 보고 싶었지만 대체 어떻게 안아야 하는 건지, 또 누구부터 안아야 좋을지 알 수 없어 망설이고 있었다. 당정은 어쩔 줄 몰라 하는 그의 모습에 참지 못하고 큰 소리로 웃음을 터뜨렸다.

마침내 정역비가 말했다.

"일단 언니부터 안아 봐야겠다. 어느 쪽이 언니지?"

산파가 정역비에게 큰딸을 데려와 아기 안는 법을 가르쳐 주며 말했다.

"장군님, 둘째 소저는 눈가에 눈물점이 있으셔요. 대소저는 눈물점이 없고요."

정역비는 두 아이를 살펴본 후, 산파의 말이 정말이라는 것을 발견했다.

그는 아기 안는 법을 한참 배운 후에야 큰딸을 안았다. 덕분에 둘째 딸을 안을 때는 움직임이 꽤 자연스러워져 있었다.

방 밖에서는 군구신과 비연이 여전히 아기들을 보기 위해 기다리는 중이었다. 그러나 정역비와 당정이 아기들을 살피며 꽤 오랜 시간을 보냈기에 그들은 한참을 기다려야 했다. 하지만 그들 역시 정역비가 아버지가 된 희열에 젖어 있다는 것을 함께 느꼈다.

비연과 군구신은 아기들과 당정을 본 다음 오래 머물지 않았다. 어쨌든 정역비는 당정을 보살피는 동시에 두 아기를 보살피느라 바빴고, 양쪽 부모에게도 기쁜 소식을 알리는 서신을 보내야 했으니 몸이 둘이라도 모자랄 지경이었다.

돌아오는 길, 군구신은 계속 침묵을 지키고 있었다. 궁에 도착한 그는 갑자기 비연의 손을 잡더니 말했다.

"좀 더 시간을 두자."

비연이 이해할 수 없다는 표정으로 물었다.

"뭐라고?"

"네가 아플까 봐."

비연은 그제야 그가 아이에 대해 이야기하고 있다는 것을 깨닫고 웃으며 대답했다.

"좋아!"

군구신은 고개를 끄덕였지만, 마음속으로는 여전히 긴장하고 있었다. 그는 나중에 비연이 아이를 낳게 된다면 정역비처럼 부주의하게 굴지 않고, 비연을 일단 약왕곡으로 데려가야겠다고 생각했다.

당정이 쌍둥이를 낳았다는 소식을 들은 당 가주는 기뻐서 미칠 지경이었다. 그는 소식을 받은 그날로 영 부인과 함께 진양성으로 향했다.

임 노부인은 비록 손자를 기대하고 있었지만, 그래도 소식을 듣자 흥분을 가라앉히지 못했다. 정씨 가문은 이미 몇 대나 딸을 낳은 적이 없었기 때문이다. 그녀 역시 소식을 들은 그날로 진양성으로 향했다.

어른들이 도착하기 전, 정역비와 당정이 두 딸에게 이름을 지어 주었다.

　과거의 약조에 따라, 처음으로 태어난 두 아이의 성은 당씨였다. 당정은 큰딸에게 성인 당씨와 정씨 가문의 정, 그리고 편안할 안安을 더해 당정안이라는 이름을 지어 주었고, 정역비는 둘째 딸에게 즐거울 락樂 자를 써서 당정락이라는 이름을 지어 주었다. 두 딸이 안락하게 살기를 바라는 마음에서였다.

　임 노부인은 당 가주와 영 부인보다 먼저 진양성에 도착했다. 당정은 옛일을 언급하지 않았고, 노부인 역시 아무 말도 하지 않았다. 두 사람은 마치 아무 일도 없었던 것처럼 화목하게 지냈고, 당 가주와 영 부인이 도착한 후에도 즐거운 분위기는 계속되었다.

　아기들이 태어난 후 한 달이 되는 날 치르는 만월연 역시, 당 가주는 당씨 가문에서 연회를 치르겠다고 주장하지 않았고, 임 노부인 역시 명안성으로 돌아가 치르자고 주장하지 않았다. 정역비와 당정은 이미 아기들의 만월연을 진양성에서 치르기로 결정하고 여기저기 초청장을 보낸 다음이었다.

　2년 후 당정은 다시 한번 쌍둥이를 낳았는데, 모두 남자아이로, 역시 진양성에서 태어났다. 당정은 딸들에게 암기를 설계하는 법을 가르쳤고, 정역비는 아들들에게 병기를 제조하는 법을 가르쳤다. 그렇게 대가족은 화목하게 지냈으나, 물론 이것은 훗날의 이야기다.

　초청장을 받은 민 부인은 특별히 신농곡으로 고 태부를 찾아갔다. 그녀는 초청장을 탁자 위에 소리 나게 내려놓으며 말했다.

"자, 만월연의 초청장이에요. 당신이 당정을 대신해 모두를 모이게 해 주는 것은 어때요?"

지난번 도박에서 고 태부가 패배했다. 고 태부는 중추절에 모두를 초청해야 했지만, 두 달 전 중추절에는 당정이 이미 멀리 움직이기 힘든 상황이었다. 그래서 그들은 내년 중추절을 기약하는 수밖에 없었다.

고북월이 초청장을 읽더니 웃으며 말했다.

"당리의 일을 빼앗을 수는 없지. 우리는 역시 내년을 기다립시다."

민 부인도 사실 농담을 했을 뿐이었다. 그녀는 웃으며 직접 끓인 버섯탕을 고 태부에게 건네고, 자신은 먹을 갈기 시작했다. 두 사람의 화제는 곧 명신에게로 옮겨 갔다.

반년 전, 명신은 택을 만나기 위해 신농곡을 떠났다. 그 후로 몇 차례 서신이 왔는데, 뜻밖에도 계속 출가하겠다는 내용이 적혀 있었다…….

아미타불, 미안해요

겨울로 들어서는 초입, 북풍이 스산하게 불어오고 있었다. 깊은 산속의 밤은 더더욱 춥고 적막했다.

끝이라고는 없어 보이는 밤의 어둠 속, 저 멀리 조그마한 한 점 빛이 깜빡깜빡 졸고 있었다.

바로 산속 가장 깊은 곳에 숨어 있는 고찰로, 장명등[6]이 한 번도 꺼진 적 없는 곳이었다.

밤이 되면 스님들은 승방으로 돌아가기 마련이었다. 지금은 깊은 밤이니, 대전에는 아무도 없이 고요하기만 했다.

갑자기!

하얀 그림자 하나가 순식간에 부처 앞을 스쳐 가는가 싶더니, 일어난 바람에 부처 앞 등불이 꺼지고 말았다. 순식간에 대전 전체가 어둠에 잠겼다.

탁!

염진이 제 이마를 손바닥으로 내려치는 동시에 다른 손으로 화절자를 꺼내 숨을 불어 넣었다.

"휴……."

화절자가 순식간에 타오르며 명신의 말끔하고도 어린 얼굴

---

6 불상이나 신상 앞에 밤낮으로 켜 두는 등불.

을 비췄다. 명신은 공손하게 장명등을 밝힌 다음 합장하고 또 절을 했다.

"아미타불, 미안해요."

진양성 대자사를 떠난 지 이미 오래였지만 그는 머리를 기르지 않았다. 여전히 까까머리에 달빛 같은 승복을 입고 목에는 긴 염주를 걸고 있었다. 수려한 얼굴에 떠오른 다정한 미소를 보면, 염진 소사부는 영원히 자라지 않을 듯 보였다.

주변을 둘러본 그는 자신이 방금 저지른 잘못을 본 사람이 아무도 없다는 것을 확인하고 나서야 홀연히 환영처럼 움직여 사라졌다.

작디작은 몸이 승방 사이사이를 바람처럼 달리고 있었다. 그러다 한 승방 밖에 멈춰 섰다. 살며시 문을 밀어 보니 안쪽에서 잠겨 있었다. 염진이 기뻐하며 문가에 가부좌를 틀고 앉았다.

조금 지나니 견딜 수 없을 정도로 추워져 하마터면 호체진기를 불러낼 뻔했다. 그러나 염진은 택에게 들킬까 두려워 결국은 호체진기를 소환하지 않고 참기로 했다. 대신 몸을 웅크렸다.

염진이 찾아올 때마다 택은 그를 피하고 만나 주지 않았다. 그래서 염진은 이번에는 일부러 밤을 틈타 왔다. 방문 앞을 지키다가 언제라도 택이 나오면 덮칠 작정이었다.

모든 것이 곧 다시 고요함을 회복했다. 그러나 얼마 지나지 않아 갑자기 오른쪽에서 돌멩이 하나가 날아와 염진의 얼굴 앞에 떨어졌다.

돌이 날아온 쪽을 돌아보던 염진은 깜짝 놀랐다. 그보다 머리 하나는 족히 큰 키에 잿빛 승복을 입은 사람이 서 있는 것이 보였다. 얼굴의 반을 가린 검은빛 가면에 송곳니가 사납게 튀어나와 있어 매우 음험하고 공포스러워 보였다. 그러나 가면으로 가리지 않은 나머지 얼굴 절반은 맑고 보기 좋았다.

염진이 기뻐하며 외쳤다.

"택아!"

택이 몸을 돌리더니 곧 어둠 속으로 흔적도 없이 사라졌다.

염진도 속도를 높여 택을 쫓기 시작했다. 마침내 작은 숲 앞에 도착한 염진은 발걸음을 멈췄다. 주변은 어두워 아무것도 제대로 보이지 않았다. 그러나 택이 근처에 있다는 것을 느낄 수는 있었다.

염진은 귀를 쫑긋 세우고 열심히 귀를 기울였다. 그리고 곧 오른쪽 후방이라는 결론을 내리고 불시에 화절자를 밝혔다.

택의 모습을 확인한 염진이 나는 듯이 달려들었다. 택도 재빠르게 반응했으나, 결국은 도망치지 못하고 숲 밖에서 염진에게 잡히는 신세가 되었다. 택이 미간을 찌푸렸다.

염진이 합장을 하더니 순진무구하게 웃는 얼굴로 말했다.

"아미타불, 마침내 잡았네."

택은 비록 난감하기는 했지만 어쨌든 웃었다. 반만 드러났을 뿐이지만 그 웃는 얼굴은 몹시도 아름다웠고, 악마처럼 보이는 가면과 선명한 대조를 이루었다. 또한 그 연유는 알 수 없었지만, 뜻밖에도 그 웃는 얼굴과 가면 사이에는 별다른 위화감이

들지 않았다.

염진은 그를 몇 번이나 찾아왔었다. 택이 피해 다녔던 것은 염진이 유난히도 고집스러웠기 때문이었다.

염진은 설에 받았다는 붉은 봉투를 잔뜩 가져와서 그에게 고기를 사겠다고 졸라 댔다. 어릴 때부터 채소만 먹으면 키가 안 큰다는 둥, 그래서 자신도 예전에 항상 몰래 어머니에게로 돌아가 고기를 먹었다는 둥 하면서 말이다.

택이 아무리 절에서 함께 먹는 식사도 훌륭하다 칭찬해도 염진은 그가 자라지 않을 거라 믿었다. 그러나 택은 황형의 혼례에서 돌아온 후 계파戒疤[7]를 받았고, 이제 정말로 출가한 것이나 마찬가지였다. 그는 규율을 엄격하게 지킬 생각이었다.

택이 입을 열려는 순간, 염진이 먼저 물었다.

"택아, 이미 얼굴은 다 나았잖아. 그런데 왜 아직도 가면을 쓰고 있는 거야?"

"넌 이해 못 해."

택의 말에 염진이 진지하게 고개를 끄덕였다.

"그래, 맞아, 난 이해 못 해. 그러니까 어서 말해 줘."

택이 입매를 굳히더니 답했다.

"넌 아직 어리니까 이해할 필요 없어."

그러나 염진은 더욱 진지한 표정으로 물었다.

---

7 중국에서는 승려가 정식으로 출가할 때 머리에 아홉 개 혹은 열두 개의 향을 살라 흉터를 내는데, 이 흉터를 계파라 한다. 승려가 계율을 받았다는 표식이다.

"무슨 불법이나 선의 이치와 관련된 이야기야?"

택이 고개를 끄덕였다.

"응."

염진이 뒷짐을 지더니, 안 그래도 곧게 펴고 있던 허리를 쭉 폈다. 그리고 제법 진지한 얼굴로 말하기 시작했다.

"선을 구함에 나이는 상관없음이라, 오로지 그 선후를 따질 지어라. 소승이 비록 어리다 하나 그대보다 수년이나 먼저 불가에 입문하였거늘. 대체 어떤 불법이고 어떤 이치이기에 그대는 이해할 수 있으나 소승은 이해할 필요 없다는 것이오?"

택은 염진이 이렇게 정색하는 모습을 거의 본 적 없었다. 잠시 적응이 되지 않아 눈을 깜빡거리던 그는 다시 웃기 시작했다. 방금처럼 그렇게 성숙해 보이는 웃음이 아니라 예전의 어린 기운이 많이 묻어나는 웃음이었다.

그는 염진의 이마를 튕기며 말했다.

"내 개인적인 일이야!"

염진이 헤실헤실 웃기 시작했다.

"택아, 너에겐 할 이야기가 있고 난 돈이 있어. 우리 어디 가서 술이랑 고기 좀 먹으면서 이야기를 해 볼까?"

이 말을 들은 택이 다시 엄숙한 표정을 지었다.

"염진 사부, 사부의 스승께서 사부를 어찌 가르치셨기에 불가에 팔계가 있다는 것을 모르십니까. 첫째, 살생하지 말 것이며, 둘째, 도적질하지 말 것이며, 셋째, 음란하지 말 것이며, 넷째, 망령된 말을 하지 말 것이며, 다섯째, 술을 마시지 말 것이며, 여섯째, 유흥을 즐기지 말 것이며, 일곱째, 높고 넓은 침상에 앉거나 눕지 말 것이며, 여덟째, 때가 아니면 먹지 않아야 하느니라."

염진이 합장하더니 역시 진지하게 말했다.

"마음속에 계율이 있다면 술과 고기를 먹어도 상관없나니. 아미타불, 그러나 억지를 부리지는 않겠소이다."

택은 합장을 풀고 뒷짐을 진 채 물었다.

"고명신, 말해 봐. 나를 환속시키라고 너를 여기 보낸 사람이 누구야?"

염진은 당황하는 듯하더니 곧 웃으며 대답했다.

"아버지 어머니께서 나에게 환속하라 하셔도 내가 아직 환속하지 않았는데, 내가 누구 지시를 받고 너를 환속시키러 왔겠어?"

"그렇다면 파계승이 되겠다는 말이야?"

택의 물음에 염진이 이해할 수 없다는 듯 되물었다.

"파계승? 그게 뭔데?"

"계율을 지키지 않는 거지. 먹고 마시고, 그리고 또 계집질에 도박⋯⋯."

말을 하다 문득 궁금증이 가득한 염진의 어린 얼굴을 본 택은 자신이 잘못 말했다는 생각이 들었다. 그가 지금 한 말을 어떻게 주워 담을까 고민하고 있는데, 염진이 손가락을 꼽아 가며 중얼거리기 시작했다.

"고기는 내가 매일 먹는 거고, 술은 아직 마셔 본 적 없고.

내기는 몇 번 해 봤는데…….”

중얼거리던 염진이 고개를 들더니 물었다.

“택아, 계집질이 뭐야?”

택의 얼굴이 순식간에 붉어졌다.

“아무것도 아냐, 아무것도…….”

그는 염진이 꼬치꼬치 캐물을까 두려워 재빨리 말을 고쳤다.

“내가 잘못 말했어. 먹고 마시고, 사기 치고 도박하고, 뭐 그런 걸 잘하는 거 말이야!”

염진이 택을 한참 바라보더니 고개를 저었다.

“아니야. 잘못 말한 것 같지 않은데.”

택은 염진의 성격을 아주 잘 알고 있었다. 그는 다시 한번 ‘잘못 말한 거 맞아!’라고 단언한 다음, 염진에게 추궁할 기회를 주지 않고 그의 어깨를 감싸 안았다.

“가자. 마침 사부님께서 일어나지 않으셨으니, 우리 어서 고기를 먹으러 가자.”

이 말을 들은 염진은 방금의 의문은 재빨리 머리 뒤편으로 보내 버리고 웃으며 말했다.

“절에서 제일 가까운 식당의 홍소육[8]이 아주 맛있다고 하더라. 내가 데려가 줄게.”

이렇게 두 아이는 몰래 숲을 빠져나왔다.

그들이 월성 식당에 도착했을 때는 이미 다음 날 저녁이었

---

8 돼지고기 삼겹살에 간장과 여러 가지 향신료를 넣고 오래 찐 중국 요리.

다. 식당에 들어가기 전, 택이 염진의 손을 잡아끌며 진지하게 말했다.

"염진, 우리는 여기 들어갈 수 없어. 승려가 고기를 사 먹으면 욕을 먹기 십상이니까. 이렇게 하자. 일단 돌아갔다가, 방법을 고민해서 다시 오는 거야."

택은 분명 고기를 먹지 않으려고 핑계를 대고 있었다.

그러나 이게 웬일일까? 염진이 모자 두 개와 긴 두루마기를 두 벌 꺼냈다. 그러고는 아무 말 없이 순진무구한 표정으로 택을 향해 미소 지었다. 그리고 그 순간 택의 표정은 울고 싶어도 눈물이 나오지 않는다는 표정이었다!

어떻게 해야 할까?

아미타불, 실패했어요

택은 염진의 고집을 당해 낼 수 없었다. 두 아이는 모자로 까까머리를 감추고, 다시 두루마기로 승복을 가린 후 월성 식당에 자리 잡고 앉았다.

두 아이가 머리를 맞대고 차림표를 들여다보는 사이, 식당 직원은 곁에서 기다렸다. 염진은 택을 찾아다니던 지난 며칠 동안 이 식당에 자주 왔고, 식당 직원과 친숙해져 있었다.

처음에는 직원도 아이인 염진이 혼자 식당에 들어오는 걸 보고 부모를 잃어버렸나 생각했다. 그러나 곧 염진이 혼자서 누군가를 찾아왔다는 사실을 알게 되었다. 그러자 이번에는 염진이 밥값을 못 낼까 봐 걱정하며 어떻게 내쫓을지 고민했다. 나중에 염진이 금화를 꺼내자 직원도 겨우 안심했다.

염진, 이 가짜 사미승은 식도락에 일가견이 있어 이미 이 식당의 모든 음식을 다 맛본 다음이었다. 그래서 어떤 게 맛있는지, 또 무엇이 그저 그런지 다 알고 있었다. 그러나 사람마다 입맛이 다르기 마련이니, 염진은 배가 고파도 인내심 있게 택이 음식을 고르기를 기다리고 있었다.

차림표는 아주 두꺼웠다. 택은 차림표를 한 장 한 장 넘겨 보았지만 눈에 들어오는 것은 모두 고기 요리였다. 미간을 찡그리며 재빨리 맨 뒷장까지 훑어보았지만, 채소 요리라고는 단

하나도 보이지 않았다.

그뿐 아니라 제일 마지막 장에는 그가 출가하기 전에도 차마 먹지 못하던 것들이 즐비했다. 매운 양념을 한 토끼 머리, 간장에 조린 오리 머리, 잘게 다져 산초로 맛을 낸 생선 머리, 센 불로 튀기듯 볶은 돼지머리, 양 머리를 푹 곤 탕, 소머리 고기로 만든 장조림……. 전부 다 머리였다!

마치 차림표 위로 '머리'라는 글자가 자꾸만 떠오르는 것 같아 택은 구역질이 날 지경이었다. 그래서 재빨리 차림표를 덮으며 염진에게 말했다.

"뭐든 너 좋을 대로 시켜. 하지만 마지막 장에 있는 건 안 돼."

안달복달하던 염진이 그 말에 입술을 살짝 핥으며 눈가가 휘어지도록 웃었다.

"응!"

염진은 우선 고기 요리 세 가지를 주문한 다음, 직원에게 제철 채소를 볶아다 달라고 부탁했다. 그리고 다시 밥 두 그릇에 술 두 항아리를 시켰다.

곧 음식이 나오자 염진은 깊게 숨을 들이마신 다음 만족스러운 표정을 지었다. 부귀한 집안에서 태어나 단 한 번도 배를 곯아 본 적이 없음에도 불구하고, 흰 쌀밥 한 그릇에서 풍겨 오는 냄새는 언제나 희열을 느끼게 했다.

염진은 언제나 순수하게 즐거워하곤 했다. 작디작은 일에도 즐거워하는 그를 즐겁게 할 수 있는 일은 아주 많았다. 그러나 택은 달랐다. 택 역시 배곯을 걱정을 해 본 적이 없음에도 불구하고 진심으로 즐거운 적은 과거에도 지금에도 거의 없었다.

염진이 밥을 택에게 밀어 주며 흥분한 목소리로 외쳤다.

"냄새 좀 맡아 봐! 여기 쌀이 절에서 쓰는 쌀보다 훨씬 좋다고! 우리가 예전에 먹었던 것보다 훨씬 냄새가 좋아!"

택이 밥 냄새를 맡아 보고 대답하려는 찰나, 염진이 외쳤다.

"그렇게 맡으면 안 돼! 이렇게 맡아야 해!"

염진이 다시 한번 깊이 숨을 들이마시더니 만족스러운 표정을 지었다.

택이 웃기 시작했다. 그는 조금 부끄러워하면서도 염진이 하는 그대로 깊게 숨을 들이마셨다. 그리고 이 쌀밥에서 풍겨 나오는 냄새가 정말 향기롭다는 걸 깨달았다. 당장이라도 먹고 싶어 견딜 수 없을 정도였다.

염진은 이미 젓가락을 들고 있었다.

"어때? 냄새 좋지?"

택도 연신 고개를 끄덕이며 재빨리 젓가락을 쥐었다.

염진이 홍소육 한 점을 집더니 요리조리 한참 동안 살펴보았다. 처음에는 택도 그런 그에게 신경을 쓰지 않았지만, 염진이 한참 동안 먹지 않으니 결국 궁금해졌다.

"고기에 무슨 문제라도 있어?"

염진은 아주 진지하게 고개를 저었다.

"아니. 어느 쪽으로 먹어야 가장 맛있을지 고민 중이었어."

홍소육 한 조각 먹는데 저렇게 고민한다고? 그냥 입에 넣고 씹으면 다 똑같은 거 아닌가?

택은 호기심을 느꼈으나 재빨리 관심을 꺼 버렸다. 더는 말을 받지 않고, 밥을 먹기 시작했다.

염진은 홍소육 반 조각을 깨문 다음 침착하게 씹기 시작했다. 조그만 입을 오물거리며 맛을 음미하는 그 모습을 보면, 그 누구라도 저절로 식욕이 돋았다.

염진은 홍소육의 남은 반 조각을 먹지 않고 다시 한 조각 집어 들었다. 그러고는 중얼거렸다.

"이 고기는 그리 두툼하지 않아. 아무래도 한입에 먹어야 더 맛있을 것 같아."

택은 염진의 중얼거림을 듣고 있었지만 아무 반응도 보이지 않았다.

염진이 고기를 바로 입에 넣지 않고, 방금처럼 요리조리 살펴보며 한참을 망설였다. 결국은 택이 참지 못하고 물었다.

"한입에 먹을 거라면 어느 쪽부터 먹건 마찬가지 아니야?"

염진은 택이 입을 열기를 기다렸다는 듯, 바로 홍소육을 그 앞으로 들이밀며 그럴듯하게 말하기 시작했다.

"이것 봐. 홍소육은 삼겹살로 만든 거란 말이야. 살코기와 비계가 나뉘어 있으니 그 비율에 따라 모든 부분의 맛이 미세하게나마 차이가 난다고. 그러니 어느 쪽부터 입에 넣느냐에 따라 맛도 당연히 달라지지. 자, 자세히 좀 봐."

염진은 심지어 홍소육을 뒤집어 보여 주기도 했다.

"이것 봐, 이쪽은 달라 보이지?"

택은 지금까지 고기를 먹은 적은 셀 수 없이 많았으나, 이렇게 자세히 고기를 들여다본 건 처음이었다. 그도 머리를 들이밀고 열심히 살펴보기 시작했다. 심지어 다시 한번 염진에게 고기를 뒤집게 하여 다른 쪽도 세심하게 바라보았다.

"전혀 달라 보이지 않는데? 살코기와 비계의 비율도 완전히 똑같고!"

염진이 헤실거리며 말했다.

"아직도 이해가 안 되는 모양이군. 그럼 냄새를 맡아 봐. 뭐가 다른지 알 수 있을 테니까!"

택은 믿지 못하겠다는 얼굴이었다. 결국 홍소육의 맛은 같기 마련이었으니까.

염진은 택의 의문 어린 눈길을 무시하고 진지하게 홍소육의 이쪽 면 냄새를 맡아 보더니 다시 다른 쪽 냄새를 맡아 보았다.

"보통 사람이라면 이 냄새를 제대로 맡을 줄 모르지. 이 즐거움은 결국 나 혼자만 누릴 수밖에 없나 봐."

택은 굳이 먹고 싶지 않았지만, 이렇게 상식에 어긋나는 일에는 호기심을 느낄 수밖에 없었다. 그는 염진을 흘깃거리다가 갑자기 홍소육 한 점을 집어 열심히 냄새를 맡아 보기 시작했다.

그 모습을 본 염진은 즐거운 기분으로 제 젓가락에 들린 홍소육을 입에 넣었다. 그리고 마치 세상의 진미를 맛보는 듯한 표정으로 맛있게 먹기 시작했다.

택은 한참 냄새를 맡아 보았으나 별다른 차이를 느낄 수 없었다. 그는 미간을 찌푸린 채 염진을 바라보았다. 염진은 이미 홍소육을 세 점째 먹고 있다가 다급하게 물었다.

"알겠어?"

택이 고개를 저었다.

"대체 무슨 차이가 난다는 거야? 또 차이가 난들 그걸 어떻게 구별해? 이, 이건…… 이치에 맞지 않아!"

염진이 진지한 표정으로 물었다.

"차이를 전혀 모르겠다는 거야?"

택이 고개를 끄덕였다.

염진이 네 번째 홍소육 조각을 내려놓더니 가볍게 탄식했다.

"네가 알아차릴 줄 알았는데."

택은 조금 다급한 기분이 되어 말했다.

"대체 뭐가 다르다는 거야? 빨리 말해 봐!"

염진이 천천히 눈썹을 치켜세웠다.

"이런 미세한 차이는 말로는 표현할 수 없는 거야. 알고 싶다면, 한번 맛을 봐 봐. 그럼 바로 알게 될 테니까."

말을 마친 그는 그릇 안 홍소육을 한 번 뒤집더니 다시 입에 넣었다.

택은 점점 의혹에 가득 찬 표정이 되어 갔다. 그는 무의식적으로 염진이 하는 대로 홍소육 한 조각을 집어 들었다.

염진은 그런 택을 흘깃거리며 속으로 기뻐하고 있었다. 그러나 홍소육이 입술에 닿는 순간, 택이 갑자기 손을 멈췄다. 그리고 자신이 함정에 빠졌다는 것을 눈치챈 듯 바로 젓가락을 내려놓고 합장했다.

"아미타불, 아미타불!"

염진은 음모가 들통난 것을 깨닫고 재빨리 시선을 돌렸다. 그리고 긴장한 채 눈을 내리깔고 속으로 중얼거렸다.

'아미타불, 아미타불.'

택은 한참 반성한 후에야 염진을 바라보았다. 밥그릇에 얼굴을 파묻은 것이나 마찬가지로 고개를 숙이고 있었다. 그 가련한 모습을 보니 택도 차마 한마디 할 생각은 들지 않아, 결국 아무 말 없이 밥을 먹기 시작했다.

곧 두 아이의 밥그릇이 텅 비었지만, 술과 음식은 여전히 남아 있었다. 염진이 먼저 말을 걸었다.

"택아, 한 그릇 더 먹어."

"괜찮아. 배불러."

염진이 여전히 낙담한 표정으로 고개를 끄덕였다.

택이 직접 염진에게 고깃국을 한 그릇 떠 주며 의미심장한 어조로 말했다.

"염진, 안심해도 좋아. 채소만 먹는다고 자라지 못하는 건 아니니까. 절에 있는 사형들도 모두 어릴 때부터 채소만 먹었지만, 키가 얼마나 큰데? 오히려 넌 어릴 때부터 고기를 먹었으니 많이 먹어야 해. 그러지 않으면 너도 키가 크지 못할 거야."

이건 또 무슨 소리람?

그러나 염진은 깊이 생각할 의욕도 들지 않았다. 대신 눈을 들어 택을 한참 동안 바라보다가 겨우 진심 어린 말을 했다.

"택아, 너는 출가했지만 예전보다 즐거워 보이지는 않아. 그런데 왜 계속 스님이 되려는 거야?"

염진은 형과 형수 관련된 일 외에는 그 어떤 것도 택을 정말로 기쁘게 하지 못한다는 사실을 알아차리고 있었다. 그는 택에게 무슨 사연이 있으리라 생각했다. 그랬기에 오늘 술과 고기를 산 것이다. 그는 택을 취하게 만들어 사연을 들을 생각이었다……

아미타불, 취했어요

출가해도 예전보다 즐겁지 않은데 무엇 때문에 스님이 되려 하느냐고?

지금까지 택에게 이런 것을 물어 온 사람은 없었다. 황형을 포함해서.

황형은 그에게 까닭을 묻지 않았지만, 출가하겠다는 것을 막지도 않았으니 아마 택의 마음을 이해하고 있을 터였다.

염진은 어떨까? 염진은 아직 이렇게 어린데…… 과연 얼마나 이해해 줄 수 있을까?

염진은 마음속 말을 털어놓은 다음 택의 대답을 기다렸다. 그러나 택이 한참 동안 아무 말도 하지 않자 다급해지고 말았다.

염진이 자신의 잔에 술을 따르고, 택에게도 술을 따라 주었다.

"택아, 어머니께서 그러셨어. 괴로운 이야기가 있으면 털어놔야 한다고. 괴로운 사연을 마음속에 꼭꼭 숨겨 두면 그게 분노로 변하거나 원망으로 변한다더라. 분노와 원망이 쌓이면 결국 몸을 상하게 된다고도 하셨어."

그러면서 저도 모르게 걱정스러운 표정을 지었다.

"네 사연이 네 몸을 상하게 한다면, 키가 크지 않을 거야."

택은 원래 울적한 상태였으나, 염진이 이리 말하는 것을 들으니 그만 웃음이 나왔다.

사연이 몸을 상하게 할 수 있다고?

택은 민 부인이 정말 이런 말을 했는지 확신할 수 없었지만, 어쨌든 꽤 이치에 맞는 이야기라는 생각이 들었다.

염진은 택이 웃는 것을 보고 따라 웃었다. 그러나 속으로는 택이 저에게 설득당한 것에 놀라면서, 곧 그의 사연을 들을 수 있으리라 기대했다.

하지만 택은 제 마음속 이야기를 할 생각이 전혀 없었다. 그는 식당 직원을 불러 쌀밥 두 그릇을 더 주문한 다음, 조용히 밥을 먹기 시작했다.

염진은 미간을 찡그린 채 한 손으로는 턱을 받치고, 다른 한 손으로는 제 모자를 만지작거리기 시작했다. 어떻게든 방법을 생각해 내야 했다.

그러나 그가 생각해 낼 수 있는 건 술을 권하는 것뿐인데, 그 방법도 씨알도 안 먹히니 이제는 정말 어떻게 해야 할지 알 수 없었다.

택의 밥그릇 속 밥은 점점 줄어들고 있었고, 염진은 그만큼 다급해졌다. 밥그릇이 비는 순간 택이 절로 돌아갈 거라는 걸 알고 있었기 때문이다.

어떻게 해야 하지?

염진은 점점 더 번뇌에 사로잡혀, 저도 모르게 곁에 있던 술잔을 들어 꿀꺽 삼켰다. 술이 목구멍을 타고 내려가는 순간에야 그는 겨우 자신이 술을 마셨다는 사실을 인식하고는 깜짝 놀라 멍한 표정이 되었다.

내가…… 택아보다 먼저 술을 마시다니? 그것도 이렇게 단숨에?

택도 천천히 고개를 들어 염진을 바라보았고, 깜짝 놀라 멍한 표정이 되었다.

겉으로 보기에는 식사에 집중하던 택이었지만, 사실 그는 염진에게 계속 신경을 쓰고 있었다. 염진의 함정에 빠지지 않도록 주의하기 위해서이기도 했지만, 염진의 실망한 모습이 마음에 걸렸던 것이다. 그러나 염진이 갑자기 술을 마시리라고는 생각지 못하던 차였다.

두 사람의 시선이 부딪쳤다. 그리고 바로 다음 순간, 택이 재빨리 염진의 술잔을 빼앗아 들고 진지하게 말했다.

"아직 어린 아이가 술을 마시면 키가 크지 않는 건 둘째치고, 바보가 된단 말이다. 어머니께서 이런 건 안 가르쳐 주셨니?"

염진은 택을 바라보며 한참 동안 아무 말도 하지 않았다. 원래 맑고 투명하던 눈빛이 점차 흐려지고 있었다. 얼마 지나지 않아 염진의 얼굴에 붉은 기운이 떠오르더니, 전체적으로 이상한 기운이 돌기 시작했다.

비록 예전에 황형의 혼례에서 몰래 술을 맛본 적은 있었지만, 그때는 그저 맛본 것에 불과했지 마셨다고는 할 수 없었다. 염진은 지금 태어나 처음으로 술을 마신 것이 분명했다.

"염진! 괜찮아?"

택이 염진 앞에 손을 흔들어 보이며 물었다.

염진은 어지럼증이 한 번, 또 한 번 밀려오는 것을 느끼고 있었다. 너무나 괴롭고…… 도저히 생각을 이어 나갈 수 없었다. 염진의 반응이 느린 것도 당연한 일이었다.

염진은 한참 후에야 고개를 흔들거렸다.

"괘, 괜찮아."

"서, 설마…… 취한 거야?"

택은 어쩔 줄 몰라 하며 잠시 고민하다가, 다급하게 식당 직원을 불렀다.

식당 직원이 염진을 보더니 매우 당황하며 말했다.

"아니, 이 도련님이……. 제가 도련님 나이에는 술을 마셔서는 안 된다고 말씀드리지 않았습니까? 그런데 왜 제 말을 안 들으시고……."

염진은 도저히 버틸 수 없는 상태였다. 그는 직원을 흘깃 보더니, 말 한마디 건넬 기운도 없다는 듯 힘없이 식탁에 엎어졌다.

택이 바로 결단을 내렸다.

"의원을 찾으려면 어디로 가야 합니까? 의원에게 데려가겠어요!"

직원이 재빨리 택을 말렸다.

"그렇게 초조해하실 것 없어요. 기껏해야 한 모금 마신 것뿐이니 대단히 취한 것도 아닙니다. 일단 물을 마시게 하고, 토할 수 있으면 토하게 하면 됩니다. 토해 내지 못할 것 같으면, 한숨 푹 자고 일어나면 별문제 없을 겁니다."

병이 났을 때를 제외하면 염진은 이렇게 괴로운 적이 없었다. 그러나 혀가 꼬이는 바람에 얼마나 괴로운지 털어놓지 못하고 그저 흐릿한 눈빛으로 택과 직원을 번갈아 쳐다볼 뿐이었다.

지금 두렵지 않다면 거짓말이었다. 저에게 무슨 큰일이라도 생기면 택이 뒤집어쓸지도 모른다……. 택의 성격상 평생 양심의 가책을 느낄지도……. 그리고 아버지와 어머니, 형과 형수, 또 자신을 사랑해 주는 수많은 사람들도 분명 마음 아파 할 것이다…….

택은 망설이지 않고 염진에게 물을 먹였다. 그리고 등도 두드려 주었지만 염진은 아무것도 토해 내지 못했다.

괴로워하는 염진을 보고 택은 식당 직원의 조언을 무시하고 과감하게 염진을 안아 올렸다. 의원을 찾으러 갈 생각이었다.

그러나 바로 그 순간, 염진이 갑자기 팔짝 뛰어내리더니 바닥에 엎드려 속을 토해 내기 시작했다. 술은 물론이고 저녁에 먹은 것까지 전부 토해 낸 그는 다시 택의 품에 엎어지다시피 안겨 조용히 중얼거렸다.

"아미타불, 죄를 저지르면 벌을 받는 법."

이 말을 들은 순간, 계속 미간을 찌푸리고 있던 택이 저도 모르게 웃기 시작했다.

"아미타불, 잘못을 깨닫고 고치는 것만큼 선업은 없나니."

택은 직원의 도움을 받아 염진을 위층 방에 눕혔다. 그리고는 침상 옆에 앉아 염진을 지켜보기 시작했다.

염진이 곧은 자세로 누워 한참을 망설이다가 겨우 입을 열었다.

"택아, 오늘……."

그러나 염진이 말을 끝내기도 전에 택이 말을 잘랐다.

"안심하고 자도록 해. 오늘 있었던 일은 너와 나만 아는 일이야. 절대 다른 사람에게 말하지 않을 거야."

염진은 마침내 안심할 수 있었다. 그러나 곧 다시 물었다.

"택아, 부처님은 곧 하늘이잖아?"

택은 잠시 무어라 대답해야 할지 몰라 망설였다. 그는 한참 생각한 끝에 대답했다.

"아닌 것 같은데?"

염진이 재차 물었다.

"왜 아닌데?"

택이 반문했다.

"부처님이 하늘이라면, 땅은 무엇이지?"

염진도 어찌 대답해야 할지 모르는 모양이었다. 그러나 그는 곧 웃으며 말했다.

"하늘은 하늘이고, 땅은 땅이고. 그럼 부처님은 사람이고!"

택도 웃었다.

"이상한 말만 하고."

그러나 염진은 진지했다.

"부처님은 사람이야. 부처님이 지닌 수천수만의 상은 바로 수천수만의 사람인 거야. 어머니는 우리의 부처님이고, 아버지도 마찬가지야. 형도, 형수도 그렇고!"

택은 여전히 인정하지 않는 듯한 표정이었다.

염진이 재빨리 덧붙였다.

"어머니께서 그러셨어. 우리를 지켜 주는 사람들은 모두 부처님이 변한 모습이라고. 그리고 또 어머니께서 그러셨어. 한 사람이 죽는다고 해도 진정으로 죽는 게 아니라, 부처님이 되는 거라고. 언젠가 어머니와 아버지가 돌아가셔도 부처님이 되는 거라고. 그러니까 나중에 그분들이 그리우면 절에 가서 만나면 된다고도 말이야."

택이 그대로 굳어 버렸다. 그의 머릿속에 위엄 있는, 그러나 동시에 자비를 잃지 않는 불상의 모습이 스쳐 갔다. 택은 자신의 생모에 대해 아무 기억도 없었다. 혹시, 그 불상이 어머니인 것은 아닐까?

어머니가 그리 일찍 그를 떠나지 않았다면…… 어쩌면 택은 어린 나이에 부황과 대황숙의 핍박을 받아 살인을 배우지 않았을지도 모른다. 그가 출가하기로 굳게 마음먹은 것은 두 손에 묻은 핏자국을 씻어 내고 싶어서였다. 두 손이 깨끗해진다면 진심으로 즐거워질지도 모르니까……. 그러니까…….

택이 아무 말도 하지 않자 염진이 살짝 그를 밀며 강조했다.

"어머니가 해 주신 이야기야. 내가 허튼소리를 하는 게 아니라고."

택이 웃었다.

"믿어. 믿고말고."

택은 문득 고칠소의 말을 떠올렸다.

'부처에게는 수많은 화신이 있고, 사람들을 구하기 위해 수천수만의 모습으로 변한단다. 이 절의 부처가 너를 구해 주지 못하거든 이곳을 떠나 너를 구해 줄 사람을 찾으려무나. 너를 구해 줄 수 있는 사람이 바로 너의 부처란다.'

택은 어쩌면 이 이상 부처를 찾을 필요 없을지도 모른다고 생각했다. 염진이 바로 그의 부처였으니까.

택이 말했다.

"염진, 내 이야기를 들어 줄래?"

아미타불, 안녕

택은 어린 시절의 이야기를 염진에게 전부 털어놓았다.

염진은 택이 천염국 황제와 대황숙 때문에 유쾌하지 않은 어린 시절을 보냈으리라 어느 정도는 생각하고 있었지만, 이렇게 잔인한 이야기가 숨어 있을 줄은 상상조차 하지 못했다.

온몸에 기운이 빠진 상태였지만 그래도 몸을 일으켰다. 염진은 너무 작았기에 택의 목을 감쌀 수 없었다. 그는 일어서서, 앉아 있는 택의 머리를 품에 안았다.

염진의 이 행동은 그가 어린 만큼 어딘가 어색해 보였지만, 그 어떤 어른도 줄 수 없는 따스함을 품고 있었다.

택은 염진의 품에 머리를 기댄 채 한참 동안 아무 말도 하지 않았다. 염진이 다정하게 그를 쓰다듬어 주었다. 동작만큼이나 목소리 역시 어린아이의 그것이었지만, 부드럽게 택을 위로해 주었다.

"너는 핍박받아 어쩔 수 없었던 거야. 부처님도 알고 계실 거야. 택아, 이제 과거의 일은 생각하지 마."

택이 마음속의 모든 방어 막을 내려놓은 채 말했다.

"염진, 형이 너희 부모님을 만나서 정말 다행이었어."

염진이 택을 놓아주었다. 아무래도 택이 그렇게 낯선 사람처럼 이야기하는 것에 조금 화가 난 듯한 표정이었다.

그러나 택이 다시 말했다.

"그리고 정말 다행히도, 나도 형을 다시 만날 수 있었지."

염진은 입 끝까지 올라온 말을 집어삼켰다. 그리고 너무나 괴로운 나머지 다시 택을 끌어안았다.

그러나 택은 계속 진지하게 말했다.

"염진, 나도 곰곰이 생각해 봤어. 내가 자란 후 불법을 온전히 이해하게 되면…… 나도 절을 떠날 거야. 절에서 배운 것을 다른 곳에 나눠 주기 위해서 말이야. 새로운 절을 하나 짓고 고아들을 받아들여 키울 거야. 새로 지을 절 이름도 다 생각해 뒀어. 형의 이름을 따라 남신사라고 부를 거야."

염진은 무척 놀랐으나 곧 엄숙한 표정으로 물었다.

"택아, 그럼 다 자란 후에도 환속하지 않을 생각이야?"

"모든 걸 속죄하면 환속할지도 모르지."

이 말은 결국 속죄하지 못한다면 환속하지 않겠다는 의미 아닌가. 염진은 다급한 마음에 재차 물었다.

"그럼 어떻게 해야 속죄를 끝낼 수 있어?"

택이 말했다.

"내가 그 일들을 잊게 되면, 속죄한 거라고 볼 수 있겠지."

"그럼 내가 형수나 형수의 모후에게 가서 독약을 하나 달라고 할게. 네 기억을 지워 줄 수 있는 독약 말이야. 그럼 안 되는 거야?"

염진은 잠시 생각하다가 진지한 표정으로 다시 외쳤다.

"택아, 네 죄는 스스로 판단하는 거야. 언제건 네가 즐거운 마음으로 홍소육을 먹게 되면, 그때는 속죄가 끝났다고 할 수 있을 거야."

뜻밖의 말에 택은 어찌 대답해야 할지 알 수 없어 그저 염진의 머리를 쓰다듬으며 고개만 끄덕였다.

염진이 침상에 눕는가 싶더니 곧 다시 일어나 손가락을 내밀며 말했다.

"택아, 우리 손가락 걸자! 내일부터 나도 의술을 열심히 공부하고, 또 연공도 열심히 할 거야! 나중에 너랑 같이 절을 열어서 좋은 일을 많이 할 거야!"

절을 열겠다고…….

택은 이 말을 듣는 순간 새어 나오는 웃음을 참을 수 없어 큰소리로 웃고 말았다. 그는 망설이는 빛 없이 염진과 손가락을 걸었다.

"약속했다!"

염진은 즐거워 죽을 지경이었다. 원래 몽롱하게 졸리던 차였지만, 지금은 흥분한 나머지 졸음도 싹 가신 상태였다.

그는 침상 안쪽으로 들어가 자리를 잡은 다음, 택을 제 옆에 눕게 했다.

그날 밤, 택과 염진은 예전에 궁에서 그랬던 것처럼 함께 누워 온갖 이야기를 주고받다가 부지불식간에 잠이 들었다. 다만 예전과 다른 점 하나는, 택이 더는 이불을 뺏지 않고, 반쯤 잠든 상태에서도 몇 번이나 염진에게 이불을 덮어 주었다는 것이었다.

다음 날, 택이 일어났을 때 염진은 아직 꿈나라에 있었다. 그는 염진을 깨우지 않고 쪽지 하나만 남긴 채 총총히 절로 되돌아갔다. 그리 오래 자리를 비웠으니 주지 스님이 분명 걱정하고 계실 터였다.

염진은 해가 높이 뜬 다음에야 겨우 눈을 떴다. 택이 남긴 쪽지를 펼쳐 보니 그곳에는 그저 '아미타불'이라고만 적혀 있었다. 이 네 글자는 어느새 둘만의 암호가 되어 버린 듯, 택과 염진만이 그 의미를 알 수 있는 무엇이 되어 있었다.

염진은 창밖에서 비쳐 드는 햇빛처럼 해맑게 웃었다.

그는 객잔을 떠나며, 절이 있는 방향으로 손을 흔들었다.

"아미타불, 안녕!"

염진은 의학을 열심히 공부하겠다고 결심했기 때문에 약왕곡으로 되돌아갈 생각이었다. 그러나 이틀도 채 길을 가지 않아 아버지의 서신을 받게 되었다. 바로 진양성에서 있을 정씨 가문의 만월연에 택과 함께 참가하라는 내용이었다.

"홍두 누나가 아기를 낳았다고?"

염진은 무척 기뻐하며, 그대로 길가에 멈춰 자신과 당씨 가문의 관계를 셈해 보기 시작했다. 그러나 안타깝게도, 반나절 내내 따져 보아도 자신은 당씨 가문은 물론 정씨 가문과도 직접적인 친척 관계가 없었다.

그러나 염진은 곧 넓게 생각하기로 했다. 직접적인 친척 관계가 없으면 뭐 어때. 숙부나 외숙은 될 수 없다 해도, 어쨌든 어른 노릇을 할 수 있잖아!

이제 그는 '가장 어린 그 애'가 아니게 된 것이다!

염진은 또 어른 노릇을 하게 된 이상, 아기를 위해 만월연 예물을 준비해야 하지 않나 고민에 빠졌다.

그가 무슨 선물을 해야 할지 고민에 빠져 있을 때였다. 염진이 타고 있던 망아지가 갑자기 앞발굽을 들며 히힝거렸다. 염진은 창졸간의 일이라 대비하지 못하고 그대로 옆으로 굴러떨어졌다.

망아지의 말발굽에 차이려는 그 찰나, 흰 그림자 하나가 갑자기 스쳐 가는가 싶더니 사나운 기세로 망아지에 부닥쳤다. 그리고 그와 동시에 염진도 환영처럼 움직여 땅 위에 무사히 착지했다.

이 흰 그림자는 바로 오랫동안 얼굴을 드러내지 않던 설랑 대설이었다.

염진은 대설을 내버려 둔 채 환영처럼 몸을 움직여, 놀라서 도망친 망아지를 쫓아가기 시작했다. 그 모습을 본 대설도 쫓아가려 했으나, 곧 또 다른 설랑 한 마리가 풀숲에서 걸어 나오더니 날카로운 시선으로 그를 제지했다.

대설보다 머리 하나 작은 크기에 눈보다 하얗고 보드라운 모피, 그리고 마치 임신이라도 한 듯 배가 살짝 부풀어 있는 이 설랑은⋯⋯ 바로 독짐승 꼬맹이였다.

꼬맹이가 대설에게 야단치듯 말했다.

"쫓아가지 마! 저 망아지가 너 때문에 놀란 거잖아!"

대설은 염진과 망아지가 사라진 방향을 바라보며 말했다.

"저렇게 소심한 망아지는 처음이야. 내가 먹으려 했던 것도 아닌데 뭘 저렇게 놀라 도망치는 거야?"

꼬맹이가 화가 난 표정으로 대설을 바라보았다.

"이 바보야! 말이 늑대를 무서워하는 건 상식이라고. 그것도 몰라?"

대설은 겁을 먹은 듯 더는 입을 놀릴 엄두도 내지 못했다.

꼬맹이가 또 한바탕 잔소리를 시작했다.

"몇 번이나 말했어! 함부로 진짜 모습을 드러내지 말라고 했잖아. 그런데 내 말을 듣지 않고……. 명신 도련님이 너 때문에 상처라도 입었으면, 이 마나님이 너를 죽여 버릴 테다!"

대설은 고개를 숙이더니 순식간에 빙려서의 모습으로 변했다. 그리고 재빨리 머리를 땅에 묻었는데, 마치 반성하는 듯한 모습이었다.

그러나 사실 대설은 무척 억울했다!

대설은 본래 몽족의 지하 궁전에 피신 중이었다. 그러나 불행하게도 꼬맹이에게 발견되고 말았다.

대설은 그래도 몽족의 지하 궁전은 자신의 영역이니 괜찮으리라 생각하고 대담하게 꼬맹이와 싸우기 시작했다. 그러나 싸우고 또 싸우는 사이 어찌 된 일인지 그는 점점 더 꼬맹이에게 손을 대기 난처해졌고…… 꼬맹이 역시 그저 가볍게 그를 건드릴 뿐이었다. 그다음에는…… 그다음에는…….

대설도 제 머리가 열을 받았던 건지, 아니면 꼬맹이의 머리가 어떻게 되었던 건지 지금도 알 수 없었다. 여하튼 그들은 어느새 함께 뒹굴고 있었고, 복받쳐 오르는 감정을 어찌할 수 없는 상황이 되어 버렸다.

그날 밤 이후, 그와 꼬맹이는 몽족의 지하 궁전에서 함께 살 았다. 둘은 서로 손님을 접대하듯 내외하려 하였으나, 그런 공손한 관계는 오래가지 않았다. 대설과 꼬맹이는 곧 원래의 모습으로 되돌아와 종일 다퉜고, 종종 몸싸움도 벌였다……. 꼬맹이가 임신할 때까지.

꼬맹이는 대설에게 임신 소식을 알린 다음 주인에게도 보고해야겠다고 말했다. 그래서 대설은 꼬맹이와 함께 북강을 떠나 남쪽으로 향하던 중이었다.

방금 그들은 길가 풀숲에서 휴식하고 있었다. 대설은 꼬맹이가 배고파하는 것을 보고, 원래의 모습으로 되돌아가 사냥에 나섰다. 그런데 하필 명신이 그 자리에 있을 줄이야.

꼬맹이는 작은 다람쥐로 변한 다음, 대설과 함께 염진을 기다렸다.

염진은 망아지를 달랜 다음 다시 놓아주었다. 그리고 홀로 돌아온 그는 한눈에 꼬맹이의 배가 커진 것을 알아챘다…….

다람쥐로 변한 꼬맹이는 손바닥 크기밖에 되지 않았다. 배는 아주 살짝 볼록하게 나와 있을 뿐이었지만, 원체 작은 몸집이다 보니 어느 방향에서 봐도 두드러져 보였다.

염진이 궁금한 표정으로 물었다.

"꼬맹아, 배가 왜 그렇게 커졌어?"

꼬맹이는 그가 무슨 말을 하는지 정확하게 이해할 수는 없었지만, 염진이 자신의 배를 뚫어져라 쳐다보는 걸 보고 그 뜻을 알아차렸다. 꼬맹이는 염진에게 두어 번 찍찍거린 후, 바로 곁에 있는 대설을 가리켰다.

대설 역시 염진의 뜻을 이해할 수 있었다. 그는 비록 겁이 많았지만, 그래도 책임감이 강한 성격이었다. 대설은 재빨리 몸을 일으키더니 고개를 쭉 뺀 채 두어 번 찍찍거렸다. 마치 '나야, 내가 그랬어!'라고 말하듯이.

염진이 대설을 바라보고 또 꼬맹이를 바라본 다음, 곧 깊은 생각에 빠져들었다.

그 모습을 본 꼬맹이와 대설은 모두 의심스러운 표정을 지었다. 염진이 지금 무슨 생각을 하는 걸까?

대설이 잠시 기다리다가 꼬맹이 곁으로 다가가 슬며시 찍찍거렸다.

"마누라, 저 애가 왜 저러는 거야?"

꼬맹이가 바로 대설을 밀어냈다.

"누가 마누라야?"

대설은 여전히 의혹이 풀리지 않은 상태였다. 그는 꼬맹이와의 다툼을 피하기 위해 '마누라'라는 단어를 빼기로 마음먹고 다시 꼬맹이 가까이 다가갔다.

"저 애가 왜 저러는 거냐고?"

그러나 꼬맹이가 다시 한번 그를 밀쳐 내며 퉁명스럽게 말했다.

"누가 애라는 거지?"

대설이 심호흡 후에, '애'라는 단어도 빼기로 마음먹고 다시 한번 꼬맹이에게 다가갔다.

"그래, 쟤 왜 저러는 거냐고?"

그러나 이게 웬일인가. 꼬맹이가 다시 한번 대설을 밀치더니 불쾌한 목소리로 말했다.

"무례하긴! 공자님과 민 부인의 아드님을 뭐라 부르는 거야! 네 주인님이자 우리 가문 소주님의 시동생이시기도 한 분이야! 너는 저분을 명신 도련님이라고 불러야 해!"

마침내 대설이 폭발했다.

"아이도 생겼는데 성질 좀 누그러뜨릴 수 없어? 아직 한 달밖에 안 됐는데 계속 이러고만 있으니. 한 달 후에는 또 어떻게 지내야 할지 모르겠네!"

꼬맹이는 안 그래도 대설의 여러 가지가 마음에 안 들던 차였는데, 임신 후로는 더더욱 까다로워져 있었다.

"한 달 후면 아이들을 낳을 거야. 그런데 그다음에 왜 너랑 같이 지내? 아무 데든 너 가고 싶은 데로 가라고!"

대설이 더욱 화를 냈다.

"그게 대체 무슨 말이야? 너를 책임질 거라고 말했잖아. 아직도 이해가 안 돼?"

꼬맹이가 말했다.

"마지막으로 말할 테니 잘 들어 둬. 내 성격은 원래 이렇고, 영원히 바뀌지 않을 거야. 나를 책임질 거라면 내 성격이 나쁘다고 싫어해선 안 돼! 내 성격이 마음에 안 든다면 일찌감치 그냥 꺼져 버려!"

불같이 화가 치민 대설이 불시에 설랑의 모습을 드러내더니 앞발을 들어 꼬맹이 쪽으로 내리쳤다. 그 모습을 본 꼬맹이가 소스라치게 놀라 눈을 휘둥그렇게 떴다. 그러나 대설의 앞발은 결국 꼬맹이의 몸에 닿지 않고 얼굴 앞에서 멈췄다.

염진이 안도의 한숨을 쉬었다.

그러나 꼬맹이는 분노가 가득한 눈으로 대설을 노려보았다. 대설이 바로 겁먹은 듯 빙려서의 모습으로 돌아가더니 뒷걸음질 치기 시작했다.

꼬맹이가 한 걸음 한 걸음 대설에게 다가갔고, 두 마리는 한 번씩 찍찍거리기 시작했다. 염진은 한참 동안 둘을 지켜보았지만 그들이 대체 무슨 대화를 나누는지 알 수 없었다. 어쨌든 꼬맹이가 대설을 때리려는 것을 본 염진은 재빨리 달려가 그들 사이에 자리 잡고 섰다.

"꼬맹아, 내가 한참 동안 생각해 봤어. 너희가 아무리 짐승이라 해도, 이렇게 대충 일을 처리해선 안 돼."

숫제 바닥에 주저앉은 염진이 오른손으로 꼬맹이를 안고, 다시 왼손을 땅에 펼치며 대설에게 올라오라고 신호했다.

대설은 망설이는 기색을 보였지만, 어쨌든 염진의 손바닥 위로 올라왔다. 염진은 매우 만족스러운 표정으로 꼬맹이와 대설에게 간곡한 가르침을 내리기 시작했다. 그것은 대충 이런 내용이었다.

꼬맹이와 대설은 비록 짐승이지만 영수인 만큼 다른 짐승들과는 상황이 다를 수밖에 없다. 게다가 꼬맹이와 대설은 주인도 있는 영수 아닌가! 그러니 대설은 어떻게든 꼬맹이에게 제대로 된 지위를 주어야 했다. 이렇게 아무 관계도 아닌 상태에서 아이를 낳아서는 안 될 일이었다.

염진은 특별히 대설에게 강조했다. 대설이 꼬맹이에게 제대로 된 지위를 주지 않는다면 꼬맹이의 주인을 만났을 때 대설이 할 말이 없을 뿐 아니라, 대설의 주인 역시 할 말이 없을 거라고.

염진은 잠시 대설을 바라보다 다시 꼬맹이를 바라보았다. 그리고 미간을 찌푸리더니 또 탄식을 내뱉고……. 잠시 진지하고 엄숙한 표정을 짓더니, 또다시 어쩔 수 없다는 듯 웃었다. 어쨌든 그러면서도 그는 계속 뭔가를 말하고 있었다.

그러나 꼬맹이와 대설은 염진의 말을 단 한 마디도 알아들을 수 없었다. 두 마리는 처음에는 서로를 못 본 척하고 있었지만,

곧 약속이나 한 듯 서로에게 묻는 듯한 시선을 던졌다.

대설이 낮게 찍찍거렸다.

"재가…… 아니, 아니, 명신 도련님이 뭐라 말하고 있는 거야?"

꼬맹이도 찍찍거렸다.

"나도 몰라!"

대설이 걱정하기 시작했다.

"재가…… 아니, 아니, 명신 도련님이 우리를 때리려거나 하는 건 아니겠지?"

꼬맹이가 다시 찍찍거렸다.

"그럴 리 없잖아."

대설이 다시 말했다.

"하지만 재가…… 아니, 아니, 하지만 명신 도련님의 저 모습은 꼭 우리에게 무슨 짓인가 저지르려는 거 같지 않아?"

사실 꼬맹이도 조금 불안하던 참이었다. 그래도 꼬맹이는 여전히 야단치듯 대설에게 말했다.

"그런 허튼소리는 하지 말라고!"

그때 염진이 결론을 이야기하고 있었다.

"그러니까 내가 너희들에게 혼례를 열어 줄게. 나중에 다른 사람들이 물어보면 먼저 혼인을 한 다음에 아이를 가졌다고 말해야 한다? 응? 아니야, 아니지. 사람들이 너희에겐 물어볼 수 없지. 나에게 물어보겠지."

대설과 꼬맹이는 염진이 무슨 말을 하는지 여전히 이해할 수 없었을 뿐 아니라, 이제 아예 신경도 쓰지 않고 있었다.

대설이 고개를 숙인 채 크게 찍찍거렸다.

"허튼소리가 아냐. 너도 짚이는 게 있잖아!"

꼬맹이도 고개를 숙인 채 더 크게 찍찍거렸다.

"명신 도련님은 아직 아이라고! 그리고 도련님은 공자님과 제일 닮았단 말이야! 우리에게 무슨 짓을 한다 해도 기껏해야 같이 장난을 치자는 거지, 절대로 해가 될 일을 할 리는 없어!"

염진은 두 마리가 찍찍거리는 것을 듣고 그들 모두 동의한 것으로 치기로 했다. 그는 기뻐하며 꼬맹이와 대설을 양쪽 주머니에 넣었다. 그리고 가장 가까운 성으로 가서 일단 머물 객잔을 찾은 다음, 아주 열심히 꼬맹이와 대설을 위한 혼례식장을 만들기 시작했다. 꼬맹이를 위한 붉은 면사포와 대설을 위한 붉은 비단 띠를 사는 것도 잊지 않았다.

꼬맹이와 대설은 혼례식장과 면사포, 그리고 비단 띠를 보자 마침내 어찌 된 일인지 이해할 수 있었다.

꼬맹이는 아무 말도 하지 않았다.

대설도 꽤나 난감한 듯, 꼬맹이 앞에 서서 한참 동안 아무 말도 하지 않았다.

꼬맹이는 기다리면 기다릴수록 짜증이 치밀어 올라 몸을 돌려 도망치기 시작했다. 대설이 재빠르게 쫓아와 그 앞을 막아섰다. 꼬맹이는 답답한 마음에 앞발을 휘두르려 했다.

평소였다면 대설은 이미 저 멀리 피했을 것이다. 그러나 이 순간 그는 몸을 피하려 하지 않았다. 떨고 있었지만, 그래도 의연하게 고개를 들고 말했다.

"너를 아내로 맞이하겠어. 오늘부터 나는 네 나쁜 성격과 독까지 모두 참고 받아들일 거야. 네가 나를 물지만 않으면 네가 때려도 받아치지 않고, 또 네가 욕을 해도 말대답하지 않을 거야. 그렇게 평생 네 시중을 들어 줄 거야."

꼬맹이의 앞발은 허공에 멈춰 있었다. 그녀는 한참 동안 아무 대답도 하지 않았지만 눈빛은 여전히 날카로웠다.

대설은 한참 동안 망설이더니 쭈뼛거리면서도 계속 말했다.

"그래, 알았어. 네가 정말 날 물고 싶다면…… 물어도 돼! 피하지 않을 테니까!"

이 말을 듣는 순간 꼬맹이가 사나운 기세로 설랑의 모습으로 되돌아오더니 커다란 입을 벌려 대설을 물었다. 대설은 깜짝 놀라 털을 세우고 앞발로 머리를 감싸면서도, 정말로 도망치려 하지 않았다!

꼬맹이는 멍하니 굳어 버렸다. 덜덜 떨고 있는 대설을 보니 예전 생사의 고비에서 주인을 보호하기 위해 죽음을 무릅쓰던 그의 모습이 떠올랐다. 꼬맹이의 심장 어딘가가 부드러워진 것처럼, 계속 마음속에 쌓여 있던 화가 점차 사라지고 있었다.

그때 염진이 안으로 들어오다가 꼬맹이가 입을 벌리고 있는 모습을 보고 깜짝 놀라 대설을 잡아챘다. 그리고 이해할 수 없다는 듯 꼬맹이를 바라보며 물었다.

"왜 그러는 거야?"

꼬맹이가 말없이 붉은 면사포를 물더니 힘껏 허공으로 던졌다. 면사포는 얌전히 꼬맹이의 머리 위로 내려왔다.

염진이 안도의 한숨을 내쉬더니 웃기 시작했다.

"아, 그냥 장난치고 있었던 거구나?"

그 모습을 본 대설은 조금 당황스러운 듯한 표정이었지만 곧 설랑의 모습으로 돌아왔다. 그리고 붉은 띠를 물어 염진에게 도와 달라고 건넸다. 여기서 꼭 말하고 넘어갈 것은, 대설은 꼬맹이보다 머리 하나가 컸고, 위풍당당하며 늠름해 보이는 것이 꼬맹이와 무척 잘 어울린다는 점이다.

대설과 꼬맹이는 염진의 주례하에 혼례를 치렀다. 염진은 무척 기뻐하며 속으로 주판을 튕기기 시작했다.

꼬맹이와 대설은 이제 명실상부하게 부부가 되었으니 꼬마 설랑을 아주 많이, 아주아주 많이 낳을 수 있을 것이다. 설랑의 임신 기간은 두 달밖에 되지 않으니, 몇 년이면 설랑족도 많아지겠지. 그렇게 되면 모두 자신만의 영수를 얻을 수 있을 거야…….

염진은 제일 먼저 택에게 한 마리 얻게 해 줘야겠다고 생각했다. 택 혼자서는 너무 외로울 테니까.

그리고 흑삼림 쪽은 영수를 나눠 줄 필요 없지 않을까? 그쪽은 영수가 충분하니까. 하지만 다른 늑대족과 혼인을 한다면야 그건 고려해 볼 만하고…….

염진이 그렇게 주판을 튕기고 있을 때, 흑삼림 쪽에서는 아주 귀찮은 일이 벌어지고 있었다. 아금과 목령아 부부는 물론이고, 전다다와 목연 부부까지도 정씨 가문 만월연에 참석하지 못할 만한 사건이…….

흑삼림 외전 **자매**

　흑삼림에 일어난 사건은 다름이 아니라 바로 수백 년 동안 나타나지 않았던 식물 역병이었다. 그것은 말 그대로 식물이 걸리는 감염병으로, 대규모로 퍼지고 있었다.

　흑삼림에는 식물 종류도 많고 모두 무성하게 자랐다. 식물은 바로 흑삼림의 근본이라 할 수 있었고, 흑삼림 짐승들이 존재하는 열쇠라고도 할 수 있었다. 이런 식물들이 대규모로 죽는다면 짐승들의 정상적인 생활에도 영향을 끼칠 터였다. 그리고 더 나아가 흑삼림 전체의 안정에도 영향을 끼칠 수밖에 없었다.

　그런 까닭에 흑삼림의 주인인 아금 부부와 미래의 주인인 목연 부부는 이 일을 대강 넘길 수 없었다. 그들은 진양성으로의 여정도 포기하고 흑삼림의 다른 가문과 함께 대책을 논의하기 시작했다.

　수백 년 전 흑삼림에 출현했던 식물 역병은 덩굴 역병으로, 다른 식물들은 위협하지 않았다. 그러나 이번 역병은 모든 식생 사이에서 전파되고 있었다. 천 년이 넘도록 자라 온 고목도, 며칠 전에 막 돋아난 잡초도 이 역병을 피할 수는 없었다.

　정오가 되자 사람들이 모두 역병이 발생한 곳으로 모였다.

　흑삼림 북쪽에는 사용림이라 불리는 용수나무 숲이 있었다.

그 숲에 있는, 천 년 이상 묵은 네 그루의 용수나무 때문에 붙여진 이름이었다.

이 용수나무들은 모두 하늘을 찌를 듯 높이 자라 있었고, 줄기도 무성하게 뻗어 있었다. 나무들은 각각 동서남북 방향으로 한 그루씩 나뉘어 있었는데, 그 주위로 정사각형 형태의 숲을 이루고 있어 마치 한 그루가 한 방향을 맡는 것처럼 보였다.

이 오래 묵은 용수나무들에서 늘어져 내린 수많은 수염뿌리가 멀리서 보면 마치 한 줄로 늘어선 나무줄기처럼 보이며 장관을 이뤘다. 그리고 나무 아래 숲에는 온갖 넝쿨들이 나무를 오르거나 땅을 타고 자라나 생기발랄한 세계를 만들어 내고 있었다. 흑삼림의 가장 작은 영수인 붉은 토끼도 이곳에 군락을 이루고 있었다.

그리고 지금 이곳은 명실상부한 흑삼림, 즉 검은 숲이 되어가고 있었다. 온 세상을 뒤덮을 듯하던 푸른 덩굴은 모두 말라 죽거나 떨어져 썩어 가며 땅을 검게 물들이고 있었다. 네 그루의 용수나무는 이파리 하나 살리지 못하고 검게 마른 줄기와 가지만 남아 있었는데, 그 모습은 마치 거대한 나무 요괴가 이를 드러내며 발톱을 휘두르는 것처럼 공포스러워 보였다.

사용림 서쪽으로는 1리에 걸쳐 식물이 모두 말라 죽은 상태였고, 다른 방향으로는 말라 죽은 식물과 말라 죽어 가는 식물이 섞여 있었다.

아금과 목령아는 사람들을 이끌고 서쪽과 남쪽 두 방향을 조사했고, 목연과 전다다 역시 사람들을 이끌고 동쪽과 북쪽 두 방향을 조사했다. 조사 결과 그들 모두 같은 결론을 내렸는데, 바로 역병이 퍼져 나가는 속도가 한 시진 전보다 배는 빨라졌다는 것이었다.

흑삼림에는 짐승을 치료하는 의원도 있고, 사람의 병이며 마음을 치료하는 의원도 있었다. 그러나 식물을 치료하는 의원이 있었던 적은 없었다. 모두에게 이런 상황은 처음이었다.

모두 이 상황의 원인이 병충 때문일 거라 추측했으나, 아무도 그 흔적을 찾지 못하고 있었다.

목연의 보고를 들은 아금은 과감하게 결단을 내렸다. 그는 사용림 중앙부로 성큼성큼 걸어가며 명령했다.

"내가 서 있는 이곳을 기점으로, 주변 10리에 불길을 내도록 해라. 날이 어두워지기 전에 끝내야 한다!"

격리와 소멸. 역병에 대처하는 가장 흔한 방식인 동시에 가장 효과적인 방식이었다.

목연이 즉시 임무를 자청했다.

"저와 다다가 주변 10리 안 모든 영수들을 이동시키겠습니다."

영리한 영수들은 위험을 감지하면 스스로 떠나기도 하지만, 종종 우둔하고 제 둥지에 집착하여 위험한 상황에서도 떠나려 하지 않는 영수들도 있었다. 또 새끼 때문에 둥지를 떠나지 못하는 수도 있었다. 주변을 불태우는 것은 쉬운 일이지만 영수들을 달래어 이동시키는 것은 결코 만만한 일이 아니었다.

아금은 사위의 반응 속도에 아주 만족해서 고개를 끄덕였다.

"기껏해야 하루밖에 시간이 없다."

목연이 고개를 끄덕였다.

"알겠습니다. 밤바람이 불어오기 전, 반드시 임무를 완수하겠습니다!"

이 숲은 밤이 되면 바람이 불어오곤 했다. 만약 그 전에 감염된 식물을 불태우지 못하면, 바람이 감염된 이파리 혹은 이 사태를 일으킨 원흉인 해충이나 해충의 알을 다른 숲으로 옮길 수도 있었다.

목연과 전다다가 떠난 후 아금은 즉시 다른 이들에게도 일을 배분해 주었다. 병사들은 각자 숲에 불길을 내는 일, 다른 숲을 조사하는 일, 그리고 감염병의 원인을 조사하는 일 등등을 맡았다.

목연과 전다다는 과연 아금을 실망시키지 않았다. 저녁 해가 기울 무렵 그들은 순조롭게 영수들을 모두 이동시켰다. 아금은 계획대로 숲을 불태우라 명령했다.

사흘 후, 흑삼림 전체에서 더는 감염병이 보이지 않았다.

목령아와 전다다 모녀는 기뻐하고 있었다. 두 사람은 약속이나 한 듯 손가락을 꼽으며 날짜를 세어 보았다. 지금 당장 진양성을 향해 출발하면 만월연에 참석할 수 있지 않을까?

"속도를 내면 시간 안에 갈 수 있을 것 같아. 기껏해야 하루 정도 늦겠지. 만월연에는 참석하지 못한다 해도, 모두와 만날 수 있겠구나!"

목령아의 말에 전다다가 반박했다.

"아니에요, 어머니 계산이 틀렸어요. 가장 빠른 길을 택해 밤낮을 가리지 않고 가도 최소한 이레는 늦을 수밖에 없어요. 우리가 도착했을 때는 모두 떠난 후겠죠."

목령아가 진지한 표정을 지었다.

"이레? 어째서 차이가 그렇게 많이 나지? 계산이 틀린 것 아니니?"

그러자 전다다 역시 진지한 표정으로 대답했다.

"어머니, 셈에 관한 한 저는 틀린 적이 없어요. 그건 어머니께서 제일 잘 아시잖아요. 분명 어머니 계산이 틀렸어요."

목령아는 감히 딸에게 따질 엄두를 내지 못했다. 전다다는 어린 시절부터 금화 더미 속에서 셈하는 법을 배웠고, 결코 틀리는 법이 없다는 걸 목령아 그녀가 제일 잘 알고 있었던 것이다.

어머니가 인정하는 모습을 본 전다다는 손을 뻗어 제 어머니의 어깨를 감싸며 위로하기 시작했다.

"어머니, 이레가 아니라 70일을 늦게 도착하게 되더라도 우리 그냥 가요! 굳이 모임에 참가한다고 생각하지 말고, 홍두 언니랑 연아 언니가 어떻게 지내는지 보러 간다고 생각하면 되는 거죠. 그리고 저는 미래의 시어머니로서, 아기들에게 깜짝 놀랄 선물을 해 주고 싶어요."

목령아가 전다다의 납작한 배를 바라보며 가볍게 코웃음을 쳤다.

"미래의 시어머니? 아직 아이를 갖지도 못했으면서, 남자아이를 낳을 거라고 어떻게 확신하는 거야?"

전다다가 다급하게 말했다.

"첫아이가 남자애가 아니더라도 둘째 아이는 남자애일 수 있잖아요. 둘째가 남자애가 아니면 셋째가 남자애일 수 있고요. 어쨌든 남자애 하나는 낳을 수 있겠죠!"

그러자 목령아가 전다다의 배를 문지르며 매우 진지하게 물었다.

"그래, 언젠가는 남자애가 생길 수도 있겠지. 하지만 네 아들은 아직 아기인데 홍두의 딸이 시집가야 할 나이가 되면 어쩔 생각이니?"

전다다는 어머니의 어깨를 감쌌던 손마저 떼고 무섭게 노려보았다. 그리고 마치 목령아와 절교라도 하겠다는 듯 차갑게 코웃음을 쳤다.

"그런 불길한 말은 그만하시는 게 어때요?"

그러나 목령아는 계속 전다다를 놀렸다. 두 사람은 분명 모녀 사이였지만, 아옹다옹하는 모습이 꼭 자매 같아 보였다.

아금은 상석에 앉아 있었고, 목연이 그 오른편에 앉아 있었다. 두 사람은 목령아와 전다다를 한참 동안 바라보다가 약속이나 한 듯 고개를 돌렸고, 어쩌다 보니 서로 시선을 마주치게 되었다.

언제나 고고하고 차갑던 아금의 얼굴에 난처한 빛이 떠올랐다. 그는 이마를 짚더니 목연의 시선을 피했다. 어쨌든 눈앞의 '자매' 중 한 사람은 그의 부인이고, 나머지 한 사람은 그의 딸이었으니까.

목연 역시 시선을 피하더니 조용히 문밖을 바라보았다. 어쨌든 눈앞의 '자매' 중 한 사람은 그의 부인이었고, 그에게 속한 사람이었으니까.

차 두어 잔 마실 시간이 지났을 무렵, 목령아와 전다다는 남자애를 낳을 수 있는 약방에 관해 이야기하고 있었다. 아금이 입술을 잡아당기더니 과감하게 결단을 내렸다. 그는 두 사람의 화제에는 끼어들지 않고, 차갑게 말했다.

"사흘로는 이 역병이 완전히 사그라들었는지 확신할 수 없다. 최소한 보름은 관찰해야 해."

목연이 즉시 말을 받았다.

"저도 그렇게 생각합니다. 게다가 이 역병이 갑자기 퍼진 것에는 분명 연유가 있을 것입니다. 조사하여 방지책을 찾아내야 합니다."

아금은 정말이지 이 사위가 점점 더 마음에 쏙 들었다. 그는 연신 고개를 끄덕이며 말했다.

"내가 열 가지 표본을 남겨 두라고 했다. 너와 다다가 그 열 가지 표본을 가지고 신농곡으로 가서 식물을 다루는 의원들에게 보여 주거라."

목연과 전다다가 대답하기도 전에 목령아가 흥분하여 외쳤다.

"나도 갈래!"

목령아가 딸과 사위를 따라 신농곡에 가겠다고 말한 순간, 아금의 입매가 굳었다. 그와 동시에 목연의 표정도 살짝 굳는 듯했다.

아금은 목연이 이 두 여인을 다룰 수 있으리라고는 생각지 않았다. 그리고 목연 역시 완벽하게 같은 생각을 하고 있었다.

그런데 바로 그때, 전다다가 흥분한 기색으로 재빨리 목령아의 팔짱을 꼈다.

"어머, 좋아라! 어머니와 여행을 한 지 정말 오래되었단 말이에요!"

목연이 코를 문지르기 시작했다. 마음속으로는 고통의 비명을 내지르고 있었지만 그것을 겉으로 드러낼 수는 없었다.

아금이 말했다.

"흑삼림의 역병은 여전히 관찰이 필요하니 태만하게 굴 수 없다. 다다와 목연이 가고 나면 이쪽에는 사람이 부족해. 령아, 당신은 다음에 가도록 해."

목령아가 대답하기도 전에 전다다가 그녀의 손을 꽉 잡으며 말했다.

"아버지, 어머니가 남아 계셔도 아버지를 성가시게나 하지 않으면 고마운 상황이잖아요. 어머니가 무슨 도움을 드릴 수 있다고 그러시는 거예요? 우리 어머니는 약사시고, 식물의 병에 대해서는 모르신단 말이에요."

목령아가 곁에 있는 목연을 흘깃 보더니, 바로 전다다를 노려보며 말했다.

"그건 또 무슨 말이니? 아주 위아래가 없구나. 점점 더 예의라고는 모르고!"

전다다도 목연을 흘깃 보더니 헤헤 웃으며 말했다.

"어머니, 목연이 남도 아닌걸요. 뭘 그렇게 부끄러워하세요. 최근 어머니가 아버지에게 끼친 걱정만 해도……."

전다다가 여기까지 말했을 때 목령아가 그녀의 입을 틀어막더니 나지막한 목소리로 외쳤다.

"다시 한번 그런 허튼소리를 늘어놓으면, 네가 최근 수년 동안 네 아버지에게 끼친 걱정은 물론이고 네가 저질렀던 일들을 전부 다 말해 버릴 거야!"

전다다가 다급하게 말했다.

"제가 저질렀던 일들……은 모두 어릴 때잖아요. 하지만 어머니는 어머니가 되어서도 그러셨잖아요!"

목령아는 화가 나서 목소리를 더욱 낮췄다.

"나쁜 계집애! 대체 너는 엄마 편이니, 아빠 편이니? 다시 한번 예전 일들을 입 밖으로 내면 난 너희랑 같이 안 갈 거다!"

전다다는 그제야 알았다는 듯 연신 고개를 끄덕였다.

그리고 이 순간 목연과 아금은 완전히 똑같은 동작, 똑같은 표정을 취하고 있었다. 바로 자리에 앉아 한 손으로 머리를 받치고, 난감한 표정으로 목령아와 전다다를 보고 있었다.

전다다가 목령아를 놔주고 아금의 손을 잡아끌었다. 아금이 재빨리 밀어냈으나 전다다가 다시 그의 손을 잡았다. 아금은 또 한 번 전다다의 손을 밀어냈다. 그는 딸이 무엇을 하려는지 너무나 잘 알고 있었다.

그러자 전다다는 아금의 등 뒤로 쪼르르 달려와 그의 목을 안고 애교를 부리기 시작했다.

"아버지, 어머니를 우리랑 같이 가게 해 주시면 안 돼요? 이 번 기회에 어머니도 숲이나 식물의 병에 대해 좀 배우시면, 우 리 흑삼림에 전문적으로 숲을 치료하는 의원이 생기는 거잖아 요? 그리고 어머니가 현공대륙에 오신 지 이렇게나 오래되었는 데, 아직도 신농곡에 가 보지 못하신 게 말이 되나요? 어머니는 몇 번이나 저에게 신농곡에 가 보고 싶다고 말씀하셨어요. 아 버지, 설마 그걸 모르시는 건 아니죠? 게다가 아버지는 바쁘게 일을 하셔야 할 텐데, 그럼 어머니는 얼마나 쓸쓸하실까요? 어 머니는 영수들을 부릴 줄도 모르시니, 홀로 이 낡은 저택에서 외롭게 계셔야 하는데…… 얼마나 무료하실지!"

이 말에 목령아도 재빨리 끼어들었다.

"그렇고말고! 우리 딸이 나와 같이 있어 주지 않으면 나는 분 명 답답해 죽고 말 거야! 됐어요, 됐어. 나도 신농곡은 가지 않 을래. 그냥 운공대륙으로 돌아가면 그만이지!"

모녀가 함께 연극이라도 하듯 이야기하는 것을 보던 목연은 저도 모르게 이마를 짚었다. 그는 장모가 동행하지 않기를 무척이나 바라고 있었지만 감히 그 말을 입 밖으로 낼 엄두를 내지 못했다. 그에게 남은 희망이라고는, 장인이 알아서 이 일을 처리해 주는 것뿐이었다.

아금은 그들 모녀의 연극을 들었는지 말았는지, 난감한 얼굴로 계속 고개만 숙이고 있었다. 마침내 그가 손을 들더니 결단을 내렸다.

"됐다. 사나흘 더 지켜보다가, 이쪽 일을 안배해 놓고, 나도 함께 가는 것으로 하지."

전다다와 목령아가 눈을 휘둥그렇게 떴다.

전다다가 먼저 아금의 목을 안으며 외쳤다.

"아빠 최고야!"

목령아도 아금의 품으로 뛰어들었다.

"상공이 최고라니까!"

전다다의 '아빠'와 목령아의 '상공'이 아니었다면 목연조차도 대체 두 여자 중 누가 아내고 누가 딸인지 구분하기 어려운 장면이었다.

아금은 딸에게 안기고, 또 아내를 안은 채 자리에 앉아 위엄 있는 태도로 미동도 하지 않았다. 그러나 그 엄숙한 표정에는 분명히 한 오라기 웃음기가 숨어 있었다.

일이 이렇게 유쾌하게 결정되었다.

나흘 후에도 흑삼림은 평온했고, 새로운 역병이 발생하거나 하는 일도 없었다. 아금이 목연과 함께, 교대로 숲을 살필 인원과 응급할 때 출동할 인원을 안배하여 언제든지 돌발 상황에 대처할 수 있게 했다. 그 외에도 그들은 다른 여러 가지를 안배하느라 발이 땅에 닿을 틈도 없이 뛰어다녔다.

반면에 목령아와 전다다는 자못 한가로운 분위기를 즐기고 있었다. 두 사람은 당정에게 줄 선물을 결정한 후, 신농곡에 가져갈 예물도 준비했다.

두 사람이 흑삼림과 관련한 일에 신경 쓰지 않는 것은 남편들이 너무나 유능하기 때문이기도 했지만, 남편들이 그녀들에게 아예 신경 쓸 기회를 주지 않기 때문이기도 했다.

예전에 목령아와 전다다도 종종 이런저런 일에 신경 썼으나, 그녀들이 묻는 순간 남편들이 이미 그녀들보다 먼저 생각하고 문제를 해결했다는 사실을 알게 되었다. 두 모녀의 성격은 조금 아이 같은 구석이 있었고, 남편들의 비호를 받으며 유유자적한 분위기를 즐기곤 했다.

그날 밤, 아금과 목연은 마침내 흑삼림과 관련한 모든 일을 끝냈다.

아금이 저택에 돌아왔을 때 목령아는 잠들어 있었다. 짐은 모두 챙긴 다음이었는데, 탁자 위에 조그만 꾸러미 하나만이 놓여 있었다.

그 안을 살펴본 아금이 난감한 듯 웃더니 직접 물건들을 챙기기 시작했다. 그가 짐을 다 챙겼을 때는 목령아가 챙겼던 작은 꾸러미보다 두 배는 더 커져 있었다.

그는 집사를 불러 물었다.

"마님께서 내일 아침에 마른 음식을 준비하라 이르셨더냐?"

집사가 고개를 끄덕이며 답했다.

"마님께서 이미 분부하셨습니다. 소저와 고야姑爺[9]께서 드실 마른 양식도 함께 준비했습니다."

아금이 다시 물었다.

"군것질거리도 준비했고?"

"마님께서 군것질거리는 이야기하지 않으셨습니다."

그러자 아금이 목록을 적어 집사에게 건네며 말했다.

"내일 출발 전까지 준비하도록 해라."

목씨 가문 쪽에서는 목연이 이미 짐을 다 싼 다음이었다. 전다다는 침상에 엎드린 채 작은 공책을 들여다보고 있었다. 그것은 그녀가 직접 만든 일력으로, 여러 색깔의 기호가 여기저기 그려져 있었다.

당정이 아이를 가졌다는 소식을 들은 전다다는 바로 임신 계획을 세웠다. 그녀는 일단 몸을 보양하기 위해 좋다는 음식이며 약을 목연과 함께 먹었다. 그다음으로는 목연과 함께 의원을 찾아가 날짜를 계산했다.

매달 아이를 갖기에 가장 좋은 날짜를 계산해 낸 그녀는 엄격하게 계획에 따라 행동했다. 이 작은 공책에 표시된 붉은 기호는 바로 임신을 하기에 가장 좋은 날짜를 의미했다.

전다다가 다시 한번 날짜를 계산하며 중얼거렸다.

"앞으로 닷새……. 여행길이 너무 힘들지 말아야 할 텐데.

---

9 처가에서 사위를 부르는 말.

피곤하면 좋지 않아."

목연은 막 목욕을 마치고 돌아온 참이었다. 대충 헐렁한 옷을 입은 그는 어딘가 나른하면서도 유혹적으로 보였다.

그는 전다다가 침상에 엎드려 있는 걸 보고 저도 모르게 슬쩍 '나쁜' 미소를 지었다.

그는 소리 없이 다가가 사나운 기세로 그녀를 덮쳐 제 몸 아래에 가두었다.

전다다가 깜짝 놀라 외쳤다.

"한밤중에, 대체 무슨 생각을 하는 거야?"

목연은 웃고 있었고, 피로한 눈에는 애정이 담겨 있었다. 전다다가 몸을 돌려 그를 마주 보며 외쳤다.

"거기다 웃기까지!"

목연은 최근 수일 동안 바쁜 나머지 밤에 집에 들어오지도 못했고, 제 아내를 그리워하고 있었다. 그는 천천히 전다다에게 다가가며 다정한 목소리로 말했다.

"보고 싶었어."

그가 말을 마치는 순간, 그의 입맞춤이 전다다에게 떨어져 내렸다.

그들은 세 마디도 주고받지 않아 늘 말씨름을 벌이곤 했다. 그러나 어느 쪽이건 먼저 다정하게 말하기 시작하면 다른 쪽은 바로 투항했다.

전다다는 그 이상 저항하지 않고 곧 목연의 다정함에 빠져들었다. 하지만 목연이 한 걸음 더 나가려는 바로 그 순간, 그녀가 갑자기 그의 손을 잡더니 제 작은 공책을 들이밀었다.

"안 돼! 오늘 밤은 안 된단 말이야!"

목연은 순간 멈칫하더니 곧 한 손으로 천천히 이마를 짚었다.

사실 이번이 처음이 아니었던 것이다. 이런 일은 이미 몇 달째 계속되고 있었다…….

목연은 전다다에게 제지당하는 동시에 그녀 손에 들린 작은 공책을 보게 되었다. 그는 이마를 짚은 채 예전처럼 천천히 물러나 전다다를 등지고 앉았다.

전다다가 다시 진지하게 작은 공책을 들여다본 후, 등 뒤에서 목연의 목을 끌어안고 찰싹 달라붙었다. 목연이 바로 귀를 막았다. 그러나 전다다가 그의 손을 귀에서 떼어 낸 다음, 여전히 진지한 목소리로 말했다.

"다시 닷새만 지나면 돼. 그러니까 내일부터 세어서 엿새째, 이레째, 여드레째 되는 날이 가장 좋은 시기랬어."

목연은 입가를 실룩이며 대답하지 않았다.

전다다가 그의 어깨를 두드리며 의미심장한 어조로 말했다.

"그때까지는 일단 우리 정력을 비축해야 해. 절대로 피로해지거나 하면 안 된단 말이야."

목연은 미간을 찌푸린 채 미동도 하지 않았다.

전다다는 그가 화가 났다는 것을 알고 그를 몇 번 밀어도 보고 잠시 애교도 부려 보았다. 그러나 목연은 여전히 꼼짝도 하지 않았다. 전다다는 재빨리 그의 앞으로 돌아가 그를 놀리기 시작했다.

그녀는 일부러 깜짝 놀란 척 말했다.

"목연, 얼굴이 왜 그래?"

목연은 이미 그녀의 장난에는 익숙해져 있었기에 차갑게 반문했다.

"내 얼굴이 왜 이렇게 잘생겼냐고?"

전다다는 대사를 빼앗긴 셈이라 영 달갑지 않았다. 그녀는 목연의 얼굴을 받쳐 들고 일부러 자세히 살펴본 다음 탄식했다.

"아, 나는 대체 왜 이럴까?"

목연이 그녀의 작은 손을 잡더니 그녀의 눈을 들여다보며 한 글자 한 글자 또렷하게 말했다.

"너는 대체 왜 그리 안목이 좋은 걸까?"

전다다는 또 대사를 빼앗기고 말았다. 그녀는 손을 빼려 했지만 목연이 꽉 잡은 채 놔주지 않았다. 그녀는 더는 손을 빼려 하지 않고, 대신 갑자기 입을 비죽 내밀고 눈을 휘둥그렇게 뜨며 익살맞은 표정을 지었다. 목연은 바로 눈을 감았다.

전다다는 좌절감에 시달리며 힘없이 목연에게 기대어 애교를 부리기 시작했다. 그녀는 한마디 말도 없이 그저 '흐응, 흥흥'만 했다. 마치 억울해서 울고 싶어 하는 아이처럼.

처음에는 목연도 미동조차 하지 않았다. 그러나 전다다의 '흐응흥흥'에 점점 더 억울한 기색이 짙어지자, 저도 모르게 눈을 뜨고 말았다. 그는 단념한 표정이었는데, 전다다에게 할 말이 없어서인지 아니면 자신이 타협한 것에 할 말이 없어서인지는 모를 일이었다.

목연이 전다다의 두 손을 놔주려 했을 때, 전다다가 갑자기 그의 몸 위에서 꿈틀거리기 시작했다. 그녀의 '흐응흥흥'도 점점 더 높아지고 있었다.

목연은 가까스로 '불'을 끈 상황이었다. 전다다의 이 '해서는 안 될, 나쁜 행동'은…… 이제 목연은 과연 한 번 더 불을 끌 수 있을지 자신할 수 없게 되어 버렸다.

그는 재빨리 전다다를 밀어내고 총총히 밖을 향해 도망쳤다. 전다다는 이유를 알 수 없어 망연자실한 얼굴로 물었다.

"급한 거야?"

전다다는 잠시 기다리다가 갑자기 영리하게 눈을 빛내며 침상 안쪽에 자리 잡고 누웠다. 그녀는 가능한 한 빨리 자 버릴 생각이었다. 그녀와 목연 사이에 아무리 큰 다툼이 있어도, 하룻밤 자고 일어나면 없었던 일이 되어 버리곤 했기 때문이었다.

과연 예상대로였다. 그녀가 깨어났을 때 모든 일은 없었던 일이 되어 있었다.

전다다는 날이 한참 밝은 다음에야 깨어났고, 목연은 아침 일찍 일어나 준비를 마친 후 그녀와 함께 아침을 먹기 위해 기다리고 있었다.

두 사람이 마주 앉자 목연은 식사를 하는 한편 전다다에게 이번 여정의 계획을 설명했다. 어떤 길로 갈 것인지, 또 수행하는 사람들은 누구인지, 어디서 먹고 잘 것인지 등등.

"인내심을 가져야 할 거야. 우리는 지금 여행을 가는 게 아니라, 중요한 일을 처리하러 가는 거니까."

그러자 전다다가 입을 열었다.

"물론 우리는 중요한 일을 처리하러 가는 거지. 아니면 내가 홍두 언니 만월연에 빠졌겠어? 흑삼림에서 신농곡까지 가장 빠른 길을 이용하면 열사흘이 걸리지. 내가 신농곡에 가 본 횟수는 아마 네가 흑삼림을 나가 본 횟수보다 많을걸!"

목연이 그녀를 흘깃 보더니 말했다.

"네가 알면 됐어. 그리고 너도 이미 시집을 왔으니, 장인어른께 너무 마음 쓰시게 하지는 마."

전다다가 젓가락을 내려놓더니 진지하게 물었다.

"목연, 어째서 항상 우리 아버지 이야기만 하고 우리 어머니 이야기는 안 하는 거야?"

혼례를 치른 후 목연은 적잖이 그녀에게 훈계했다. 기본적으로 세 번 그녀를 훈계하면 한 번은 그녀의 아버지 이야기가 나왔다. 그러나 그녀의 어머니 이야기가 나온 적은 한 번도 없었다.

목연이 가볍게 탄식하며 중얼거렸다.

"장모님은 스스로나 잘 챙기시면 그것만으로도 족하고."

전다다는 그의 말을 제대로 듣지 못해 다시 물었다.

"뭐라고 했어? 응?"

목연은 대충 둘러대기 시작했다.

"장인어른과 나, 두 사람만 너에게 신경 써도 충분하니까. 자, 서둘러. 내가 문가에서 기다리고 있을 테니까."

그러고는 자리에서 일어났다.

전다다는 뭔가 이상하다는 것을 눈치챘다. 그녀는 그를 바라보며 특별히 무해하게 웃었다.

"네가 나를 비판하는 것은 괜찮지만, 설마 우리 어머니에게 도 그런 건 아니지?"

목연이 재빨리 말했다.

"장인어른, 장모님과 흑삼림 남대문에서 만나기로 했어. 차 한 잔 마실 시간을 줄 테니 서둘러. 늦으면 두고 간다!"

전다다는 목연의 손을 잡으려 했지만 그가 재빨리 피하더니 성큼성큼 걸어 나갔다.

전다다와 목연이 흑삼림 남대문에 도착했을 때, 아금과 목령 아가 그들을 기다리고 있었다. 마차 양옆으로 말을 탄 하인이 있고, 또 시위며 노복까지 있으니 인원수가 많지는 않아도 그 기세가 대단해 보였다.

아금은 마차 위에 왼쪽 다리를 꼬고 앉아 한 손은 대충 무릎 에 얹고, 다른 한 손으로는 지도를 펼치고 있었다. 그 나른하 면서도 고상해 보이는 자태는 어딘가 한가로워 보이면서도 위 엄을 잃지 않아 멀리서 보면 젊은 귀족 남자 같아 보였다. 그의 아내가 마차 안에서 모자란 잠을 보충하고 있고, 그의 딸과 사 위도 멀지 않은 곳에 있는데도 말이다.

전다다가 마차에서 뛰어내려 흥분한 얼굴로 달려갔다. 그러 나 그녀가 입을 열려는 순간 아금이 그녀에게 쉿, 조용히 하라 고 손짓했다.

"어머니가 주무시고 계신다. 조용히 해라."

전다다도 목소리를 죽여 물었다.

"어머니께 가져와 달라고 한 거, 가져오셨대요?"

아금이 참지 못하고 피식 웃었다.

"원래 네 생각이었구나."

전다다가 목령아에게 가져와 달라고 부탁한 것은 바로 역병이 있었던 지역의 붉은 토끼였다. 붉은 토끼는 흑삼림에서 가장 몸집이 작은 영수인 동시에 가장 안정적인 영수기도 했다. 그리고 훈련을 거친 붉은 토끼는 평생 주인을 배반하지 않았다.

이름에서 알 수 있듯이 몸 전체가 불처럼 붉은 털로 뒤덮여 있고, 날카로운 앞니에 몸집은 보통 토끼보다 두 배 정도는 더 컸다. 게다가 매우 빨리 달릴 수 있어 엽표 정도는 충분히 따라잡을 수 있었다. 때문에 흑삼림의 꽤 많은 가문들이 붉은 토끼를 훈련시켜 저택을 지키는 용도로 쓰고 있었다. 그 점에 착안한 전다다는 토끼 세 마리를 민 부인에게 선물할 생각이었다.

그러나 아금이 이야기한 '생각'은 선물 이야기가 아니었다. 전다다는 이번 선물을 통해 영수를 대여해 줄 생각을 하고 있었다.

그녀는 이미 생각을 끝낸 다음이었다. 이번 기회를 이용해 붉은 토끼의 명성을 드높인 다음 붉은 토끼를 대여해 주는 거다. 그럼 앉아서 금화를 벌게 되겠지! 이건 절대 손해 볼 리 없는 장사였다!

전다다는 아버지의 말뜻을 이해하고 민망한 듯 머리를 긁적이며 웃었다.

"나중에 돈을 벌게 되면, 3할만 제가 갖고 나머지는 공적인 자금으로 쓸 거예요. 공적인 자금! 연말이 되면 아버지께서 모두에게 이익을 나눠 주세요. 모두 함께 이익을 보면 다른 사람들도 반대하지 않을 거예요."

아금은 이미 아내에게 설득당한 다음이었기에 그저 딸의 코를 한번 잡아당긴 후 말했다.

"난 목연과 할 이야기가 있으니, 넌 어머니와 같은 마차에 타거라."

그는 마차에서 내리면서 잊지 않고 다시 한번 말했다.

"어머니를 깨우지 말고."

전다다도 좀 더 자고 싶었기 때문에 흔쾌히 대답했다.

아금의 명령에 마차 두 대와 열 명 남짓한 시위가 출발했다.

목연은 장인 장모와 함께 멀리 가는 것은 처음이었기 때문에 매우 주도면밀하게 준비했다. 그가 자신이 안배한 바를 보고하려 하는 순간, 아금이 지도를 펼쳤다. 바로 흑삼림에서 신농곡까지의 여정이 그려진 지도였다. 보통 사람들이 이용하는 세 가지 노선 외에도 아금이 직접 그려 넣은 노선이 하나 더 있을 뿐아니라 이런저런 표식도 많았다.

아금이 말했다.

"이번에는 새로운 길로 가 볼 생각이다. 길이 험한 편이지만, 다른 길보다 가까우니 사나흘은 시간을 아낄 수 있을 것 같아. 그뿐 아니라 길의 경치도 괜찮다고 하더구나. 특히 여기 상청곡이라는 골짜기는 눈 덮인 산에 둘러싸여 있지만, 골짜기자체는 사시사철 봄 같은 곳이라더군. 한번 들러 볼 만할 것 같다. 일단 최대한 빨리 움직여 시간을 좀 벌면 네 장모와 아내에게 이틀 정도는 즐길 시간을 줄 수 있을 것 같은데…….”

　여기까지 들은 목연은 묵묵히 자신이 준비한 지도를 다시 넣었다. 이어지는 아금의 말은 그야말로 목연이 자신의 부족함을 탄식하게 하기에 충분했으니…….

흑삼림 외전 **남자아이**

목연이 자신의 부족함을 절감한 것은 여정 동안의 숙식 문제였다.

여정 동안 맛있는 것을 먹기 위해서는 미리 하인을 보내 필요한 음식을 사게 하거나, 혹은 그 지역에서 바로 재료를 구해 현장에서 요리하게 해야 했다. 시간 안배 역시 맞아떨어져야 식사를 제대로 할 수 있었다.

가장 좋은 예가 바로 오늘 같은 날이었다. 그들은 점심 무렵이 되어서도 아직 숲을 빠져나오지 못한 상태였고, 앞을 보아도 뒤를 보아도 인가라곤 보이지 않았다. 그런데 아금이 사람을 먼저 이곳으로 보내 그들을 위한 점심을 이미 준비하게 해놓은 상태였다.

목연이 자신도 모르게 이마를 치며 말했다.

"장인어른께서는 정말 세심하십니다."

아금이 고개를 끄덕이더니 지도를 목연에게 건넸다.

"한번 보거라. 다른 계획이 없다면, 이대로 가면 좋겠군."

목연은 다른 계획이 없다고 말하려다가 생각을 바꿨다. 그는 재빨리 지도를 받아 열심히 살펴보기 시작했다.

장인이 안배한 바에 의하면 엿새째 되는 날 그들은 남쪽의 가장 큰 성에 도착하게 되어 있었고, 객잔에서 하룻밤 머물 예정이었다. 그러나 이레째 되는 날과 여드레째 되는 날은 계속 길을 가야 해서, 말 위에서 자거나 막사를 치는 수밖에 없었다.

목연은 그의 전아가 '가장 좋은 시기'를 위해 어떤 노력을 기울이고 있는지 떠올리고는, 저도 모르는 사이에 어쩔 줄 모르는 표정을 지었다.

그가 한참 동안 아무 말도 없자 아금이 물었다.

"무슨 다른 계획이라도 세워 둔 모양이지?"

목연은 그제야 정신을 차렸다. 그가 눈을 드는 순간 장인의 차갑고 진지한 두 눈과 시선이 마주쳤고 그는 다시 당황하고 말았다.

"아, 아닙니다. 장인어른께서 정하신 대로 따르면 됩니다."

아금은 더는 길게 이야기하지 않고, 지도를 돌려받으려던 원래의 생각을 버리고 말했다.

"그 지도는 자네가 갖고 있게."

사실 아금이 이렇게 주도면밀하게 계획을 세운 것은 결코 독창적인 행동이 아니었다. 그는 과거 당씨 가문의 그 가주와 함께 먼 길을 떠난 적이 있었고, 저도 모르게 당 가주의 방법을 배워 버렸던 것이다. 지금 목연이 감탄하고 있는 이 지도도 만약 당 가주가 작성했다면 배는 자세했을 것이다.

아금이 이 지도를 목연에게 준 것은 물론 딸의 복지를 위한 것이었다. 즉 그는 사위가 자신의 방법을 배우기를 바라고 있었다.

목연은 여전히 당황스러운 마음으로, 화제를 돌리기 위해 고민하고 있었다. 그때 아금이 먼저 붉은 토끼를 대여하는 계획에 대해 언급했다.

"자네 보기에 이 일이 어떤가?"

사실 목연도 방금 전다다의 이 계획을 알게 된 참이었다. 그는 진지하게 고민한 후 장난치듯 말했다.

"제 생각에는, 공적으로든 사적으로든 문제 될 것이 없다고 봅니다."

아금이 흥미롭다는 듯 물었다.

"어째서?"

목연이 분석을 시작했다. 흑삼림은 여러 가지 특수성 덕분에 수백 년 동안 현공대륙에서 멀어져 있었고, 외부 세계와의 왕래도 별로 없었다. 심지어 역사적으로 외부와 완전히 단절되어 있던 시기도 짧지 않았다.

예전이었다면 계속 이런 식으로 외부와 단절된 상태로 지내도 큰 문제는 아닐 것이다. 그러나 최근 20여 년 동안 흑삼림은 외부 세계와의 교류가 점차 늘어났고, 심지어 현재 현공대륙의 다른 세력과 마찬가지로 대건제국의 통치를 받고 있었다. 이런 상황에서 흑삼림이 주동적으로 현공대륙에 섞여 들어가지 않는다면, 발전하지 못하고 그 자리에 머물러 있는 것은 물론 심지어 흑삼림을 노리는 자들이 생길 수도 있었다.

흑삼림의 무술인들은 지금까지 현공대륙에서 열린 무학대회에 참가해 실력을 겨룬 적이 없었다. 외부와의 소통을 강화하려 한다면 영수가 가장 좋은 매개체가 될 것이다.

그러나 영수가 외부인의 손에 떨어지는 것은 천부당만부당한 일이다. 그런 면에서 전다다가 생각해 낸 대여라는 방식은 매우 좋은 방법이었다.

"사적으로는……."

목연이 웃으며 덧붙였다.

"그 이상 이야기하지 않겠습니다."

목연이 웃는 것을 본 아금도 새어 나오는 웃음을 참을 수가 없었다.

"자네 의견을 들으니, 이 일은 한번 제대로 상의해 봐야겠어."

목연이 연신 고개를 끄덕였다. 장인 앞에서도 그는 아내의 이익을 포기할 생각이 없었다.

"이 일은 다다가 생각해 낸 일이니, 다다가 주도하는 것이 옳을 것 같습니다."

물론 그의 이 주장은 아내의 이익을 위한 것이기도 했지만, 자기 자신을 위한 것이기도 했다. 아내가 바빠진다면…… 어쩌면 '가장 좋은 시기'에 대한 고집을 잊을지도 모른다.

아금은 안 그래도 딸에게 일을 찾아 주려던 참이었기에 흔쾌히 승낙했다. 이렇게 장인과 사위는 한참 동안 이런저런 공적인 대화를 나눴다. 그리고 점심 무렵이 되었을 때 아금이 문득 임신을 준비하는 일에 관심을 보였다.

아금이 대수롭지 않게 물었다.

"첫아이는 남자애가 좋은가, 아니면 여자애가 좋은가?"

목연은 장모와 아내가 친구처럼 이야기하던 모습을 떠올리며 재빨리 대답했다.

"남자애가 좋습니다."

아금은 매우 만족스러운 듯 고개를 끄덕였다.

"남자애라…… 남자애 좋지. 아주 좋아."

그들은 그것으로 임신 관련 화제를 끝내고 다시 무술에 관해 이야기하기 시작했다.

그러나 다른 마차 안에서는 목령아와 전다다 모녀가 오전 내내 이야기를 나눈 다음이었다.

목령아는 원래 딸에게 자연에 순응하라고 권할 생각이었다. 그러나 이야기를 나누다 보니 딸에게 휩쓸리고 말았다. 목령아는 딸에게 자연에 순응하라고 권하기는커녕, 자신도 이를 악물고 둘째를 낳아 볼까 하는 생각까지 하게 되었다…….

일행은 아금의 안배하에 순조롭게 움직이고 있었다.

엿새째 밤, 그들은 마침내 흑삼림 남쪽에서 가장 큰 성에 도착해 객잔에 입주했다.

아금이 음식을 주문한 후 차림표를 전다다에게 건넸다. 그 모습을 본 목연이 다급하게 말리려 했지만 전다다는 이미 즐거운 표정으로 차림표를 받아 든 다음이었다.

목연이 말했다.

"우리는 겨우 네 사람이야. 장인어른께서 충분히 주문하셨으니 낭비하지 말도록 해."

그러자 목령아가 웃으며 말했다.

"설마 꼭 먹고 싶어서 그러겠니. 그냥 차림표를 보게 내버려 두려무나."

목연은 대답하지 않았다.

차림표를 살펴본 전다다가 새로 음식을 주문하려 했을 때, 목연이 힘껏 눈짓하는 것이 보였다. 그녀는 마치 뭔가 깨달은 것처럼 바로 차림표를 식당 직원에게 건네며 말했다.

"지금까지 시킨 것만으로도 충분해요."

아금과 목령아는 이상함을 눈치채지 못했지만, 목연은 속으로 안도의 한숨을 내쉬었다.

식사를 끝낸 후 목령아가 말했다.

"계속 산이며 들판만 보며 오다 보니 곧 신선이 될 것 같지 뭐야. 얘, 전아, 우리 같이 거리에 나가 보자. 사람들 사는 냄새 좀 맡아 봐야지."

그러나 전다다는 목연의 팔을 잡은 채 피곤한 얼굴로 말했다.

"어머니, 아버지와 함께 구경하시는 것이 좋겠어요. 저흰 피곤해 쓰러질 지경이라 어서 쉬러 가고 싶어요."

목연이 입가를 실룩이며 다른 방향을 바라보았다. 아금은 그런 그를 의혹 어린 시선으로 바라보았지만, 아무것도 묻지 않았다.

목령아는 딸과 아침에 나눈 이야기를 떠올리고 문득 짚이는 것이 있어 웃으며 말했다.

"그래, 그럼……. 편히 쉬려무나!"

객잔 대문 밖으로 나오자마자 아금이 물었다.

"대체 왜들 저러는 거지?"

목령아는 아무것도 모른다는 듯 반문했다.

"피곤하다고 하지 않았던가요?"

아금이 그녀의 손을 놓더니 그녀의 어깨를 안아 제 품에 안고는 다시 물었다.

"대체 왜들 저러는 거냐고?"

아금이 어찌나 세게 끌어안았는지 목령아는 어깨가 살짝 아플 정도였다. 그러나 그녀는 여전히 아무것도 모른다는 듯 대답했다.

"왜들 저러긴요? 둘만의 일을 내가 어떻게 알겠어요? 뭐 눈에 보이는 거라도 있던가요?"

아금이 즉시 그녀를 돌려세웠다.

"나도 피곤해. 우리도 돌아가 쉬도록 합시다."

목령아는 며칠 내내 답답하던 참이라 시내 구경을 몹시 기대하고 있었다. 그녀는 결국 전다다의 '가장 좋은 시기'에 대해 털어놓았다.

이야기를 들은 아금의 얼굴은 그야말로 볼만했다. 그는 한마디도 하지 않고 목령아의 손을 잡은 채 몸을 돌려 시끌벅적한 시내를 향해 걷기 시작했다.

객잔 안에서는 전다다의 주문을 받은 직원이 인삼탕 두 그릇을 가져왔다. 대체 어떤 돌팔이에게서 들은 말인지는 알 수 없었지만, 전다다는 일을 치르기 전 인삼탕을 마시면 아이가 들어서는 데 도움이 된다고 믿고 있었다.

전다다는 일단 제 몫의 인삼탕을 마셨다. 그리고 목연이 꼼짝도 않고 있는 걸 보고는 정성스럽게 그 몫의 인삼탕을 그에게 건넸다. 그녀는 몹시도 해맑게 웃고 있었지만 목연은 고개를 돌리고 그녀를 보지 않았다.

전다다가 장인과 장모가 보는 앞에서 인삼탕을 시키지 않아 정말 다행이었다. 그러지 않았다면 그는 어디 쥐구멍이라도 찾고 싶은 심정이 되었을 테니까.

전다다는 인삼탕을 목연의 얼굴 가까이 가져갔다. 그녀 역시 아무 말도 하지 않았지만, 얼굴에 떠오른 미소는 사라지지 않고 있었다…….

전다다의 해맑은 미소에 목연도 미소로 응답했다. 그러나 그 미소는 세 살짜리도 알아볼 수 있는…… 가짜 미소였다!

전다다의 미소가 순식간에 환해졌다. 마치 누가 더 환하게 웃을 수 있는지 대결해 보자는 듯. 목연 역시 지지 않겠다는 듯 있는 힘을 다해 미소를 키웠다.

전다다 역시 계속 있는 힘을 다하다가 갑자기 헤헤, 소리 내어 웃고 말았다. 목연이 잠시 멈칫했으나, 곧 참지 못하고 웃으며 그녀의 머리를 어루만졌다.

"바보 같긴!"

그렇다. 그가 졌다. 어찌할 도리 없이 놀림을 당하고 말았다. 인삼탕을 정말로 싫어했지만, 전다다가 생기발랄한 얼굴로 귀엽게 웃으면 도저히 거절할 수 없었다.

목연은 코를 잡고 단숨에 인삼탕을 쭉 들이켰다. 전다다는 만족한 듯, 그의 볼에 쪽 소리가 나도록 입을 맞췄다.

"목연, 세상에서 네가 제일 좋아!"

목연은 그 김에 그녀를 안아 제 무릎 위에 앉혔다. 그리고 일부러 엄숙하게 물었다.

"제일? 그 외에 또 누구를 좋아하는데?"

전다다는 물론 목연의 말뜻을 잘 알고 있었다. 하지만 그녀는 일부러 알아듣지 못한 척, 아버지와 어머니를 포함해 줄줄이 아는 이름을 댔다. 그러고는 아주 진지하게 외쳤다.

"물론, 제일 좋아하는 건 너뿐이지!"

목연은 여전히 엄숙한 표정이었다.

"어떻게 증명할 생각인데?"

그러자 전다다가 화가 난 듯 대꾸했다.

"너에게 시집도 왔고, 온갖 방법을 짜내 네 아이를 낳으려고 하고 있잖아! 여기서 어떻게 더 증명하라는 거야? 넌 네가 나를 얼마나 좋아하는지 증명할 수 있어?"

목연의 입매가 금방이라도 올라갈 듯 떨리고 있었다. 그러나 그는 힘들게 참아 내며 말했다.

"너를 아내로 맞이한 것은 내가 원했기 때문이고, 아이를 낳는 문제는 내가 너에게 강요한 적 없어. 그러니 그 두 가지로는 증명할 수 없지. 이렇게 하자. 네 보물 상자의 열쇠를 내게 줘. 그럼 믿을 테니까."

전다다의 보물 상자에 숨겨져 있는 것은 물론 그녀가 가장 사랑하는 금원보였다!

전다다는 웃는 얼굴 그대로 굳어 버리고 말았다. 목연이 결국 참지 못하고 큰 소리로 웃기 시작했다. 이번에는 그가 이겼다.

가장 좋아하니 가장 사랑하니 하는 문제는 결코 말로 논쟁할 수 있는 게 아니었고, 뭔가로 증명할 수 있는 것도 아니었다. 사랑은 언제나 그들 마음속에 숨어 있기 마련이고, 또 그것만으로도 족했다. 목연이 이렇게 추궁하듯 물어본 것은 그저 일상의 즐거움 속에서 한번 일탈해 보기 위함에 지나지 않았다.

서로 알아 가던 시기에는 얼굴만 마주치면 서로 몇 마디라도 날이 선 말을 주고받았다. 그러나 결혼한 후로는 무심결에 서로 이기고 지는 일이 꽤 있었다. 물론 두 사람의 자잘한 승부며 자잘한 싸움은 그들에게 끝없는 즐거움을 가져다주었다.

전다다는 다급한 나머지 오늘 밤의 중요한 일마저 잊고 재빨리 반박했다.

"사람은 사람이고, 재물은 재물이잖아! 그건 다른 문제라고! 자꾸 완전히 다른 개념을 한데 섞어서 놀라게 하지 마!"

목연이 진지하게 말했다.

"나와 네 보물 상자가 동시에 위험에 처하면, 넌 누구…… 혹은 무엇부터 구할 거지?"

전다다가 냉큼 대답했다.

"유치해!"

목연이 돌연 그녀 가까이 다가왔다.

"대답해 줘."

전다다는 그를 밀어낸 다음 한 단어 한 단어 또렷한 목소리로 말했다.

"잘 들어 둬. 보물 상자부터 구할 거야. 왜냐하면……."

목연이 바로 그녀의 말을 끊고 말했다.

"전다다, 네 말을 들으니 너무 괴롭다. 오늘 밤은 혼자 자도록 해!"

목연은 정말로 그녀를 밀어내고 몸을 일으켰다. 전다다가 다급하게 그를 제지하며 외쳤다.

"오늘이 무슨 날인지 잊은 거야?"

목연이 느릿느릿 눈을 들더니 말했다.

"응, 잊었어."

전다다는 그제야 그가 또 자신을 놀리고 있다는 사실을 깨달았다.

목연 역시 전다다의 표정을 보고 그녀가 깨달았다는 사실을 알았지만, 일부러 모르는 척 말했다.

"내가 이렇게 괴롭지 않다면, 생각해 낼지도 모르지!"

전다다는 눈을 가늘게 뜨고 그를 한참 바라보았다. 그러더니 갑자기 그를 밀었다. 목연이 전혀 뒤로 밀려나지 않자 이번에는 그의 손을 잡고는 온 힘을 다해 침상 가장자리로 끌고 갔다.

"내가 꼭 생각나게 해 줄게!"

그녀는 목연에게 온갖 '말로는 표현 불가능한 압박'을 가하기 시작했다. 목연은 억지로 웃음을 참느라 입을 꾹 다물고 있었는데, 겉보기에는 꽤 고통스러워 보였다. 실제로는 마치 엿이라도 먹는 것처럼 달콤한 심정이었지만.

그녀의 '압박'은 그가 아이를 갖기 위해 어쩔 수 없이 감수해야 하는 것 중에서 스스로 찾아낸 즐거움이라 할 수 있었다.

어쨌든, 여기까지는 그가 이긴 셈이었다. 그러나 전다다의 '압박'이 점점 더 정도를 넘어섬에 따라 목연은 웃음 외에도 다른 것을 참아야 했다.

불! 그렇다. 그의 불이 점차 타오르기 시작한 것이다.

그는 참고 또 참았지만 결국은 참을 수가 없었다. 전다다가 다시 한번 묻자 그는 순순히 투항했다.

"생각났어! 생각났다고!"

말을 마치자마자 그는 재빨리 몸을 돌려 전다다의 위로 올라 갔다. 그리고 두 사람은 이번 달분의 노력을 시작했다……

밤이 되자 아금과 목령아가 돌아왔다. 목령아가 방으로 돌아 가려 하자 아금이 제지하더니, 하인에게 명령했다.

"딸 내외를 시중들 사람 다섯만 남기고, 나머지는 모두 출발 할 준비를 해라. 최대한 빨리 출발할 테니까."

목령아가 깜짝 놀라며 물었다.

"왜 그러는 거예요?"

아금이 그녀를 잠시 바라본 후에 말했다.

"이 기회에 당신과 둘이서만 즐기고 싶어서. 이곳에서 사흘 정도 걸리는 곳에 아주 좋은 곳이 있는데, 가지 않겠어?"

목령아가 아주 기뻐하며 물었다.

"어디인데요?"

아금이 비밀스럽게 웃으며 대답했다.

"가 보면 알게 될 거야."

목령아는 딸과 사위는 머릿속에서 지워 버리고 흔쾌히 승낙 했다.

사실 아금은 진실을 알게 된 후 난감해 죽을 지경이었고, 이 이상 딸, 그리고 사위와 동행하고 싶지 않았다. 그래서 일단 먼 저 떠나기로 마음먹은 것이다.

목령아는 원래 깊이 생각하지 않는 성격이었는데, 아금에게 시집온 후로 더더욱 그럴 일이 없어졌다.

다음 날 아침, 목연이 잠에서 깨어났을 때도 전다다는 아직 달게 자고 있었다. 지난번, 또 그 지난번에도 그랬듯이 스스로 '일을 시작한' 전다다는 목연에게 밤새 시달리다가 결국 큰 소리로 용서를 구했고, 앞으로 다시는 그렇게 '날뛰지' 않겠다고 맹세했다.

장인과 장모가 밤에 먼저 출발했다는 사실을 알게 된 목연은 놀랐다. 그러나 하인에게서 사정을 들은 그는 그 이유를 짐작하고는, 장인과 장모가 앞에 없음에도 불구하고 쥐구멍을 찾고 싶은 심정이 되었다.

그는 잠시 고민한 끝에 전다다를 깨우지 않고 침상 옆에 앉았다. 그리고 전다다를 지켜보던 그의 눈길이 무심결에 그녀 머리맡에 있는 작은 공책에 닿았다.

그는 그 공책을 한 번도 제대로 들여다본 적이 없었다. 그러나 지금은 너무 무료했고, 전다다도 금방 일어날 것 같지 않았다. 그는 여전히 무심하게 공책을 들어 펼쳐 보았고, 아주 큰 일을 발견하고 말았다!

계산이 틀렸다!

전다다는 날짜를 계산해 매달 임신하기 가장 좋은 사흘을 알아냈는데, 바로 그 계산이 틀렸던 것이다. 바꿔 말하자면, 전다다의 계산대로 한다면, 그들이 아무리 노력한다 해도 그들은 평생 아이를 가질 수 없을 터였다!

목연은 고개를 들고 한참 동안 천장만 바라보았다. 정말이지 울 수도 웃을 수도 없는 기분이었다.

전다다는 아무것도 모른 채 여전히 깊이 잠들어 있었다.

목연은 침상 가장자리로 다가갔다. 전다다를 깨워 화라도 내려 했다. 그러나 조용히 잠든 그녀의 귀여운 얼굴을 보는 순간, 차마 그럴 수는 없다는 생각이 들었다. 그는 침상에 앉아 전다다의 아기 같은 볼을 살짝 꼬집고는 다정하게 말했다.

"바보. 이렇게 바보 같아서야 대체 엄마 노릇은 어떻게 하려고 그래?"

목연이 잠시 생각하다가 또 웃고 말았다.

"됐다, 됐어. 어쨌든 장모님은 너보다 더 바보 같은데도 너를 이만큼 키우셨으니까."

목령아는 단순한 성격에 말을 가릴 줄도 모르고 종종 바보 같은 짓을 저지르곤 했다. 그녀는 아금이라는 영리한 남자에게 시집온 후로도 그 총명함을 배우기는커녕 오히려 점점 더 어린 아가씨처럼 굴었다.

전다다는 어머니보다는 좀 더 영리했지만, 금원보와 관련된 일에만 영리했다. 그녀는 목연이라는 참을성 있고 침착한 '눈마비'에게 시집온 후로도 그 총명함을 배우기는커녕 어머니와 똑같이 점점 더 어린애가 되어 가고 있었다.

그러나 천진난만하던 아가씨가 혼사를 치른 후 총명해진다면, 말을 가리지 않던 여자가 세 번 생각한 후에 말을 하게 된다면…… 활발하고 단순하던 소녀가 침착하고 계산적인 성격으로 변한다면, 그건 바로 힘든 일을 겪었다는 이야기일 수밖에 없었다.

목령아와 전다다가 점점 더 바보처럼 변해 가는 것도 사실은 일종의 행복이었다. 그녀들은 그들의 본성을 지지해 줄 마음도, 능력도 있는 남자들을 만났다.

목연은 결국 전다다를 깨우지 않고 그대로 조용히 그녀를 바라보고 있었다. 그녀가 계산이 틀렸다는 사실을 깨달았을 때의 결과를 상상하면서…….

제 계산이 틀렸다는 사실을 안 전다다가 스스로를 욕하며 눈물을 흘렸다. 그녀의 눈은 정말로 젖어 있었다. 신나게 웃던 목연도 결국 웃음을 참고 그녀를 위로해 줄 수밖에 없었다.

그리고 두 사람은 신농곡이 아니라, 길을 돌아 진양성으로 가기로 했다. 전다다가 미래의 며느리를 보면 아이를 가질 수 있을 것 같다고 주장했기 때문이었다.

아금과 목령아는 신농곡에서 식물 역병의 원인을 찾아냈다. 이번 역병은 병충해 때문도, 누군가가 고의로 독을 풀거나 한 것도 아니라, 식생 자체의 문제였다. 목령아는 흑삼림에서도 숲을 돌보는 의원들을 키워야겠다고 결심했고, 아금도 그녀와 함께 신농곡에 잠시 머물기로 했다.

고 태부와 민 부인은 선물 받은 붉은 토끼 중 두 마리는 신농곡을 순찰하는 호위로 쓰기로 하고, 나머지 한 마리는 약왕곡의 호위로 쓰기로 했다.

전다다는 특별히 민 부인에게 서신을 보내, 붉은 토끼 두 마리를 신농곡 대문 양쪽에 문지기로 세워 두라고 권했다. 민 부인은 즉시 뭔가 이상하다는 것을 눈치채고 목령아에게 물어보았고, 전다다의 계획을 알게 되었다.

신농곡 대문과 관련한 문제는 결코 어린애 장난일 수 없었다. 민 부인은 고 태부에게 사실대로 말했고, 고 태부는 오히려 별일 아니라는 듯 쉽게 허락했다. 덕분에 전다다는 기뻐 죽을 지경이 되었다. 신농곡에 약을 구하러 오는 모든 이들이 그녀의 붉은 토끼를 보게 될 테니까!

그 후 신농곡에 들어오는 사람들은 먼저 토끼에게 먹이를 주어야 한다는 불문율이 생겼다. 물론 한참 세월이 흐른 후의 이야기지만.

전다다는 당정의 딸들을 본 후 더욱 아이를 갖고 싶어 안달복달하고 있었다. 속으로는 자연에 순응하는 것이 좋다고 생각하던 목연도 마음이 동할 정도였다.

겨울이 가고 봄이 오자 전다다도 마침내 아이를 가졌다. 그리고 얼마 지나지 않아 비연에게도 기쁜 소식이 있었다. 꼬맹이 역시 세 번째 새끼를 가졌다.

염진은 한운석 황후마마와 연아 형수의 동의를 얻어, 첫 번째 새끼 설랑을 택에게 보냈다. 물론 둘째는 자신의 차지였다.

부지불식간에 '임신' 대신 '육아'가 모두의 공통된 화제로 자리를 잡았다. 물론 그 와중에도 혼사를 권유하는 말은 시종 끊이지 않았고, 그 대상은 단 한 명, 헌원예였다.

고 태부는 올해 중추절에 모든 이들을 약왕곡으로 불러 모으기 위해 한참 전에 모두에게 초청장을 보냈고, 대부분 초청을 받아들이겠다는 회답을 보냈다. 심지어 계속 틀어박힌 채 《운현수경》을 연구 중이던 진묵까지 회신을 보냈건만, 고칠소와 백리명천은 여전히 무소식이었다.

시간이 쏜살같이 흘러 칠월 칠석이 되었다.

궁 밖에서 '향교회'[10]가 열린다는 소문에 비연은 몰래 변장하고 구경하러 갈 생각이었으나, 군구신이 반대했다.

군구신은 원래도 임신과 출산이 여자에게 얼마나 위험한 일인지 잘 알고 있었지만, 당정이 난산을 겪는 것을 지켜보고 나니 더욱 긴장하지 않을 수 없었다. 그래서 그는 비연에게 각종 규제를 가하기 시작했다.

심지어 비연이 '그 결과를 스스로 감당해야 할 거야'라는 비장의 무기까지 꺼냈지만 군구신은 한발도 물러서지 않았다.

비연이 급한 나머지 말했다.

"부황과 모후께 며칠 오시라고 해야겠어."

군구신의 차가운 얼굴에 즉시 긴장의 빛이 감돌기 시작했다. 그는 지금도 여전히 장인을 만날 때마다 당황하곤 했다.

결국 군구신이 뜻을 꺾고, 비연과 함께 변장한 뒤 궁 밖으로 나갔다. 그리고 이날 이후로 비연의 비장의 무기가 바뀌었다. 바로 '영 오라버니, 우리 부황과 모후를 며칠 초청하는 건 어때?'가 그녀의 새로운 비장의 무기였다.

전다는 비연보다 배가 많이 부른 상태라 잠이 많이 늘어 있었다. 최근 그녀는 점심을 반만 먹어도 졸음이 밀려와 낮잠을 자러 가곤 했는데, 오늘은 식사 후에도 한참 깨어 있었다.

---

10 칠월 칠석에 견우와 직녀를 위해 임시 다리를 세우고 제사를 지내며 복을 비는 풍습.

목연이 그녀에게 순금으로 주조한 나타[11] 장식품을 주었기 때문이다.

그녀는 흥분하여 어쩔 줄 몰라 하고 있었다.

당정은 임 노부인과 함께 각종 제수를 장만해, 진양성의 풍습에 따라 칠성부인[12]에게 제사를 올리며 아이들의 평안과 건강을 기도했다. 예전이었다면 당정은 임 노부인이 마음을 끓이는 것을 웃으며 지켜보기만 했을 것이다. 그러나 이제 어머니가 되고 나니, 아이들에게 좋다는 일이면 뭐든 직접 나서게 되었다.

정역비는 원래 당정과 둘이서만 오붓하게 식사하러 갈 예정이었지만, 지금 양손에 딸을 하나씩 안고 곁에서 그녀들을 지켜보고 있었다.

당 가주와 영 부인은 당씨 저택 뒷산 꽃밭에 있었다. 당씨 가문에 후계자가 생긴 후, 당 가주는 이제 아무 걱정이 없는 듯 그저 아내를 사랑하는 일에만 몰두했다. 그는 지금 작은 목표를 하나 세운 참이었는데, 바로 제 손으로 직접 당씨 가문의 산 열 곳을 영 부인이 좋아하는 추국화로 채우되 산마다 다른 색으로 채우겠다는 계획이었다.

영 부인은 그 계획에 할 말을 잃고, 당씨 가문을 꽃을 의미하는 화花씨 가문으로 바꿔야 할지도 모르겠다고 생각했다.

11　도교의 호법신.

12　중국 민간에서 아이를 건강하게 지켜 준다고 믿는 여신의 이름.

그리고 오늘 약왕곡은 몹시 시끌벅적했다.

한운석은 연귀애의 다실 안에서 진민과 함께 바둑을 두고 있었다. 예전이었다면 진민은 분명 단정한 자세로 앉아 있었을 것이다. 그러나 지금 그녀는 한운석과 마찬가지로 나른하게 기대어 앉아 있었다.

한 사람은 존귀하고도 담담해 보였고, 한 사람은 몹시 즐거워 보였다. 멀리서 보면 그대로 한 폭의 아름다운 미인도였다.

이 미인도에는 등장인물이 한 명 더 있었다. 바로 대나무 자리에 누워 잠들어 있는 목령아였다. 그녀는 원래 한운석 곁에 앉아 바둑을 구경하고 있었는데, 바둑판을 들여다보면 들여다볼수록 잠이 몰려 왔던 것이다.

아금은 그녀 곁에 조용히 가부좌를 틀고 앉아 있었다.

용비야와 고북월은 절벽 위 연귀비 앞에 서서 고운원에 대해 이야기를 나누고 있었다. 천 년 전의 비밀은 이미 죽은 이와 함께 사라진 것이나 마찬가지였다. 그들이 아는 진실이 곧 전부는 아니었고, 비밀은 영원히 비밀로 남아 있을 터였다.

고운원과 그의 마음속 '연아', 고씨 가문과 구려족, 인어족, 옥씨 가문, 북강의 몽족과 설족, 또 신농곡의 약왕정 전설…….
그 안에 얼마나 많은 비밀이 숨어 있을지, 또 얼마나 많은 은원과 감정이 배어 있을지는 이미 알 방법조차 없었다.

용비야과 고북월이 현재 가장 관심을 보이는 것은 바로 《운현수경》이었다.

《운현수경》은 인어족의 보물인데, 어째서 인어족은 《운현수경》을 파해하지 못하는 것일까? 《운현수경》은 대체 누가 지은 것이고, 무엇 때문에 지은 것일까? 그리고 무엇 때문에 그림으로 기록한 것일까?

게다가 《운현수경》에 언급된 바에 따르면, 빙해의 동서 양쪽에 천만리에 이르는 옥토가 있으나 길이 멀고 험하다고 했다. 이 이야기는 《운현수경》을 그린 사람의 상상일까, 아니면 사실일까? 빙해의 동서 양쪽에 정말로 대륙이 존재한다면, 그곳은 또 어떤 세계일까? 천 년 전, 동서 양쪽 대륙이 현공대륙과 무슨 관계가 있지는 않았을까?

용비야와 고북월이 생각에 잠겨 있노라니, 하인이 다가와 서신을 내밀었다.

"곡주님, 예왕 전하께서 서신을 보내셨습니다."

"소칠! 혹시 돌아올 생각인가?"

칠석은 견우와 직녀가 만나는 전설이 내려오는 연인들의 날일 뿐 아니라, 고칠소의 생일이기도 했다.

고북월은 몹시 기뻐하며 재빨리 서신을 펼쳤지만, 곧 실망하고 말았다. 서신에 따르면 고칠소는 자신의 생일을 즐겁게 보내고 있을 뿐 아니라 매일을 즐겁게 지내고 있다고 했다. 그러니 모두 자신의 생일에 신경 쓸 필요 없이 즐겁게 칠석을 보내도 좋다는 이야기도 있었다.

고칠소는 백리명천과 함께 빙해안을 따라 동쪽으로 이동 중인데, 자유롭고 즐거우니 모두 자신들을 그리워할 필요 없고, 또 그렇다고 잊을 필요도 없다고 당부했다. 그리고 모두가 기를 열심히 수련하도록 일깨워 달라고 고북월에게 부탁했다.

고칠소는 모두가 영원히 젊음을 유지하며 장수하기를 바라고 있었다. 자신과 백리명천이 돌아왔을 때 모두가 노인이 되어 있는 모습을 보지 않을 수 있도록.

서신을 다 읽은 고북월이 곁에 있는 용비야에게 서신을 건넸다. 그러나 고북월의 표정을 본 용비야가 서신을 읽기도 귀찮다는 듯 물었다.

"오지 않는 모양이군?"

고북월이 난감한 듯 웃으며 대답했다.

"그렇습니다."

용비야는 더 말하지 않고 등 뒤의 한운석을 바라보았다.

예아가 운공대륙을 다스리고 있고, 연아와 남신이 현공대륙을 다스리고 있다. 또 고북월이 약왕곡에 은거하며 어디도 가지 않고 있으니, 그와 운석도 안심하고 떠나도 되지 않을까?

용비야는 고민하기 시작했다. 누가 먼저 동쪽 대륙을 밟는지 고칠소에게 내기하자고 해 볼까, 아니면 고칠소와 반대 방향으로 가서 서쪽 대륙을 찾아볼까.

〈제왕연〉 끝